3
고블린 슬레이어
GOBLIN SLAYER!
He does not let anyone roll the dice.

오히려 그녀가 시선을 모으고 있었다.
청초한 아가씨가 지저분한 철 투구의 모험가와 손을 잡고 있었으니까.

—다른 사람한테는 어떤 관계로 보일까?
그녀는 아주 약간, 머릿속에서 그 상상을 이리저리 즐겼다.

황금은 사라지고 어둠 속에 가라앉은 도시에, 불빛이 하나.
이윽고 셀 수도 없을 만큼.

"봐요. 시작됐어요."
© 2016 Noboru Kannatuki

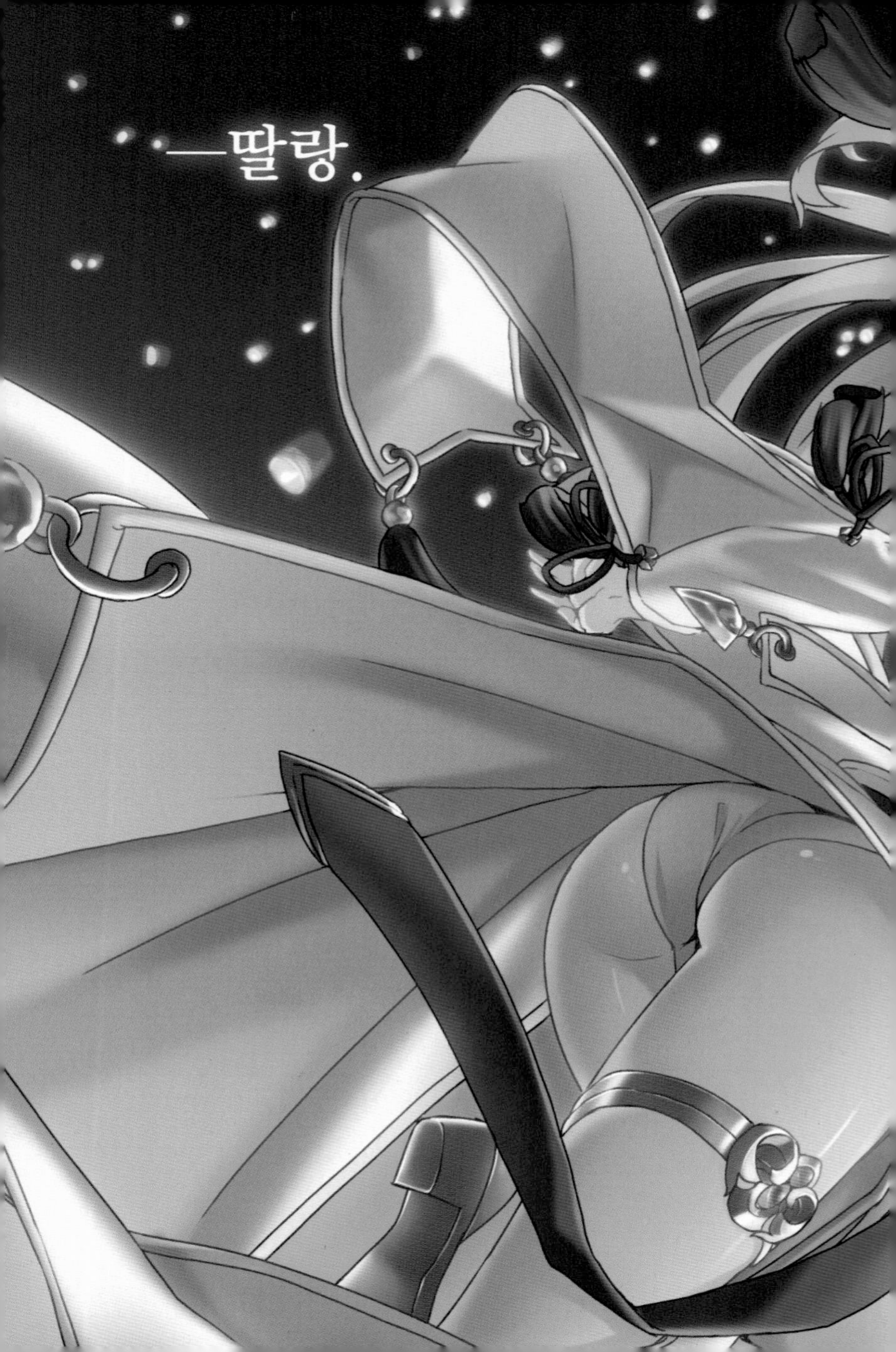
—딸랑.

밤의 정적에 파문을 만드는 것처럼,
방울 소리가 울렸다.
© 2016 Noboru Kannatuki

# Contents

GOBLIN SLAYER!

He does not let anyone roll the dice.

# 고블린 슬레이어

GOBLIN SLAYER!

He does not let anyone roll the dice.

3

저자 카규 쿠모
일러스트 칸나츠키 노보루

고블린 슬레이어

# 인물 소개

CHARACTER PROFILE

—그러니까 나는,
놈들 입장에서 고블린이다.

## 고블린 슬레이어

변경 도시에서 활동하는 별난 모험가. 고블린 토벌만 해서 은 등급(서열 3위)까지 올라간 희귀한 존재.

—지키고, 치유하고, 구하라.
『지모신의 세 마디 성스러운 구절』

## 여신관

고블린 슬레이어와 콤비를 짠 마음씨 고운 소녀.
고블린 슬레이어의 무모한 행동에 휘둘리고 있다.

—무지한 자들이야말로
행복한 것이다.
알게 되는 것은 가장 커다란
기쁨이니까.『엘프의 격언』

## 엘프 궁수

고블린 슬레이어와 모험을 함께 하는 엘프 소녀.
탐색자(레인저) 역할을 맡고 있는 굉장한 솜씨의 활잡이.

—그녀에게 중요한 것은,
언제나 날씨, 가축, 작물과
그 사람이다.

## 소치기 소녀

고블린 슬레이어가 묵고 있는 목장에서 일하는 소녀.
고블린 슬레이어의 소꿉친구.

—펜과 종이도 없이, 어떻게
모험을 할 수 있을까요?

## 접수원 아가씨

모험가 길드에서 일하는 여성.
고블린 퇴치를 솔선해서 하는 고블린 슬레이어 덕분에 언제나 마음의 짐을 덜고 있다.

—보석도 금속도 연마하기 전에는 모두 돌덩이로다. 사물을 겉모습으로만 판단하는 드워프는 이 세상에 없느니라.

**드워프 도사**
Dwarf Shaman

고블린 슬레이어와 모험을 함께 하는 드워프 술사.

—용은 도망치지 않는 법.

**리자드맨 승려**
Lizard Priest

고블린 슬레이어와 모험을 함께 하는 도마뱀 수인 승려.

—신비와 사랑은 혀로 자아낼수록 쉽게 풀어지는 법. 하물며 여인의 아름다움은 어떠하리.

**마녀**
Sorceress

변경 도시의 모험가 길드에 소속된 은 등급의 모험가.

존경해 마땅한 적을, 내일의 벗이라 부르기는 싫다. 적어도 오늘은.

**창잡이**
Lancer

변경 도시의 모험가 길드에 소속된 은 등급의 모험가.

**Goblin Slayer!**

He does not let anyone roll the dice.

인생 따위는 주사위 놀이
날이면 날마다 주사위를 던져도
나오는 건 언제나 뱀의 눈이지
운은 평등하다  그 누구가 말했던가
살아가고 죽을 때까지 변함없다네
울고 웃어봤자 매한가지
오늘도 나온 눈은 뱀의 눈이지
오오  스네이크 아이즈  스네이크 아이즈
내일은 듀오데큐플을 보여다오

# 제1장 『가을의 보름달』

하베스트 문

Goblin Slayer

He does not let anyone roll the dice.

희미하게 청백색으로 물들어가는 하늘에 한줄기 연기가 가늘고 길게 오르고 있었다.

그 근원을 따라가면 언덕 위에 있는 작은 목장이 나왔다.

더욱 좁히면 목장 가장자리에 있는 작은 벽돌 오두막이었다.

굴뚝에서 뭉게뭉게 피어 오른 하얀 연기가 붓질을 한 것처럼 하늘에 선을 그리고 있었다.

오두막에 딸린 가마 앞에서 한 소녀가 헥헥거리며 이마의 땀을 닦았다.

태양 아래서 자라난 건강한 피부, 아가씨답게 살집이 붙은 사지는 풍만했지만 늘어지진 않았다.

"응……. 이 정도면, 되겠지?"

작업복 어깨에 건 수건으로 볼에 묻은 검댕을 문지르고, 소치기 소녀가 만족스럽게 눈웃음을 지었다.

생생한 눈동자가 작은 창이 뚫린 오두막 안에 주르륵 매달린 수많은 돼지고기를 보았다.

연기에 찬찬히 그을려서 느긋하게 지방이 스며 나오자 견디기 힘들 정도로 좋은 냄새가 났다.

돼지고기 훈제— 베이컨이었다.

도토리나 데이지를 먹고 자란 돼지고기를 훈제하여 베이컨으로 만드는 것은 매년 있는 일이었다.

이 오두막에 매달아둔 것만 해도 대단한 양이라서 훈제하는데 하루는 걸린다.

그것을 며칠 동안 계속해야 필요한 수를 맞출 수 있으니 참으로 중노동이다.

그래서 평소에는 이 시기가 되면 별말 없어도 『그』가 도와주는 법인데…….

"일이 있으면 어쩔 수 없지."

소치기 소녀는 그것을 신경 쓰는 기색 없이 깔깔 웃으면서 구시렁댔다.

왜냐하면 그이기 때문이다. 반드시 돌아올 거고, 돌아오면 도와준다.

그건 생각할 여지도 없는 일이라, 그녀는 당연하게 믿고 있었다.

"영, 차."

오래 쪼그려 앉아 불을 보고 있던 탓인지, 일어서자 굳어 있던 근육이 쭉 뻗으며 편해졌다.

그대로 팔을 뻗자 풍만한 가슴이 흔들리고 관절에서 우드득 소리가 났다. 후우 한숨을 내쉬었다.

눈길을 돌리자 지평선 너머 거뭇하게 솟아 오른 숲 너머에 하얀 빛이 보였다.

새벽. 태양. 새로운 하루의 시작— 그렇지만 요즘에는 꽤 늦어졌다.

언덕을 넘어 뻗은 가도, 양 옆에 펼쳐진 보리밭이 그 하얀 빛을 받아 반짝거렸다.

바람에 흔들리며 파도 치는 모습이 마치 금색 바다 같았다.

이삭이 스치는 희미한 소리가 몇 겹으로 들리자 파도 소리 같았다.

소치기 소녀는 바다를 본적이 없지만 아마도— 그럴 것이다.

얼마 안 있어 아침이 찾아오자 목장의 닭이 용맹하게 울었다.

때마침 일어나기 시작한 도시 사람들이 취사를 시작했는지 저 너머 도시에서 하얀 연기가 몇 줄기씩 올라왔다.

아니, 그저 아침인 것치고는 양이 많았다.

이렇게 아침 햇살이 비치자 알 수 있었다. 도시가 무척 선명하게 채색되어 있는 것이 보였다.

건물 위에는 깃발이 휘날리고, 용이나 신들을 모방한 길다란 천들이 바람에 펄럭였다.

그런 바람 중 하나가 소치기 소녀 곁까지 찾아와 볼을 쓰다듬고 지나갔다.

"우왓……."

쌀쌀한 그 감촉에 무심코 몸을 부르르 떨었다.

피부가 땀에 젖어 있어 기분 좋기는 하지만 시원함을 약간 넘었다. 이건「춥다」고 해야 한다.

지평선에서 어기영차 올라오는 태양도 어쩐지 빛이 약해진 것 같았다.

가을이었다.

수확의 시기. 여름이 지나가고 겨울나기 준비를 해야 하는 때.

목장도 바빠지고, 도시도 바빠진다.

떠들썩하고 화려하며, 세상이 아름다운 계절 중 하나.

소치기 소녀가 보기에 세상은 언제나 아름답지만 말이다.

다들 바쁜 시기니까 그도 당연히 바쁠 것은 알고 있었다.

그래도 그가 도와줄 것을 알고 있으니 그가 돌아오면— 그렇지.

"완성된 베이컨으로, 스튜를 만들어 줘야지!"

일단 배불리 먹고서 느긋하게 쉬도록 해줘야지. 소치기 소녀는 생각했다.

생각만 해도 마음이 들떠서 목장을 걸어 집으로 돌아가는 발걸음이 통통 튀었다.

왜냐면 가을은— 축제의 계절이기도 하니까.

§

다섯 마리째 고블린을 처리한 것은 한낮이었다.

공중을 가르며 휙 날아간 자갈이 고블린의 눈구멍에 맞아서 뼈를 부수고 뇌를 때렸다.

소리를 내며 무너진 고블린이 그 자리에 겹치듯 쓰러졌다.

햇빛에 비친 갱도 입구는 이미 시체의 언덕이라고 해도 될 광경이었다.

"……흠."

전사 한 사람이 바위 뒤에서 방심하지 않고 살피고 있었다.

지저분한 가죽 갑옷에 싸구려 철 투구, 허리에는 어중간한 길이의 검. 팔에는 작은 원형 방패.

언뜻 봐도 볼품없는 남자— 고블린 슬레이어였다.

고블린 슬레이어가 처리한 고블린은 맨 처음 파수꾼부터해서 이미 다섯 마리째.

그러나 지금 상대하는 고블린들에게 준 피해는 그다지 크지 않았다.

고블린들이 마을의 유일한 재원인 광산을 점거한지 벌써 보름쯤 되었다.

짐승의 아가리처럼 벌어진 굴속에는 대체 얼마나 더 숨어 있다고 봐야 할까?

—여자를 잡아갔다. 그러나 아이들이 전력이 될 만큼 자라기에는 시간이 부족했다.

고블린 놈들이 인질을 잡으면 취할 수 있는 수단이 줄어든다.

애당초 앞으로도 마을 사람들이 써야할 장소에 독이나 수공을 할 수는 없었다.

—전력이 되는 놈이, 나머지 10마리 이상은 못 될 것이다.

그 생각을 하면서 그의 두 손은 재빨리 슬링(투석끈)을 자갈에 감고 있었다.

발치에는 채굴 때문에 생긴 자갈이 산더미처럼 있어서 탄환이 떨어질 염려는 없었다.

전장을 잘 고르면 슬링에 탄환 부족은 없는 거나 마찬가지다.

“어떤, 가요? 고블린 슬레이어 씨.”

그의 옆에는 석장을 두 손으로 단단히 쥔 어여쁜 소녀가 있었다.

수수하지만 청초한 신관복을 입었고 몸집은 작은 가녀린 소녀—여신관.

고블린 슬레이어는 그녀에게 눈길도 주지 않고 말했다.

“어떻다는 건, 뭐지?”

“그게, 저기, 상태나, 상황 같은…….”

“아직 모른다.”

고블린 슬레이어는 말하자마자 다시 자갈을 쏘았다.

“GOORB?!”

파수꾼들의 시체를 살피러 왔을까? 새로 기어 나온 고블린의 머리가 부서졌다.

“여섯.”

뒤로 쓰러져 갱도 안으로 굴러 떨어지는 고블린. 담담하게 수를 세는 고블린 슬레이어.

별 것 아니다. 동료를 이용한 낚시였다.

고블린들에게 우정 따위는 없으니까 쓰러진 동료를 걱정해서 보러 오는 건 아니었다.

지금 죽인 고블린도 재수 없이 뽑혀서 정찰을 하러 왔을 뿐이다.

쓰러진 적의 시체 혹은 부상자를 미끼삼아 적을 더욱 끌어내어 죽인다.

수가 적어서 불리한 고블린 슬레이어가 이용하는 전술 중 하나이며 털끝만큼의 자비도 없었다.

그렇게 쌓아 올린 고블린의 주검 6개를 앞두고 그는 기계적으로 슬링에 자갈을 끼웠다.

“그러나, 왠지 마음에 안 든다.”

“무슨 말씀이죠……?”

“장비를 잘 갖췄다.”

그 말을 듣고 그녀도 깨달았다.

"……아."

죽은 고블린들은 모두 조잡하나마 방어구를 입고 손에 무기를 들었다.

검, 곡괭이, 곤봉, 창과 단검. 고블린이 직접 만든 것과 약탈품이 뒤섞여 있었다.

"분명히 아가씨가 세 사람 정도 잡혀갔다고 들었으니, 서둘러야죠……."

중얼거리는 여신관의 얼굴에 초조한 기색이 짙었다. 그러나 침착함을 잃은 분위기는 아니었다.

모험가가 된지도 벌써 반년이다.

첫 모험에서 구사일생하고서 반년. 몇 번이고 죽을뻔하며 싸운 반년.

아직도 등급은 제9위인 흑요 등급이지만, 이제는 신입이라고 부를 수 없게 되어가고 있었다.

고블린들이 마을 아가씨들을 잡아갔다는 말을 듣고서도 당황하지 않을 정도로는 성장했다.

—하지만 그건, 그저 둔감해져 버린 것 아닐까요……?

거듭된 경험에 비례하여 부풀어 오른 불안이 그녀의 가슴 속에서 침전됐다.

그래서 여신관은 눈을 감고 두 손으로 석장에 매달려 자비 깊은 지모신에게 기도를 바쳤다.

죽은 고블린들의 명복과, 도움을 기다리는 아가씨들이 무사하기를 바라는 기도.

"의뢰가 오기까지 시간이 너무 걸렸군……."

그녀의 기도가 끝나기를 묵묵히 기다리던 고블린 슬레이어가 말했다.

"고블린 놈들의 시체를 뒤질 수 있겠나?"

"네?"

무심코 고개를 든 그녀 앞에 평소와 다름없는 무표정한 철 투구.

"놈들의 장비를 회수하고 싶다."

"어, 저기, 그……."

여신관은 금세 대답하지 못하고 시체와 철 투구 사이에서 몇 번이나 시선을 왕복시켰다.

무섭다거나 지저분하다는 것 때문은 당연히 아니었다.

고블린이라지만 주검은 주검이다.

그의 행동을 탓할 생각은 없지만 신관인 그녀가 시체를 욕보여도 괜찮을까?

"무리라면 엄호를 부탁한다."

"아, 네."

여신관은 고개를 끄덕였다.

"괜찮다면, 그쪽으로……."

알았다는 말도 없이 고블린 슬레이어는 바로 달리기 시작했다.

남겨진 여신관은 깊은 한숨을 내쉬었다. 익숙해졌다고 생각했지만 아직 익숙하지 못했다.

이제 바람도 꽤 차가워지고 시원해졌는데도 이마에 땀이 스며 나왔다. 그만큼 긴장하고 있는 것일까?

이 자리에 평소의 동료들— 특히 엘프(숲 종족)인 그녀가 있었다면 어땠을지 생각했다.

파티를 짰다고는 해도 언제나 함께 모험을 할 수 있는 건 아니다.

그러니 어쩔 수 없다. 어쩔 수는 없는데…….

"하아……."

무심코, 몇 번째인지 모를 한숨이 흘러나왔다.

이래저래 생각해야 할 일, 해야 할 일이 너무 많았다.

—그런데 고블린 슬레이어 씨는 참, 여전히 고블린 고블린…….

상담한다고 대답을 얻을 수 있는 것도 아니겠지만, 상담을 할 수도 없잖아요.

"아차, 이럼 안 돼. 집중해야죠."

여신관은 문득 정신을 차리고 황급히 고개를 붕붕 저었다.

딴 생각을 하고 있을 여유가 없었다.

석장을 옆구리에 끼우고, 준비된 슬링을 쥐었다. 심호흡을 한 번.

"괘, 괜찮으세요?"

멀리서 말을 걸자 작지만 듬직한 대답이 돌아왔다.

"그래."

고블린 슬레이어는 거침없고 재빨리, 평소와 같은 몸놀림으로 시체에 다가갔다.

"흠……."

생각한대로군. 그는 홀로 중얼거렸다. 그러나 여기서 더는 추측할 틈이 없었다.

갑옷과 투구는 필요 없다. 허리띠에서 검을 칼집째로 떼어내고, 단검을 뽑아내고, 떨어뜨린 곡괭이를 주웠다.

그는 고블린 놈들의 시체에서 회수한 장비를 한꺼번에 끌어안더니 한눈팔지 않고 돌아오기 시작했다.

"GORB! GRROOORB!!"

"고블린 슬레이어 씨, 왔어요……!"

여신관이 익숙지 못한 손놀림으로 던진 자갈이 똑바로 달리는 고블린 슬레이어 옆을 지나쳤다.

이미 등 뒤 광산 안에서, 냄새 나는 숨결과 함께 고블린 한 마리가 뛰어나오던 참이었다.

낚시를 꾀한 것은 적도 마찬가지. 동료의 시체를 미끼로 삼은 것이리라.

그러나 고블린은 어깨에 자갈을 맞고서 듣기 싫은 비명을 질렀다.

"좋다."

고블린 슬레이어가 그 틈을 놓칠 리 없었다.

그는 전신 갑옷이라고 생각하기 어려운 속도로 달리며 오른손으로 뭔가를 뽑아 등 뒤로 던졌다.

허리에 차고 있던 검을 역수로 뽑은 것이다.

"GBBR?!"

푹. 돌아보지도 않고 투척한 그것은 묵직한 소리를 내며 고블린의 목에 꽂혔다.

고블린이 등 뒤로 쓰러지는 것과 동시에, 고블린 슬레이어는 이미 약탈한 검 하나를 뽑고 있었다.

"일곱. 후속은?"

미끄러지듯 바위 뒤로 돌아온 고블린 슬레이어는 빼앗은 장비를 바닥에 내던졌다.

"여기서 보기에는……."

여신관이 동굴 입구를 바라보며 눈에 힘을 주었다.

"없는 것 같아요."

"좋다."

고블린 슬레이어는 그 틈에도 죽은 고블린에게서 빼앗은 무기를 선별하는데 여념이 없었다.

빈 칼집을 집어서 허리띠에 차고 손에 든 검을 넣는다. 하는 김에 단검을 벨트에 끼웠다.

고블린 놈들을 무기고로 보는 것은 그가 늘 철저하게 지키는 가르침 중 하나였다.

어느새 장비를 정비한 고블린 슬레이어가 일어섰다.

"이동한다."

"어, 이동이요……?"

여신관이 쪼그려 앉은 채 그를 올려다보며 신기한 기색으로 눈을 깜빡였다.

"이 광산은, 입구가 한 개뿐인데요?"

"보름 전까지는 분명히 그랬다."

고블린 슬레이어는 빼앗은 곡괭이를 집어 끝부분을 그녀에게 내밀었다.

"꺅!"

너무나 거침없는 동작이라 공격할 때와 별 차이가 없었다.

무심코 소리를 지른 여신관이 원망스런 눈으로 그의 철 투구를 바라보았다.

“위, 위험하잖아요, 고블린 슬레이어 씨.”

“봐라.”

“보라니…….”

여신관은 당혹하면서도 순순히 다가가 곡괭이를 찬찬히 관찰했다.

곡괭이는 상당히 많이 썼는지 낡고 지저분했다. 아마 갱도에 방치되어 있었을 것이다.

난잡하게 휘둘러서 무뎌진 날 끝에는 검붉은 얼룩과…… 흙이 달라붙어 있었다.

“……?”

여신관은 하얀 손가락으로 흙을 살짝 비벼보았다. 아직 축축하고 새로운 흙이었다.

“고블린 슬레이어 씨, 이거 혹시……!”

“그래.”

고블린 슬레이어가 고개를 끄덕이고 곡괭이를 어깨에 짊어졌다.

그는 고블린 놈들에게 금속 제련 기술이 없다는 것을 알고 있었다.

채굴을 위해서 구멍을 팔 리가 없다. ―적어도, 지금은 아직.

그렇다면 결론은 하나.

“나라면 땅굴을 파서 기습을 할 거다.”

§

과연, 그의 말이 맞았다.

고블린 슬레이어가 달려간 곳은 본래 광산의 암벽이 있는 장소였다.

그러나 그곳에 마침 새로운 굴이 뚫리는 참이었다.

벌레 먹은 것처럼 뚫린 구멍 안에서 고블린들이 기어 나왔다.

하나같이 진흙투성이에다 지쳐서 졸린 눈을 하고 있었다. ……다시 말해서 좋은 기회다.

"GUAAUA?!"

고블린 슬레이어가 거침없이 던진 곡괭이를 정통으로 맞은 한 마리가 먼저 죽었다.

"여덟."

무뎌졌지만 치명적으로 날카로운 날이 늑골을 부수고 심장을 꿰뚫었다.

쿵 쓰러진 동료 앞에서 고블린들이 끽끽대며 소란을 피우고 흐트러졌다.

무리도 아니다. —되려 당연한 일이었다.

그들 입장에서는 『한밤중』에 간헐적으로 습격을 받았고, 기습을 위해서 구멍까지 팠다.

잠도 못 자고 피로에 찌들어 있는 와중에 뒤에서는 상위 고블린이 잘난척하며 소리를 질러댄다.

아무리 신관 계집애를 대가로 받을 수 있다지만 순서가 돌아올 무렵에는 다른 포로와 큰 차이가 없을 것이다.

그런 꼴인데 사기가 떨어지는 게 당연했다.

고블린 슬레이어는『동틀 녘』을 선호하지만,『한밤중』의 유효성도 인정하고 있었다.

그렇지 않다면 전술이 왜 필요하겠는가?

고블린 슬레이어는 기습을 받아 당황하는 고블린 놈들을 재빨리 살폈다.

"창 하나, 곡괭이 하나, 곤봉 둘, 활 없음, 술법 없음."

그에 비해 이쪽은 둘뿐이다. 그러나 고블린 슬레이어는 단언했다.

"해치운다."

"네, 넷!"

열심히 뒤를 쫓아온 여신관이 고개를 끄덕였다.

그는 기습으로 얻은 선제공격의 기회를 놓치는 어리석은 짓은 한 적이 없었다.

쏜살같이 달려간 고블린 슬레이어에 이어서 여신관이 석장을 들어 올렸다.

"《자비 깊은 지모신이여, 부디 나약한 우리들을 대지의 힘으로 지켜주소서》……!"

그가 들어올린 방패에 보이지 않는 역장이 겹치더니, 제정신으로 돌아온 고블린의 창을 튕겨냈다.

《프로텍션(성스러운 벽)》의 기적이었다.

그 동안에도 고블린 슬레이어의 움직임은 멈추지 않았다.

"GRRORG?!"

"아홉. ……열."

창을 막아낸 고블린 슬레이어의 검이 번뜩이며, 곡괭이를 든 고블린의 목을 찢어 버렸다.

여신관은 간신히 다른 말 없이도 고블린 슬레이어와 연계를 이룰 수 있게 되었다.

반년의 성과. 그녀는 한손에 석장을 쥔 채 슬링을 꺼내 투석을 준비했다.

"GOORB?!"

고블린 슬레이어가 칼을 반대로 휘둘러 창 자루를 중간쯤에서 꺾고, 이어서 무기를 잃은 고블린의 두개골에 검을 때려 박는다.

정수리에 검이 박힌 채 무너진 고블린은 보지도 않고 발치의 곡괭이를 차올려 잡았다.

양손 무기는 선호하지 않지만 방패는 팔에 고정시켰다. 휘두르는 데 문제는 없었다.

"다음이다."

고블린은 약한 괴물이다. 가장 약한 괴물. 무서울 것 없다.

어린애 수준의 체격과 잔꾀밖에 없는 잔챙이. 세간에서는 그렇게 말한다.

—과연, 맞는 말이다.

바깥에서 소수를 정면으로 상대하는 한, 고블린 슬레이어는 그 풍문에 동의했다.

마을의 힘깨나 쓰는 녀석들이 고블린을 쫓아내고서 모험가가 되려고 기세등등한 것도 무리는 아니었다.

고블린이 치졸한 동작으로 곤봉을 쥐고 휘두른다. 고블린 슬레이어는 곡괭이로 그 팔을 찍어서 가슴팍에 꿰어 버렸다.

고블린의 상처에서 뿜어져 나온 지저분한 피가 푸확, 소리를 내며 하늘에 흩어졌다.

"GOOROGOROGB?!"

"열하나."

뽑아내는 수고를 아끼고자 곡괭이를 놓고 시체를 차버렸다.

나머지 한 마리를 돌아보자 마침 자갈이 날아왔다.

"에, 이잇!"

"GBBOR?!"

맥 빠지는 외침이었지만, 날카로운 소리와 함께 이마에 타격을 입은 고블린은 못 견딜 지경이었다.

맥없이 혼절한 고블린에게, 고블린 슬레이어가 뛰어들며 단검을 뽑아 심장을 찔렀다.

"열둘."

칼날을 한 번 비틀어 결정타를 날리고, 경련하는 고블린이 움직이지 않을 때까지 짓눌렀다.

그러고 나서야 고블린 슬레이어는 숨을 내쉬었다.

고블린과 모험가는 언제나 고블린이 수가 많다.

아무리 유리하다고 판단하여 공격했다지만 다수를 상대하면서 마음을 놓을 수는 없었다.

이제야, 잠깐 쉴 수 있다.

"저기, 고블린 슬레이어 씨."

종종걸음으로 달려온 여신관이 짐에서 조심스레 물주머니를 꺼냈다.

"목 좀, 축이실래요?"

"그러지."

"네."

그는 가축의 위장을 사용해 만든 가죽 물주머니를 거침없이 받아 들었다.

마개를 열고 투구 틈으로 벌컥벌컥 들이키며 목을 축인다.

여신관은 장기전이 될 것을 예상하고 물주머니 안에 희석한 포도주를 채웠다.

"물은 꼬박꼬박 마셔야 해요."

"그래."

여신관이 보기에 그는 나름대로 몸 관리에 만전을 기하고 있었다.

그러나 여신관에게는 아무리 봐도 「필요최소한」으로 보였다.

—신경 써주는 보람이 있다, 고 말하면 좀 이상하네요…….

보살피는 보람이 있는 사람이기는 하다.

벌컥, 벌컥. 투구 틈으로 포도주를 들이키는 고블린 슬레이어를 보며 여신관은 그렇게 생각했다.

"잘 맞췄다."

문득 그가 툭 내뱉은 말의 의미를 이해 못하고 여신관이 고개를 갸웃거렸다.

무슨 말인지 한 순간 생각하다가 곧 투석 이야기란 걸 이해했다.

"연습, 했으니까요."

빈약한 가슴 앞에 손을 모아 쥐고서 고개를 끄덕였다.

무언가를 해치는 기술을 숙달하는데 생각하는 바가 없는 것은 아니었다.

그러나 그것이 돌고 돌아서 다른 사람을 구하게 되는 거라면 이 또한 시련일지도 모른다.

적어도 위기 상황에서 아무것도 못한다면 다른 동료들의 장애물이 되고 만다.

하다못해 호신 정도는 하고 싶어서 단련을 했는데 생각보다 도움이 될 것 같았다.

고블린 슬레이어는 음료를 들이킨 다음 마개를 닫았다.

"잘했다."

—와!

거침없이 던진 말에 여신관의 입가가 무심코 풀어졌다.

볼에 열이 확 올라서 어쩐지 얼굴이 뜨거웠다.

—지, 지금, 칭찬해 주신 거죠?!

일부러 그것을 되묻지는 못했지만 무척 드문 일이었다.

그러나 고블린 슬레이어는 아무렇지도 않은 기색으로 담담하게 말을 이었다.

"수가 꽤 줄었다. 나머지는 홉(Hob)을 포함해서 두세 마리일 거다."

"홉인가요……."

여신관은 조금 유감스런 기분이 되어 살짝 목소리 톤이 낮아졌다.

"토템은 없었으니까."

고개를 끄덕인 고블린 슬레이어가 거침없는 손놀림으로 물주머니를 내밀었다.

"너도 마셔둬라."

"어, 아……."

여신관이 조심조심 그것을 받았다.

받았던 그 손의 가늘고 하얀 검지로 자신의 입술을 살짝 만졌다.

"……네, 네."

물주머니에 입을 대야 하는 것 때문에 그녀가 허둥대고 있었지만 고블린 슬레이어는 무시했다.

그는 단검의 피와 지방을 고블린의 넝마로 닦아 허리띠에 끼우고, 이어서 꽂혀 있는 검으로 다가갔다.

시체를 짓밟고 검을 뽑아 칼날 상태를 확인한 뒤 역시 그것도 피를 닦아 칼집에 넣었다.

가방 안을 확인하고 장비를 점검한 뒤에 고개를 끄덕였다.

"준비는 됐나."

"아, 네엡."

"그럼 들어간다."

홉 고블린 한 마리, 부하가 두 마리. 합계 열다섯 마리.

그 고블린들이 어떻게 되었는지는 말할 것도 없었다.

불가사의하게도 아가씨들이 모두 무사한 것은 불행 중 다행이었다.

그러나『고블린이 잡아간』아가씨들이 어찌 행복을 누릴 수 있을까?

여신관은 상상하는 수밖에 없었다.

§

"도대체가 그 녀석은 애당초 근본적으로 말이 너무 부족하잖아!"

그리 말하며, 엘프 궁수는 손에 든 잔으로 술집 탁자를 쾅쾅 두드렸다.

"그런가. 그런가? 그렇다. 그렇군. 고블린고블린밖에 말을 안 하니까!"

잔의 포도주가 커다랗게 파도치고, 그녀의 길다란 귀가 쫑긋쫑긋 위아래로 움직였다.

투명하고 하얀 얼굴이 오늘은 빨갛게 물들었고, 예리한 눈동자도 눈물이 글썽거려 촉촉했다.

상위 숲 종족이 보여선 안 될 추태— 다시 말해서, 그녀는 취해 있었다.

이제 곧 밤. 변경의 도시라지만 오늘도 모험가 길드 안의 술집은 떠들썩했다.

손님 태반은 일거리 하나를 끝내고, 혹은 이제부터 모험을 하러 가기 전에 먹고 마시는 자.

죽은 동료를 추도하기 위해, 다친 동료를 격려하기 위해, 기합을 지르는 자들도 많았다.

그런 가운데 펄펄 김을 피워 올리는 엘프 궁수의 모습은 딱히 눈에 띄지 않았다.

그러나 그렇다고 그녀의 추태를 술안주 삼지 않는다는 이야기는 아니었다.

얼마 전에 알게 된 모험가 창잡이가 대형 잔에 든 에일을 마시고 말했다.

"그 자식이 말 없는 건 하루 이틀 일도 아니지 않냐?"

"예정 비어 있어? 라고 물었더니 『고블린이다』라고 말하는 건, 뭐 좋다 이거야."

그건 좋다구. 엘프 궁수는 보이지 않는 누군가에게 고개를 끄덕였다. 그쪽에는 아무도 없었다.

"오르크볼그잖아. 그건 백만 걸음 양보해서 용서해줄게— 그치만!"

텅. 다시 내리친 잔에서 술이 튀고, 엘프 궁수의 얄팍한 가슴팍에 붉은 얼룩을 만들었다.

"보통은 『도와줘』라든가 그런 게, 이어져야 하지 않을까!"

"그러니까 즉—."

안주용 견과류가 담긴 접시를 엘프 궁수한테서 멀리 떨어뜨려 피난시키면서, 창잡이가 말했다.

"차인 거냐?"

"차인 거 아냐!"

부웅. 있는 힘껏 몸을 비틀다 보니 엘프 궁수의 잔에서 포도주가 성대하게 튀었다.

창잡이는 슬쩍 머리를 낮춰 그것을 피했다.

"우……!"

그게 또 분했는지, 엘프 궁수가 입술을 삐죽이더니 잔을 내밀었다.

"그리고 말이야, 뭐든지 죄다 그런 쪽으로 엮으려는 건 흄(인간)의 나쁜 버릇이야!"

“하지만, 결국 모험 권유는 거절하지 않았느냐?”

“시끄, 드워프(난쟁이)!”

이번 표적은 벙긋이 웃는 드워프 도사였다.

그러나 낮은 키가 도움이 되어 엘프 궁수의 잔은 공중을 갈랐다.

아무리 엘프라도 활과 화살이 아니면 잘 노리지 못하는지, 아니면 취한 탓인지 알 수 없었다.

드워프 도사는 평소처럼 붉은 얼굴로 하얀 수염을 매만지면서 진지한 태도로 말했다.

“그것은. 오히려 내가 보기에는, 너야말로 『도와줄까?』라고 말해야 하지 않았겠느냐?”

“매번 그렇게 말을 하면, 마치 내가 그 녀석을 돕고 싶어 하는 것 같잖아?”

“아닌 게냐?”

“아니야!”

단단히 토라진 엘프 궁수는 눈이 풀린 상태로 중얼중얼 불평을 내뱉었다.

“언제나 언제나 고블린 고블린. 옷은 더럽히지 장비는 안 보여주지. 몇 번이고 사고를 치지…….”

완전히 떼쟁이 같은 꼴이라, 드워프 도사는 기가 막힌단 기색으로 고개를 좌우로 흔들었다.

“정말이지 포도주 한 잔으로 이만큼이나 취하다니, 싸게 먹혀서 좋겠구나.”

“가끔은 긴장을 푸는 것도 좋지 않겠나?”

리자드맨 승려가 치즈 덩어리를 한 아름 안고서 깨물어 먹으며 대답했다.

승직에 있는 리자드맨 승려의 험악한 얼굴도, 이 때는 한심스레 느슨해져 있었다.

“진미로다, 진미야. 맛있는 식사에 잠자리가 있다면 이 세상에 다툼 따위 일어날 일이 없으리로다.”

“그리고 술이니라. 그리고 안주로 뭘 시킬지 다투는 게다.”

“속세는 뜻대로 되지 않는군.”

리자드맨 승려가 곱씹으며 중얼거리더니, 눈을 빙글 돌리며 가게 안을 살폈다.

“여하튼 소귀 살해자 선생에게 여신관 선생이 붙어 있으니……. 조바심 내는 자도 있지 않겠는가?”

“라이벌, 많으니, 까.”

우아하게 술을 즐기는 육감적인 미녀— 마녀가 입술 끝을 살짝 풀었다.

그녀는 창잡이의 접시에서 요리를 집어 먹으며 옆자리에 의미심장한 시선을 보냈다.

“글쎄요, 무슨 소리신지? 저는 전~혀 모르겠어요.”

나란히 앉은 접수원 아가씨가 그 시선을 느끼고 키득 웃었다.

아직 제복 차림이지만 업무 시간은 이미 끝났다.

귀가하기 전에 주점에 들른 것이다. 술기운이 살짝 도는지 볼도 상기되어 있었다.

“어머, 여유…… 있네.”

"딱히 그런 건, 아니지만요."

접수원 아가씨는 얼버무리듯 손 안의 잔을 만지작거렸다.

빙글 도는 잔에서 포도주가 살짝 파도 쳤다.

"지금은 느긋하게, 틈을 엿보는 게 어떨까 해서요."

"그렇게, 5년…… 이잖아?"

그렇게 말하면 대답이 궁해진다. 접수원 아가씨는 애매한 표정을 지으며 잔을 입에 댔다.

도시 지부에 배속되고서 담당하게 된 모험가가 그 사람이었다.

묵묵히 할 일만 해나가는 모습을, 어느 틈엔가 눈으로 쫓고 있었다.

나가는 등을 눈으로 배웅하고, 돌아오기를 기다렸다.

딱히 무슨 극적인 일이 있었던 것은 결코 아니지만…….

이런 마음이란 것은 그런 나날 속에서 쌓여가는 것이다.

—그런 의미에서는, 이 사람의 접근법도 이해는 된단 말이죠.

흘끔 옆을 봤더니 창잡이가 무슨 말을 하려고 할 때마다 마녀가 방해하고 있었다.

그가 열심히 자신을 꼬시려고 하는 것 정도는 접수원도 알고 있었다.

겉모습은 미장부(美丈夫). 밝고 쾌활하다. 여성에게도 배려를 할 줄 알지만, 조금 경망스런 것이 옥의 티.

우수하고, 강하며, 근본은 상냥하고, 명랑하다. 돈벌이도 잘 하고, 거칠긴 하지만 오만하지는 않다.

객관적으로 보아 나쁜 남자는 아니다. 접수원도 딱히 창잡이를 싫어하지는 않았다.

과거에— 그가 고블린 슬레이어를 가볍게 본다고 생각했을 때라면 모를까.

그러나 괜찮은 남자라고 해서 꼭 반해야 한다는 법은 없었다.

그리고 상대가 반했다고 해서 꼭 그것에 응해줄 필요도 없는 것이지만—.

"흐응……."

—그러나, 그렇다면 그녀 입장에서 나는 일단 연적이 아닐까요?

여자의 우정은 덧없는 것이다. 흔히 듣는 말이지만 접수원은 알 수 없었다.

창잡이의 파티 동료, 언제나 쓰는 모자를 벗은 마녀는 속을 알 수 없는 미소만 짓고 있었다.

"고생, 스럽, 겠, 어."

"당신도요."

얼굴을 마주보고 쓴웃음을 지었다. 여성 둘이 친근함을 담아 고개를 끄덕였다. 한 남자는 전혀 몰랐다.

"그런데 마신이 쓰러진 다음인데도 요즘 많구만. 악마(데몬)가 엮인 의뢰."

마녀가 끈질기게 방해하자 포기했는지, 창잡이가 에일을 쭉 들이켰다.

"이거, 어찌 된 일인데?"

조금은 상대를 해줘도 되겠지. 접수원도 가여워져서 모험에 대한 화제에 대답했다.

"높은 분들 말로는 용사가 놓친 잔당일 거라고 해요."

"그쪽도 상사가 당했다고 곧장 돌아갈 수는 없는 거구만."

창잡이가 말하며 견과류를 한줌 입에 넣고 오독오독 씹었다.

"악마도 참 힘들겠어."

"오명을 씻기 위해 신분을 위장하고, 수단을 강구한다. 편한 장사 따위 없는 법일세."

리자드맨 승려가 기괴한 손놀림으로 합장을 하며 창잡이에게 깊이 고개를 숙였다.

"이번 일에 조력해준 것, 참으로 감사하네."

"에이 뭘. 의뢰라면 거절할 이유가 없잖아."

창잡이가 손을 훌훌 흔들었다.

"가끔은 이런 모험(데이트)도 나쁘지 않아."

리자드맨 승려 말처럼 이번에 그들 다섯 명이 토벌한 상대는 사람으로 둔갑한 악마였다.

의뢰 자체는 극히 평범했다. 도시에 만연한 신흥종교를 조사해달라는 것.

작게나마 지고신의 신전이 있는 도시였지만, 신기(神器)를 잃어버렸다고 했다.

신기의 탈환도 포함된 의뢰—「고블린은 있나?」라고 물어본다면 대답은 NO다.

다시 말해서, 고블린 퇴치가 아니었다.

『그러면 고블린을 퇴치하러 간다.』

고블린 슬레이어가 말하자 여신관도 죄송하다며 고개를 숙였다.

엘프 궁수가 오기를 부려서「그럼 셋이서 할 거야!」라고 말은 했지만 역시 전력이 부족했다.

이걸 어쩐다, 하고 고민하고 있는데 창잡이가 말을 걸었다.

마침 잘됐다 싶어 임시 파티를 짜고 도시에 가서 조사를 시작했더니…….

예상대로 잔뜩 나왔다. 납치에 마약 밀매, 절도공갈, 수많은 증거들.

지고신의 사당에서 도둑맞은 신구(神具), 눈동자를 모방한 파란 금강석까지 발견한 이상 의심할 여지가 없었다.

그리고 수상쩍은 의식을 집행하는 교단 본부에 돌입하여 교주를 붙잡은 것도 잠시.

『UUUUUUU……! AKAATERRRAAAABBBBB!!!!』

금강석 눈동자에 비친 부교주가 눈 깜짝 할 사이에 수괴인 악마의 본성을 드러내지 않는가?

결국 둔갑을 내던지고 덤벼드는 괴물과 모험가들 사이에 챙챙평평 싸움이 벌어졌다.

“그래서, 내 활이 마무리를 지었지!”

“그래요 그래요. 보고서에도 그렇게 쓰여 있었으니까 수리했어요.”

엘프 궁수가 주장하는 증언을 접수원 아가씨가 똑똑히 받아 적어서 서류를 만들었다.

반복하고 또 반복해서 손짓발짓을 하며 싸움을 표현하는 엘프 궁수.

2천 살을 가볍게 넘긴 연상이면서도 여동생 같은 모습은 보고 있어도 질리지 않았다.

“하지만 조금 많이 마신 것 아닌가요?”

“괜찮아. 개~앤차나. 포도주 한 잔이잖아. 멀쩡해, 멀쩡해~.”

대답하는 엘프 궁수는 헤롱헤롱. 아무리 봐도 멀쩡하진 않았다.

—하긴, 숙취도 경험이라고 할 수 있죠.

쓴웃음을 지으면서도, 취해서 쓰러지면 2층까지 배웅해주자고 마음속으로 다짐하며 접수원도 한 잔 더.

잔을 기울여 포도주를 혀로 굴리며 즐기다가, 문득 아까 들은 한 마디가 떠올랐다.

—『라이벌이 많다』라…….

역시 모험에 따라다니는 여신관과 달리 기다려야 하는 그녀는 불리했다.

뭐가 유리하고 불리한지 그걸 말로 표현하는 건 참으로 못난 짓이다.

접수원도 이쯤에서 공세로 전환할 수를 쓰고 싶기는 했다.

—그러나, 파고들자니 그것도 참 무섭단 말이죠…….

모험가와 직원이라는 관계는 의외로 편안하다. 그렇지만 그것만으로 끝나버린다면…….

"고민 있으신가요!"

시야 구석에서 외치는 창잡이를 마녀가 뭐라고 타이르고 있었다.

하우. 접수원의 입에서 무심코 한숨이 흘렀을 때였다.

"——?"

조합 입구의 출입구가 끼익 열렸다.

이어서 저벅저벅 거침없고 난잡한 발소리가 울렸다.

엘프 궁수의 귀가 움찔 튀어 오르더니 무슨 토끼라도 되는 양 그쪽을 돌아보았다.

역시나, 그곳에는 너무나도 싸구려 장비를 갖춘 모험가가 있었다.

신입— 백자 등급 모험가조차 수군거릴 정도로 무척 볼품없는 모습이었다.

이 길드에 모인 사람들이라면 잘못 볼 리가 없는 좀 이상한 녀석.

다시 말해서 고블린 슬레이어였다.

“수속은 해두지. 쉬어라.”

그는 뒤따라온 여신관에게 무뚝뚝하게 말했다.

그녀는 졸음을 이기지 못하고 있는지 고개를 꾸벅꾸벅 흔들며 눈가를 비볐다.

신관들이 행사하는 기적은 천상의 신들에게 직접 탄원하는, 문자 그대로『기적』이었다.

정신적 피로는 전위에서 싸우는 전사에게 뒤지지 않을 정도니, 이 가녀린 소녀에게는 상당한 부담이었을 것이다.

“……네에. 저기…….”

“왜 그러나.”

“안녕히 주무세요, 고블린 슬레이어 씨.”

고블린 슬레이어의 말에 고개를 끄덕인 그녀는 비틀비틀 계단을 올라갔다.

여신관이 위태로운 발걸음으로 완전히 2층에 올라간 것을 확인하고서 고블린 슬레이어가 걷기 시작했다.

그러나 똑바로 길드 접수처로 가려는 것을 입다문 채 보고 있을 리가 없었다.

“잠깐, 오르크볼그. 여기여기!”

취했어도 역시나 눈썰미 좋게 발견한 엘프 궁수가 눈치 보지도 않고 큰 소리로 불렀다.

일어서서 잔을 붕붕 휘둘러대니 술이 넘쳐서 창잡이의 안주에 쏟아졌다.

그가 기어이 포도주에 잠겨버린 견과류를 한탄스레 씹어대자, 마녀가 키득키득 웃었다.

고블린 슬레이어는 탁자에 다가와서 그 모습을 빙 둘러보았다.

"뭐지."

그리고 처음 한다는 말이 이거다.

드워프 도사와 리자드맨 승려가 얼굴을 마주보며 어깨를 으쓱거린 것도 무리가 아니었다.

모험한 다음에도 여전한 모습에 안심해야 할지 아닐지…….

그러나 엘프 궁수는 납득하지 못했다.

"뭐지, 가 아냐."

그녀는 탁자를 탕탕 때리면서 눈을 치뜨고 철 투구를 노려보았다.

"돌아왔으면 인사 정도는 해야지."

"그런가."

"그런 거야!"

흥. 거칠게 콧김을 내쉬는 엘프 궁수를 흐뭇하게 바라보면서, 접수원 아가씨가 자연스럽게 의자를 움직였다.

자기 옆에 앉을 공간을 마련하고 손짓하여 자연스레 고블린 슬레이어를 불러들였다.

털썩, 사양 않고 앉은 고블린 슬레이어에게 생긋 웃었다.

"수고하셨어요, 고블린 슬레이어 씨. 일은 어떠셨나요?"

“보고는 할 생각이다.”

그가 말하며 철 투구를 기울였다.

“업무는 끝난 것 아닌가?”

“괜찮잖아요.”

접수원 아가씨는 살짝 심통이 나는 걸 느끼며 약간 입술을 삐죽거렸다.

“언제나 제가 보고를 들으니까 먼저 듣는 것 정도는 말이에요.”

“흠.”

고블린 슬레이어는 팔짱을 끼고 생각에 잠겼다.

“고블린이 있었다.”

“그건 이미 안다.”

분연한 표정의 창잡이가 단적인 대답에 트집을 잡았다.

그는「답답한 놈」이라고 말하듯 어깨를 으쓱거리며 고개를 저었다.

“접수원 아가씨는 네가 뭔가, 내 성과에 손색이 없는 결과를 냈는지 묻는 거야.”

고블린 슬레이어는 다시 생각한 다음 말했다.

“열다섯 마리를 몰살시켰다.”

모험담을 기대한 것은 아니지만 창잡이가 고개를 푹 숙였다.

“야 좀. 고블린 슬레이어. 좀 더 뭔가 그런 거 없냐?”

마녀가 눈웃음을 지으며 잔을 입가로 옮겼다.

“없, 지 않았, 을까……?”

“그야, 카미키리마루가 가면 그리 될 게다.”

“소귀 살해자 선생이니 말일세. 별난 점 따위가 있었겠는가?”

"놈들, 장비를 잘 갖추고 있었다."

드워프 도사와 리자드맨 승려가 그럴 법도 하다며 수긍했지만, 고블린 슬레이어가 고개를 옆으로 저었다.

"잡혀간 아가씨들도, 무사했다."

"어머."

접수원 아가씨가 눈을 깜빡였다.

"좋은 일, 이긴 하지만……. 드문 일이네요, 그거."

그녀도 벌써 5년이나 조합에서 일하고 있지만 그 중에서도 드문 사례였다.

실전 경험은 몰라도 모험을 접한 수는 이 중에서 가장 많았다.

그렇지 않더라도 고블린 퇴치는 싫어도 많이 접하게 되는 분야다.

잡혀가기 전이거나 잡혀간 직후라면 모를까, 잡혀간 지 보름.

"식량 취급……? 상위종이 무슨 인질로 삼았다거나, 그런 것도 아니고요?"

"아니다."

그는 고개를 좌우로 저었다.

"다치기도 했고, 겁에 질리기는 했었다."

"분명히 광산이었죠?"

"애당초, 광산을 노리는 것이 기묘하다."

"식량을 노린 것도 아니란 거니까요. 으음……."

그래서 고블린 슬레이어와 대화를 맞춰갈 수 있는 것도 그녀 정도였다.

담담하게 이어지는 그의 말에 일일이 고개를 끄덕이면서, 입술에 손가락 끝을 대고 생각에 잠겼다.

"나도 고블린에 대해서 공부를 해야 되나?!"

바로 옆에서 창잡이가 떠드는 건 신경 쓰지 않는다.

고블린이 아가씨들을 잡아가는 것은 십중팔구 번식이 목적, 이다.

그러나 한편으로, 노리개로 삼고 범하면서 울분을 풀기 위해서이기도 하다.

사람들에게 고블린이 사악한 존재인 것처럼, 고블린에게도 사람들은 용서할 수 없는 존재다.

같은 여성으로서 듣고 싶지 않은, 읽고 싶지 않은 비참한 말로를 수도 없이 알고 있었다.

그러니 무사히 구해냈다면, 그것만으로 기뻐해도 되겠지만…….

"……으음. 그것만 가지고는 아직 뭐라고 할 수가 없겠네요."

아무래도 납득이 안 간다. 접수원 아가씨는 뭔가가 걸리는 것을 느끼면서 고개를 갸웃거렸다.

그것은 고블린 슬레이어도 마찬가지. 그는 담담하게 말을 이었다.

"구두 보고는 지금 했지만, 나중에 상세 보고서를 제출하지. 확인을 부탁한다."

"네. 그렇지만 제 근무 시간은 끝나 버렸으니까 내일 아침이 되겠네요."

"상관없다."

"이쪽은 상관있어."

엘프 궁수가 말참견을 했다.

탁자에 축 늘어져 엎드린 그녀는 풀리는 눈매를 날카롭게 만들려고 노력하면서, 눈을 치뜨고 그를 노려보았다.

"……보고보다, 동료랑 친구한테 인사를 먼저 해!"

고블린 우선인 건 알겠지만. ―하는 가녀린 속삭임.

고블린 슬레이어는 천천히 고개를 옆으로 저었다.

"얼굴을 봤으면 필요 없지 않은가."

"없어도, 하는 거야."

"그런 건가?"

"……일단, 다들 걱정했으니까."

"……그런가."

그 말을 듣고, 고블린 슬레이어가 낮게 말했다.

"선처하지."

"그럼, 좋아."

이제야 기분이 풀렸는지, 엘프 궁수가 녹아내리듯 웃었다.

기분이 나아진 것을 나타내듯 길다란 귀가 살살 흔들렸다.

2천살을 넘어 숲 종족에서도 성인이라고 주장하지만 도무지 그래 보이지 않았다.

―이래서야 엘프의 선조님들이 보고서 눈물짓는 게 아닐꼬?

드워프 도사가 턱수염을 만지작거리며 생각하고 있는데 접수원 아가씨가 스윽 움직였다.

그녀는 자연스럽게 몸을 내밀어 고블린 슬레이어의 무릎에 손을 짚었다.

감탄스러울 정도로 자연스럽고 표정도 참으로 진지했다.

"그런데, 고블린 슬레이어 씨."

"뭐지."

"저기, 그게, 내일 모레, 수확제가, 있잖아요?"

"그래."

스읍. 접수원 아가씨가 깊게 숨을 들이쉬고, 내쉬었다.

심장을 진정시키려고 균형 잡힌 가슴에 손을 대고 말했다.

"――예정, 비어 있나요?"

술렁. 분위기가 바뀌었다.

같은 탁자에 앉아있던 사람들은 물론이고, 주위에서 마시며 떠들어대던 모험가들이 귀를 기울였다.

그것은 마치 미궁에 발을 들일 때처럼 긴박하고 팽팽한 정신 상태를 닮아 있었다.

"저는 완전 비어 있습니다!"

창잡이가 말하는 것을 마녀가 《사일런스(침묵)》로 막아 버렸다.

엘프 궁수는 눈을 부릅떴지만, 술기운 때문에 머리가 무거운지 불명료한 소리만 내고 있었다.

그 뭐라 말하기 어려운 분위기 한복판에서, 고블린 슬레이어가 말했다.

"……고블린."

"아, 고블린 말고요."

"……흐음."

가차 없이 잘라 말하자 고블린 슬레이어가 생각에 잠겨 고개를 숙였다.

난처한 기색, 이라고 말할 수도 있었다. 어쨌든지 보기 드문 광경이었다.

주위의 손님들이 마른침을 삼키며 지켜보는 가운데, 접수원 아가씨만 홀로 미소를 유지하고 있었다.

잠시 지나, 고블린 슬레이어가 말했다.

"……아마도, 없을, 거다."

그렇다면 돌진이다. 접수원 아가씨가 말을 이었다.

"실은 저 오후부터 반차 휴가를 받았거든요."

—지금이 힘을 다해야 할 때야……!

축제의 계절이 찾아오고 그가 고블린 퇴치 의뢰를 받았을 때부터 짠 작전이었다.

이럴 때 휴가를 받을 수 있다니, 평소에 성실하게 일한 보람이 있었다.

취한 기세도 있다. 술의 힘을 빌어서 지금이 호기라 보고 파고든 것이 나쁜 전법은 아니리라.

"괘, 괜찮으시면, 가, 같이 보러 다니지 않으실래요?"

"……."

"저, 저기. 축제 때는, 이래저래 위험, 하잖아요?"

꼬물꼬물 의미도 없이 손가락을 엮고 움직이면서 접수원 아가씨가 철 투구를 보았다.

그가 언제나 쓰고 있는 싸구려 철 투구는 그 안쪽의 표정을 보여주지 않는다.

그래서 빠르게 뛰는 심장과 함께 빨라지는 목소리로, 열심히 말해서 전하는 수밖에 없었다.

접수원 아가씨에게는 1초가 1분을 넘어서 1시간처럼 느껴지는 기나긴 침묵이 지난 뒤.

"……괜찮겠지."

고블린 슬레이어가 수긍했다.

담담하고 무기질적이었지만, 한 음 한 음 정중하게 자아낸 목소리였다.

"평소에, 신세를 지고 있으니까."

"아, 그, 네엣."

감사합니다. 그녀가 고개를 숙이자 땋은 머리칼이 크게 튀어 올라 흔들렸다.

—어라? 감사를 하는 건 조금 아닌가?

그런 의문도 아주 약간 스쳤지만 사소한 일이다.

지금은 가슴 속에서 확 부풀어 오르는 기쁨에 몸을 맡기는 게 당연한 거다.

"아, 그, 그렇지! 고블린 슬레이어 씨, 뭔가, 마실래요?"

"아니, 됐다."

고블린 슬레이어는 고개를 옆으로 저으며 의자에서 일어섰다.

평소처럼 익숙한 손놀림으로 투구, 갑옷, 검, 방패, 장갑, 장비를 점검하고 고개를 끄덕였다.

"보고를 끝냈으니, 오늘은 돌아간다."

"아아, 그, 그렇군요."

접수원은 조금 아쉬우면서도 그다운 대답에 만족하는 신기한 기분을 느꼈다.

"저기, 그럼……."

"수확제 날, 정오, 광장. 그러면 되겠나?"

"넷."

"알았다."

고개를 끄덕인 고블린 슬레이어는 일동을 한 번 둘러보았다.

"너희들은 어쩔 거지?"

그 말에 머리를 싸맨 것은 접수원이 아니었다.

그녀는「못 말린다」고 말하듯 포기한 표정.

리자드맨 승려와 드워프 도사가 둘이 나란히 못 말린다는 심정으로 머리를 감쌌다.

그들은 한숨을 쉬며 어깨를 으쓱거렸다. 이럴 때 한 몫 거들어도 손해 볼 것 없는 법이다.

"소승은 축제날 술사 선생과 먹거리 탐방을 하고자 생각하고 있다네."

"그렇고말고. 비늘 친구랑 한 번 술 대결도 해보고 싶었지. 좋은 기회가 아니던고?"

드워프 도사가 배를 퉁 두들기고 웃으면서, 엎드려 있는 엘프 궁수의 등을 쓰다듬었다.

"길쭉귀야. 너도 같이 가는 게다. 이러니저러니 해도 드워프랑 엘프는 오래 사귄 사이가 아니더냐?"

"에엑……."

불만스런 목소리. 막 잠에서 깬 어린애 같은 기색에다 억양이 없었다.

"어허. 술 한 잔 정도는 사주마."

"……그럼 갈래."

"그런가."

세 사람의 대답을 들은 고블린 슬레이어는 평소처럼 담담하게 말하고 자리에서 일어섰다.

"이이는 데이트가 있거든."

창잡이가 뭔가 말하고 싶은 기색으로 입을 움직였지만 마녀가 가로막았다.

"그럼 나는 돌아간다."

작별인사가 없는 것도 평소와 같았다.

그는 조합의 접수처에서 가까이 있는 직원을 붙잡아 보고를 마친 다음 밖으로 향했다.

그 성큼성큼 거침없는 발걸음이 전혀 흐트러짐 없는 것도 평소와 마찬가지다.

어딘가 별난 모험가.

그야말로 그런 모험가의 등을, 일동이 아무 말 없이 배웅했다.

"……이것은 그야말로."

리자드맨 승려가 감탄하며 숨을 내쉬었다.

"참으로 훌륭한 찌르기(스팅)로군."

"에, 에헤헤……. 자, 잘 풀려서 다행이에요."

접수원 아가씨가 쑥스러운 기색으로 볼을 붉히고 땋은 머리칼을 손가락으로 만지작거렸다.

"그렇네."

잿더미처럼 무너진 창잡이를 적당히 쓰다듬던 마녀가 웃으며 말했다.

"노력……했, 네."

"애쓰긴 했구먼, 카미키리마루를 상대하는 것이니……."

드워프 도사가 개탄스레 한숨을 내뱉었다.

"이 모루 처녀도 조금은 본받으면 좋겠구먼."

"……시끄러워어, 참."

벌떡. 무척 귀찮다는 기색으로 고개를 든 엘프 궁수가 눈을 게슴츠레 뜨고 드워프 도사를 노려보았다.

"나는, 그 바보를 모험에 데리고 가려는 것뿐이야. 똑같이 보지 마."

"그걸 실패했지 않느냐……."

"으, 으그그그그……."

"어허, 자, 마시거라, 마시거라."

그녀의 잔에 포도주를 넘실거리도록 따라준다.

엘프 궁수는 드워프 도사를 한 번 노려보더니, 잠시 지나 작게 고개를 끄덕이고 잔에 입술을 댔다.

그것을 지켜보던 접수원 아가씨가 미안한 기색으로 눈썹을 내리고 말했다.

"저기, 그게…… 죄, 죄송합니다?"

"별로 상관없어. 아까도 말했지만 나는 그런 거 아냐."

엘프 궁수는 잔을 두 손으로 감싸 쥐고 홀짝홀짝 핥으면서 접수원을 보았다.

"있지."

“네?”

“……나도『고블린 말고』란 거, 써먹어도 돼?”

§

고블린 슬레이어가 길드 밖으로 나오자 달콤한 냄새가 그를 폭신하게 감쌌다.

이건, 대체 무슨 냄새였을까……?

그 생각을 하는 동안에도 서늘하고 시원한 바람이 불어서 향기가 흘러가 버렸다.

해가 떨어지자 낮의 따스함이 거짓말처럼 사라졌다.

밀려드는 밤공기. 올려다보면 하늘은 맑고 별들이 반짝이고 있었다.

풍부한 결실을 약속하듯 꽉 찬 쌍둥이 달의 빛도 어쩐지 금속처럼 무기질적이었다.

“흠.”

벌써 가을이다.

그렇다고 해서 그는 딱히 할 말이 없었다.

수확한 다음에는 고블린이 마을을 습격하는 일이 많아질 것이다.

봄에는 봄, 여름에는 여름, 겨울에는 겨울. 그리고 가을에는 가을의 전투 방식이 있을 뿐이다.

도시를 둘러보니 벌써 조용하게 가라앉고 있었다.

축제를 위해 준비한 깃발, 나무로 쌓은 탑 등이 복잡한 그림자를 땅에 드리우고 있었다.

그 사이를 메우듯, 고블린 슬레이어가 걷기 시작했다.

잘 아는 골목이지만 장애물 옆을 지날 때마다 반사적으로 주먹을 움켜쥔다.

어둠 속에 꿈틀거리는 자가 없어도, 고블린은 언제 어디서 올지 알 수 없었다.

저 뒤에 숨는 것도 좋다. 저쪽에서 뛰쳐나오면 어떻게 할까?

온갖 대비가 언제나 도움이 된다고 할 수는 없지만 대비해서 나쁠 건 없었다.

고블린 슬레이어는 그것을 누구보다 잘 알고 있다고 생각했다.

"아, 여기 있네."

그래서 갑자기 친근한 목소리가 말을 걸어도 그는 놀라지 않고 받아들인다.

친근하고 경쾌한 목소리. 밤거리에는 안 어울리는, 아니 오히려 필요해질 정도로 밝은 목소리.

"뭐지."

고블린 슬레이어가 말했다.

"마중을 나온 건가?"

확인할 필요도 없이 소치기 소녀였다.

"헤헷."

어쩐지 볼이 느슨해진 그녀는 가슴을 흔들며 종종걸음으로 달려왔다.

"물론이라고 말하고 싶지만, 우연이야. 도시에는 일 때문에 왔어."

"그런가."

"그런 거야."

고개를 끄덕이는 그녀 얼굴을 지저분한 철 투구가 빤히 쳐다보았다.

"배달인가?"

"아아니."

소치기 소녀는 고개를 붕붕 옆으로 저었다.

"거래. 돈 이야기니까 나도 기억해두라고 삼촌이 맡겼어."

"그런가."

고블린 슬레이어는 다시 한 번 고개를 끄덕였다.

날도 저물었고 도시는 어두우며, 사람의 기척은 흐려지고 어둠이 짙다. 문 바깥 가도라면 더욱 그렇다.

"……돌아가지."

"응, 돌아가자."

두 사람이 누가 먼저랄 것도 없이 나란히 서서 발걸음을 맞춰 걷기 시작했다.

돌바닥에 길게 뻗은 그림자를 거느리고서 아무 말 없이 돌아가는 길.

서두르지도 않고, 그렇다고 일부러 걸음을 늦추지도 않는다.

대화가 없다는 것도 편안할 때는 좋은 법이다.

"아……."

휘이. 또 다시 선선한 바람이 불어서 달콤한 향기를 실어왔다.

고블린 슬레이어는 그것이 무슨 냄새인지 떠오를 듯 떠올리지 못했다.

그 바람에 섞여서 꽃잎이 한 장. 살랑, 공중에 호를 그리며 떨어졌다.

고블린 슬레이어가 고개를 들어올리자 그곳에 나무를 채색하는 금색 꽃이 있었다.

"아아, 금목서."

그를 따라 고개를 든 소치기 소녀가 눈부신 듯 가늘게 눈을 뜨더니, 손을 들어 그 아래로 보았다.

"벌써 피었구나. 그런 계절이네."

—이건 꽃 향기였군.

이제야 이해한 고블린 슬레이어는 조용히 중얼거렸다.

"그렇군."

옅은 노란색 꽃잎과 나란히 서자, 서늘하게 뜬 만월도 어쩐지 따스해 보이니 신기한 일이었다.

그렇게 그가 걸음을 옮기려는데 문득 부드러운 것이 왼손을 감쌌다.

소치기 소녀의 오른손이 가죽 장갑을 낀 고블린 슬레이어의 왼손을 잡았다.

그녀는 희미하게 알 수 있을 만큼 볼을 붉히고, 쑥스러운 기색으로 눈길을 피했다.

"그게. 위에, 보면서 걸으면, 위험하잖아. ……어두우니까?"

"……."

"아, 싫었어?"

고블린 슬레이어의 침묵을 어떻게 받아들였는지 그녀는 빼꼼 얼굴을 들여다보았다.

표정을 투구로 숨긴 고블린 슬레이어는 얼마 뒤에 천천히 고개를 좌우로 저었다.

"……아니."

"……에헤헤."

그대로, 소치기 소녀는 고블린 슬레이어의 손을 끌면서 걷기 시작했다.

방어구를 통해서 은은하게 전해지는 열. 그것을 쥐고서 고블린 슬레이어가 따라 걸었다.

그의 옆모습을 소치기 소녀가 슬쩍 보았다.

"그러고 보니까."

"뭐지?"

"금목서의 꽃말, 알아?"

"꽃말……."

고블린 슬레이어는 처음 듣는 말인 것처럼 반복해서 말했다.

"아니, 모른다."

"그럼, 조사해보는 게 좋을 거야."

그것은 작은 어린애가 연상인 것처럼 말하는 모습과 닮아 있었다.

"후훗."

소치기 소녀는 조금 자랑스럽게 볼을 풀면서 검지를 세워 가볍게 흔들었다.

"내가 보기에는 너랑 어울리는 꽃이라고 생각해."

"……기억해두지."

"응."

고블린 슬레이어가 고개를 끄덕이자, 소치기 소녀도 따랐다.

—말을 꺼내도, 되겠지?

이제 그만 분위기도 괜찮을 테니까, 소치기 소녀는 생각했다.

애초부터 그는 투구를 쓰고 있는 것치고 알기 쉬운 편이기는 하지만.

그래도 묘하게 완고한 부분이 있으니까 이럴 때는 머리를 좀 써야 한다.

"……축제, 이제 곧, 이라기보다, 내일 모레잖아."

"그렇군."

고블린 슬레이어가 고개를 끄덕였다.

"나한테도 함께, 보러 가자고 하더군."

"우에?!"

이상한 목소리가 나왔다.

"왜 그러지."

"아, 아니, 그게. ……누가? 그래서, 뭐라고 했어?"

"길드의, 접수원 아가씨다. 알고 있지?"

고블린 슬레이어가 말하자 소치기 소녀는 고개를 끄덕였다.

접수원 아가씨. 스타일도 좋다. 일도 잘 하고 배려도 되는 사람. 어른스런 여성.

"거절할 이유는 없다. 다른 사람들도 권유해봤지만 다들 예정이 있다고 하더군."

소치기 소녀는 무심코 멈춰서고 말았다.

"……왜 그러지?"

"아, 아하하하……."

소치기 소녀는 얼버무리듯 빈 왼손으로 머리칼을 만지작거렸다.

—아차차. 선수를 뺏겨 버렸어…….

그녀의 마음을 아는지 모르는지 고블린 슬레이어가 담담하게 반복했다.

"뭐지."

"……아아니. 아무것도 아냐."

천천히, 소치기 소녀는 고개를 좌우로 저었다.

딱히, 그렇게, 대단한 건, 아니다. 응. 아닐, 거다.

단순히 완전히 혼자 겉돌았을 뿐이다.

그래서 말을 꺼내지 말까 생각했지만, 말하는 것 정도는 용서받을 수 있겠지.

"나도 같이 보러 다니고 싶었어어~. 그것뿐이야."

"그런가."

"응."

고개를 끄덕이고 다시 침묵.

도시의 돌바닥은 어느샌가 흙길로 변했고, 대문을 지나 밖으로 나왔다.

봄에는 데이지가 흐드러지고 모험가들과 고블린의 싸움이 펼쳐진 언덕.

지금은 겨울을 대비하여 목초만 우거진 그곳에 두 사람의 발소리가 사각사각 울렸다.

귀를 기울이면 뚜르르, 뚜르르 미약한 벌레 소리. 그리고 옆에 있는 소꿉친구의 숨소리.

쌀쌀해지고 있지만 숨결이 하얘질 정도의 추위는 아니었다.

"……있지."

"뭐지."

"약속은, 언제부터야?"

이윽고, 저 멀리 목장의 불빛이 보였을 무렵.

고블린 슬레이어는 눈을 — 투구를 — 앞으로 향한 채 조용히 대답했다.

"오후부터다."

"……그렇구나."

그리고 조용히 중얼거린 소치기 소녀는 떨리는 손을 살짝 가슴으로 가져갔다.

"그러면, 말이야. ……오전은 나한테 내달라고 해도, 괜찮아?"

"괜찮다."

"어어?"

「안되겠지?」라고 하려던 소치기 소녀는 무심코 멍하니 고블린 슬레이어의 옆모습을 보았다.

지저분한 철 투구는 밤의 어둠 속에 녹아들어 구분하기가 어려웠다.

그의 말이 정말인지 아닌지 언제나 애매했다.

그는 알기 쉬운 성격이라고 생각하지만— 단순히 받아들이는 그녀의 바람이 드러난 게 아닐까?

소치기 소녀는 침을 꿀꺽 삼켰다.

목소리가 떨리지 않으면 좋겠는데…….

"저, 정말?"

"거짓말을 해서 어쩌겠나."

단언하는 목소리는 흔들림이 없었다.

물론 그는 이런 시시한 거짓말을 하는 남자가 아니다. 잘 알고 있었다.

"하, 하지만…… 괜찮아?"

"괜찮고 말고도 없다."

고블린 슬레이어는 불안한 물음에 딱 잘라 대답했다.

"네가 물어보지 않았나."

"으……. 그럼, 그러면, 혹시, 괜찮을까……?"

"나는 상관없다."

"야호!"

담담하게 이어지는 말에 소치기 소녀가 무심코 쾌재를 지른 것도 어쩔 수 없었다.

그녀는 풍만한 가슴을 흔들면서 가볍게 폴짝, 뛰어 그의 앞으로 빙글 돌아섰다.

"그럼, 약속이야. 축제날, 아침부터."

"그래."

고블린 슬레이어는 그녀의 기세에 밀린 것처럼 어쩐지 신기한 기색으로 고개를 기울였다.

"그렇게 기뻐할 일인가?"

"그야 물론!"

당연한 일이잖아. 소치기 소녀가 함박웃음을 지으며 대답했다.

"너랑 축제에 가다니, 무려 10년만인걸!"

"그렇게, 되나?"

"그렇게 되는 거야."

"……그런가."

고블린 슬레이어는 심각한 동작으로 고개를 옆으로 저었다.

"그건, 몰랐군."

희미하게 크림이 끓는 냄새가 풍겼다.

이제 슬슬 왔겠다 싶어서 용건을 핑계 삼아 **마중하러 나올** 때, 준비를 해둔 것이다.

집은 이제, 눈앞에 있었다.

막간

# 「의외로 좀 귀찮은 여자 이야기」



아이참 정말이지.

요즘 들어 느긋하게 쉬시는 모양이라, 볼도 장밋빛이고 참으로 다행이시긴 합니다만.

하다못해 조금만 더 정신을 차려주시어요.

침대 위에서 데굴데굴 버둥버둥…….

대체 몇 살이신가요? 버릇없으십니다.

어머, 삐치지 마세요.

정말이지, 어쩔 수 없지 않나요?

대주교님께서는 중요한 입장이며 사명을 지니고 계시잖아요?

그리 쉽사리 간단하게 축제에 놀러 가실 수는 없어요.

그 사교단의 뒤처리나, 의문의 붕괴나, 이것저것 일이 쌓여버리기도 했고…….

정말로, 그건 대체 어떻게 된 걸까요? 도시 변두리에서 폭발. 그것도 두 군데나!

싫네요. 위험하잖아요. 요즘 정말로 어떻게 된 걸까요?

그렇기 때문에 지고신의 힘이 필요해지는 거랍니다. 정신 똑바로 차려주세요.

네, 얼굴 씻으시고, 머리도 빗질을 하시고, 화장도 하시고, 몸가

짐도 갖추시고.

오늘은 아주아주 중요한 손님께서 오실 테니까 똑바로 하셔야 해요?

요전에 일을 부탁했던 남자분을 보세요. 얼마나 일에 열심인 분이셨나요?

중요한 거랍니다. 차근차근, 성실하게 하는 것은…….

……어머, 이제 좀 정신을 차리셨네요.

우후후후. 그래요, 그러시는 게 좋답니다.

마음에 걸리시는 게 있다면 편지라도 써보시면 어떨까요? 대필해드리고말고요.

자요. 고풍스럽게 향을 입힌 종이에 새 잉크로 쓰는 거랍니다.

그럼요, 그럼요. 바로 그거랍니다. 나중에 즐길 일이 있으면 일에도 의욕이 생기는 법이죠.

그래서, 오늘 손님은…… 네, 그 세 분이랍니다.

듣자하니, 그 축제에서 의식이 있다고 하잖아요?

지모신의 신사(神事)를 견학하고 싶다고 하셔서 소개장을 써주실 수 없을까 하고…….

……아아, 이런. 삐치지 마시어요. 화장이 흐트러집니다…….

아이참, 정말이지! 그러고도 검의 처녀라고 칭송 받는 분이신가요!

# 제2장 『전야제』

Goblin Slayer
He does not let anyone roll the dice.

고블린 슬레이어의 아침은 이르다.

그는 해가 뜨기 전에 일어나서 장비를 갖추고 목장 주변을 둘러본다.

어둑어둑한 편이 밤눈을 단련하기에 좋다.

특히 여름이 지나 가을로 접어드는 지금, 새벽은 어둡고 춥다.

그에게는— 그리고 고블린에게는 안성맞춤인 시기였다.

그는 쌀쌀한 공기 속에서 지평선이 하얗게 물들 때까지 훈련과 경계를 한다.

땅을 보고, 저 먼 곳을 보며 눈에 힘을 주고, 무기를 손에 들고 방심하지 않으며 한 걸음 한 걸음.

지금 이 순간에 고블린이 나타나도 그는 당황하거나 소란 피우지 않고 냉정하며 냉혹하게 대처할 것이다.

그런 생각이 들 정도로 그는 철저하며, 또한 그렇게 되는 것이 그의 목적이었다.

"안녀엉. 오늘은 춥다아."

해가 뜰 무렵이 되면 닭이 울고 소꿉친구인 그녀도 깨어난다.

춥다춥다 하면서도 그녀 자신은 속옷 위에 시트만 걸친 모습이었다.

풍만한 가슴 윗부분을 아낌없이 드러내면서 창문으로 몸을 내밀고 있으니 추울 만도 하다.

고블린 슬레이어는 한 번 눈길을 주더니 금세 시선을 돌리고 담담하게 뽑아 들고 있던 무기를 넣었다.

“감기 걸린다.”

“이래봬도 열심히 단련하고 있으니까 괜찮아~ 괜찮아~. 금방 밥 준비할게.”

“아니…….”

그는 귀를 기울이듯 고개를 기울이더니 조금 생각에 잠겼다.

그러나 결국 고블린 슬레이어는 느릿하게 고개를 좌우로 저었다.

“먼저 끝내고 싶은 일이 있다.”

“아, 그래?”

“신경 쓰지 말고, 먹어라. 그리고…….”

고블린 슬레이어는 조금 생각하더니 결국은 평소와 같은 어조로 말했다.

“오늘은 늦을 것 같다.”

“……응, 알았어.”

소치기 소녀는 조금 아쉬운 듯 입술을 내밀었지만 금세 웃었다.

“먹은 다음에 그릇, 정리 잊지 마.”

“알았다.”

훌훌 손을 흔들고 창문 안쪽으로 들어간 그녀에게서 시선을 돌리고 헛간으로 향했다.

지금은 이미 쓰이지 않는 창고 같은 것을 그가 빌려 쓰고 있었다.

끼익. 문을 밀어서 열고는 헛간 안으로 들어갔다.

정체 모를 장비나 소도구를 비좁게 늘어놓은 바닥, 그는 물건들을 난잡하게 치워서 자리를 비웠다.

어떻게든 만들어낸 공간에 앉더니 허리에서 검을 풀고 숫돌을 꺼냈다.

고블린 슬레이어가 어슴푸레한 빛에 비춰보는 검은 구부러지고, 칼날이 상하고, 녹이 슬어 있었다.

검 한 자루로 싸우면 피와 지방으로 무뎌져서 5명도 베지 못한다—. 흔히 듣는 말이다. 틀린 말도 아니다.

그러나 뛰어난 요리사가 하루 종일 주방에 서면서 칼을 몇 번이나 갈고 있을까?

달인이나 명인으로 불리는 자라면 설령 100명을 베더라도 마찬가지. 검은 어차피 고기를 베는 식칼이다.

그러나 난전 속에서 휘두른다면 또 달라진다.

하물며 고블린에게서 빼앗은 조잡한 검을 쓰는 경우도 있었다.

그의 입장에서 무기와 방어구는 소모품. 필요하다면 적에게서 빼앗는다.

"……."

그렇지만, 그것이 장비 손질을 게을리해도 되는 이유는 결코 되지 못한다.

고블린 슬레이어는 일단 검을 다시 벼리는 작업부터 시작했다.

녹을 떨어내고, 휘어진 곳을 두들기고, 빠진 날을 숫돌로 갈아서 정돈한다.

부러지지 않고 구부러지는 것이 좋은 검이라고들 한다.

그러나 이 경우 검을 만든 공방 기술자의 실력이 좋은 것뿐이다.

무명의 명품이 아니라, 양산한 것이 틀림없는 것이기 때문에 주저 없이 쓰고 버릴 수 있다.

"다음."

검을 칼집에 넣고 고블린 슬레이어는 다음 장비를 살폈다.

방패와 갑옷, 투구는 다행이라고 해야 할까? 물의 도시 사건 때 수선을 했다.

소중하게 계속해서 쓸 생각은 아니지만 고마운 일이다.

따라서 손질은 가볍게 닦아내며 점검하는 것으로 끝내고 신발에 중점을 두었다.

역시 이것도 특별히 주문한 것 따위가 아니라 어디서든 구할 수 있는 것이지만…….

동굴이나 황야를 걷고, 달리고, 뛰고, 적을 차고, 짓밟고, 부수는 이상 중요한 장비다.

진흙탕이나 물웅덩이에 발목이 잡혀선 안 된다. 《스네어(진흙 함정)》 주문이라면 모를까.

신발 바닥의 미끄럼 방지를 살피고, 흙이 끼어 있다면 빼내고 닦아낸다.

끈 상태를 확인하여 보푸라기가 심한 것을 빼내 새것으로 교환했다.

그저 그것만으로 운 나쁘게 넘어질 가능성이 내려간다면 안 할 이유가 없다.

그리고 양말. 이것 또한 경시할 이유가 없다.

장기간의 도보, 험한 길이나 습지에서 이동할 때 신발이 안 맞거나 발의 부담을 막는데 필수였다.

그의 스승은 신발에 애착이 없었지만, 그건 스승이 레아(들판 종족)였기 때문이다.

레아는 언제나 맨발로 걷는다. 다시 말해서 가장 우수한 신발을 이미 갖추고 있는 것이다.

소리도 안 내고, 어떤 장소에서든 미끄러지지 않고 걸어 다닐 수 있다면 무서운 것도 적어진다.

본받아 마땅한 일이다. 고블린 슬레이어는 늘 생각했다.

"자 그럼……."

한 차례 장비 점검을 끝낸 고블린 슬레이어가 느릿하게 일어섰다.

문득 돌아보니 선반 위에서 굴러 떨어졌는지 검붉게 녹이 슨 철투구가 굴러다니고 있었다.

옛날에 쓰던 것이다. 고블린 슬레이어는 그것을 주워 본래 위치에 돌려놓았다.

기껏 이렇게 일을 벌였으니 덤으로 농기구 손질도 해두는 것이 좋겠다.

그가 그 생각에 숫돌을 놔둔 채 헛간을 나오려는데 입구 쪽에 서 있는 사람이 있었다.

"……열심이군."

"……네."

이른 아침의 시릴 정도로 맑은 공기에 희미하게 섞인 연기 냄새.

목장 주인이 벽에 기대어 파이프를 후우우 피우고 있었다.

엄격한 얼굴에 험악한 표정을 짓고 있었다. 고블린 슬레이어는 살짝 투구를 숙였다.

"안녕하십니까."

그래, 안녕. 목장 주인이 대단히 가시 돋친 목소리로 말했다.

"그 애랑, 축제에 갈 약속을 했다더군."

"네."

"……나는, 아비를 대신해서 화를 내야 할 입장인가? 이거 참."

고블린 슬레이어와 시선이 마주친 그는 어색한 기색으로 말하면서 웃었다.

그는 이런 표정으로 웃는군. 고블린 슬레이어는 새삼스레 생각했다.

목장 주인은 표정을 다시 긴장시키고 약간 벗겨진 머리를 긁적이며 헝클어뜨렸다.

그리고「별로 말하고 싶지는 않지만……」이라며 누구에게랄 것도 없이 중얼거렸다.

"너한테 그럴 생각이 없는 건 알고 있지만……. 가지고 노는 그런 짓은, 하지 마라."

"네."

"주변에 여성이 많다고 들었다. ……아아, 그래 안다. 그렇다고 기뻐할 성미가 아니지."

"네."

"그리고, 그 녀석도 신경 쓰지는 않겠지만……. 그 녀석 마음도, 좀 헤아려줘라."

"……네."

고블린 슬레이어가 분명하게 고개를 끄덕이자 그는 또 뭐라 말하기 어려운 표정을 지었다.

"알고 있다면 됐다. 아니……."

말을 끊은 목장 주인이 수상쩍다는 시선으로 그의 철 투구를 보았다.

"……정말로 이해는 하고 있는 건가?"

"그렇다고 생각은 합니다."

고블린 슬레이어가 대답했다.

"자신은 없습니다만."

목장 주인은 그 말을 듣고서 미간을 엄지손가락으로 꾹꾹 눌러 풀었다.

"……이 다음에는 어쩔 셈이지?"

"농기구 손질을 한 다음에 도시에 장을 보러 갈 겁니다."

"그렇군……."

목장 주인이 파이프 끝을 버릇없이 깨물며 눈을 감았다. 뭐라고 말해야 할지 망설이고 있었다.

그리고, 잠시 지나서 나온 목소리는 쥐어짜낸 것 같았다.

"……그럼, 하다못해 아침 식사는 먹고 가라."

"……."

"그 애가, 모처럼 만든 거다."

"네."

"오랜만에 휴일이다. ……적당히 해라."

"네. 다만……."

고블린 슬레이어는 조금 당혹하며 말을 흐렸다.

"휴일, 이란 것을 저는 잘 모르겠습니다."

고블린 슬레이어는 그릇 정리를 잊지 않았다.

§

그것은 속옷이었다.

아니, 정확하게 말하자면 속옷 같은 갑옷이었다.

가슴 보호대, 장갑, 하복부만 달랑 한 세트인 갑옷. 분류를 따지자면 경장이었다.

몸을 움직이기 쉽다는 의미에서는 판금 갑옷과 비할 바가 못 되었다.

장갑 자체도 무척이나 정성을 들여, 우아한 곡선을 그리는데다가 단단했다.

그 부분에 대해서는 역시나 흠 잡을 데가 없었다.

그러나 문제는 그 장갑 부위가 너무 적다는 것이었다.

그럴 것이 가슴— 올바르게는 유방과 하복부에만 장갑이 있다.

어깨 보호대가 있기는 하지만 이건 문제가 못 된다.

복부에 일격을 받으면 어쩔 것인가? 내장이 흘러넘칠 거다.

등에 칼 한번만 맞아도 곧장 치명적인 부상이 될 수 있다.

아니지, 응급처치가 쉽다는 것은 이점일까?

혹여 절대 다치지 않겠다는 각오를 굳히기 위한 것일지도 모른다.

그러나 애당초 피부를 노출시킨 채 이것을 입는다는 전제가 잘못된 것 아닐까?

사슬 갑옷이든 갑옷용 속옷이든 껴입으면 되지 않을까?

그러면 문제는 단숨에 해결된다.

"……아니아니아니아니, 그러면 안 되지."

"뭐가 말인가."

"피부를 감춰 버리면 여성적 매력을 끌어낼 수 없—."

말하던 여기사의 시선이 바로 옆에 서 있는 지저분한 전사를 포착했다.

"엑, 고블린 슬레이어?!"

"그렇다."

그가 고개를 끄덕이며 수긍했다.

여기는 모험가 길드의 한 구역— 무구점이었다.

산더미처럼 쌓인 수많은 장비들. 안쪽에는 공방이 있고, 노옹과 도제가 쿵쾅쿵쾅 망치를 휘두르고 있었다.

고블린 슬레이어는 매번 장비를 조달하러 오지만 여기서 여기사를 본 것은 처음이었다.

애당초 기사가 선호하는 판금 갑옷이나 검, 방패는 그리 자주 바꿔 사는 물건이 아니었다.

하물며 중장비로 전위를 맡는 그녀가 저런 경장 갑옷 앞에서 고민하고 있다니…….

"경장으로 바꿀 셈인가?"

"아니, 뭐, 그런 것이 아니고 말이다……."

평소의 늠름한 태도가 어딜 갔는지 모르겠다.

여기사는 우물우물 말을 흐리고, 눈을 흘기며 고블린 슬레이어를 노려보았다.

"그리고, 너를 보고 있으면 가죽 갑옷을 입을 생각이 가신다."

"그런가?"

고개를 갸웃거리는 고블린 슬레이어. 그의 차림새는 한 마디로 볼품없었다.

지저분한 가죽 갑옷에 사슬 갑옷, 그리고 얼굴을 뒤덮은 싸구려 철 투구.

물론 유지(油脂)(왁스)로 끓이고 또 끓인 가죽의 단단함은 결코 얕볼 수 있는 것이 아니다.

게다가 금속 갑옷과 비교하면 훨씬 가볍다. 제대로 궁리해서 장착하면 민첩함을 유지할 수 있다.

투구도 젊은이나 숙련자는 싫어하는 경향이 있지만 머리에 기습을 받지 않으니 좋다.

아래쪽에 껴입은 사슬 갑옷도 아울러 생각하면, 확실히 어두운 곳에서 고블린과 싸우는 데는 만전이라고 할 수 있었다.

"조금 더, 그, 뭐냐."

여기사는 뭐라고 해야 하나 고민하며 고블린 슬레이어의 모습을 머리부터 발끝까지 순서대로 살폈다.

"닦아서 깔끔하게 하는 편이 좋지 않겠나?"

온몸에 정체 모를 검붉은 얼룩이 찌들어 있지만 않았다면, 그녀도 고블린 슬레이어의 장비에 그렇게까지 거부감을 갖지는 않았을 것이다.

"이건 연구한 거다."

고블린 슬레이어는 담담한 어조로 단언했지만 어쩐지 자랑스럽게 들리기도 했다.

"고블린 놈들에게 냄새로 발각되지 않는다."

"……하다못해 몸은 깨끗이 씻어라."

"그래."

고블린 슬레이어는 아주 진지하게 딱 잘라 대답했다.

"혼나니까."

아마도 진심으로 말하는 거겠지. 여기사는 신에게 호소하듯 하늘을 우러러 보았다.

물론 신탁(핸드아웃)은 없었다. 그녀의 탄원은 꾸깃꾸깃 뭉쳐서 버려졌음이 틀림없었다.

—이제 깊게 묻지 말자.

"……그래서, 너는 뭘 사러 온 거지?"

"말뚝과 밧줄을 두 뭉치. 그리고 철사와 목재 등이다. 그리고 삽을 새로 장만할까 해서 왔다."

"……허."

여기사는 무심코 신음했다.

"뭐라고?"

"말뚝과 밧줄을 두 뭉치. 그리고 철사와 목재 등이다. 그리고 삽을 새로 장만하러 왔다."

"그걸 모험에서 어디다 쓸 셈이지?"

"모험에는 안 쓴다."

고블린 슬레이어는 딱 잘라 고개를 저었다.

"고블린 퇴치에 쓴다."

하아. 여기사가 깊은 한숨을 내쉰 것은 말할 것도 없었다.

그러나 고블린 슬레이어는 그 모습에 개의치 않고 흥미롭다는 기색으로 갑옷을 보았다.

위아래로 분할되어 속옷이나 마찬가지. 갑옷이라 부르기도 꺼려지는 물건이다.

"이건 뭐지? 부위 갑옷인가?"

"분류를 하자면 그렇겠지."

여기사는 그렇게 말했지만 고블린 슬레이어는 도저히 이해할 수 없었다.

아무리 봐도 「부위 갑옷」의 영역을 넘어서 장갑이 부족한 갑옷이었다.

이걸 입고 모험에 나서서 괴물과 싸우겠다고 하면 제정신이 아니리라.

아니, 어느 정도 이상의 기량을 가진 경장 전사라면 문제없을까?

혹은 후위의…… 마술사, 도적, 혹은 승려가 입는다면 괜찮을까?

거기까지 생각한 고블린 슬레이어는 고개를 옆으로 저었다.

"도저히 생각하기 어렵군."

"……그 뭐냐. 모험가를 하는 여자는, 말이다."

여기사가 고블린 슬레이어의 의문에 대답하고자 입을 열었다.

얼굴을 붉힌 채 눈길을 돌리고 있었다. 목소리도 어물거린다. 평소의 그녀하고는 딴판이었다.

"결혼할 수 있는 상대가, 그게, 적단 말이다."

"그런 건가?"

고블린 슬레이어가 고개를 갸웃거렸다.

적어도 여기사는 아리땁다는 형용이 걸맞은 용모였다.

아름다운 금발. 샐쭉한 눈동자. 얼굴 생김새도 정돈되어 있고, 피부도 관리를 한다면 매끈하다.

드레스만 입으면 어디 사는 영애라고 해도 납득할 수 있을 것 같다.

"그런 거다."

그러나 그녀는 그렇게 말했다. 그렇다면 아마도 그런 거겠지.

"그게 말이다. 생각해봐라. 남자 모험가는 구해낸 마을 처녀나, 공주하고 맺어지지 않나?"

"그렇게 말해 봤자 나는 잘 모른다."

고블린 슬레이어는 그렇게 말하며 문득 철 투구를 기울였다.

어렸을 때 그런 이야기를 들은 기억은 있었다.

기사가 용을 퇴치하고 공주를 구해낸다. 성으로 데려가서 왕위 계승을 거부하고 먼 곳으로 여행을 떠난다.

그리고 머나먼 이국의 땅에서 공주와 맺어져 새로운 나라를 일으키는 것이다.

"……뭐, 그렇다고 치자."

그는 수수께끼에 도전할 때처럼 주의 깊고 신중한 어조로 말했다.

"그래서, 그 다음은?"

"남겨진 여자 모험가는 어떻게 될 것 같지?"

여기사는 풀이 죽고 심각한 표정이었다.

"흐음."

고블린 슬레이어는 팔짱을 끼고 약간 소리를 냈다.

"다른 동료와 결혼해도 될 것 같다만."

"연애문제가 얽혀서 수라장이 되어 괴멸한 파티를 몇 개 정도 알고 있다."

"그건 무시무시한 이야기군."

그럴 법도 하다.

고블린 슬레이어는 아주 진지하게 말했다.

여성들만 많이 데리고 다니는 파티를 흔히 보는데, 그걸 규합하려면 여간 고생이 아니리라.

—아니, 여성들만 모이면 오히려 사이가 좋다는 이야기도 들리더군.

전에 어디선가 아마조네스(여부족 전사)가 그런 말을 했던 기억이 있었다.

고블린 퇴치에 도움이 될 것 같지는 않지만, 이제 와서 생각해 보면 미리 자세히 들어볼 걸 그랬다.

이제는 그도 여성 두 명과 한 파티였다. 상관없는 일이 아니었다.

하지만 일단, 지금은 눈앞에 있는 상대에게 집중한다.

"그러면, 밖에서 상대를 찾으면 되지 않나?"

고블린 슬레이어는 현실적인 의견을 내봤다.

그러나 여기사는 마치 이 세상 모든 것이 멸망한 날인 것처럼 다 포기한 웃음을 지었다.

"……트롤이나 드래곤을 한 칼에 처리하는 여자를 좋아하는 남자가 있을 거라 생각하나?"

"없는 건가?"

"……그런 여자를 너는 어떻게 생각하지?"

"듬직하다."

"……아니, 그게 아니라."

여기사는 고블린 슬레이어를 수상쩍은 눈으로 보더니 깊게 한숨을 쉬었다.

"아니, 뭐, 내 경우는 바깥에서 찾을 생각이 없단 말이다……."

안절부절. 거동이 수상한 그녀는 시선을 여기저기로 마구 흔들었다.

"……붙잡으려면 조금 이렇게, 목석이 아닌 면을 보이는 편이 좋지 않을까 하는…… 그런 거다."

"아아."

여기까지 오면 아무리 고블린 슬레이어라도 깨닫는다.

그녀와 파티를 짜고 있는 중장 갑옷의 전사— 중장 전사.

나이 어린 모험가들을 잘 보살피는 그 거친 생김새가 뇌리에 떠올랐다.

"그 녀석이군."

"……응."

끄덕. 작게 고개를 끄덕이는 여기사의 동작은 앳된 처녀 그 자체였다.

—아니.

고블린 슬레이어는 미약하게 숨을 내쉬었다.

—평소의 늠름한 모습 때문에 연상이라고 생각했지만, 그녀는 생각보다 젊지 않은가?

하는 수 없군.

"동료들 사이에서 연애를 하면 꼬이는 것이 아니었나?"

"때, 때와 장소에 따라 다르지!"

“그런가.”

“……그, 뭐냐. 고블린 슬레이어. 그게, 부끄러움을 무릅쓰고 물어보겠, 는데…….”

말을 머뭇거리며, 그것이 또 부끄러운지 얼굴을 붉히는 여기사.

“이런 차림새를 하면…… 녀석의 관심을 끌 수 있다고, 생각하나?”

“나한테 그런 걸 묻는 시점에서 제정신인가 의심을 해봐야겠지.”

“으극.”

비키니 아머 앞에서 여기사가 무심코 몸을 젖혔다.

철벽의 그녀에게 치명타(크리티컬 히트)가 들어가는 일은 흔치 않았다.

그러나 그대로 움직이지 못한다면 탱커가 아니다.

“애당초 기습을 노릴 거라면 수법을 바꿔야 한다.”

“……뭐라고?”

고블린 슬레이어의 말에, 여기사가 의문스레 자세를 고쳤다.

“비슷한 수를 사용하면 효과가 약하다. 고블린 퇴치의 경우다만.”

“……고블린 퇴치에 대해서는 안 물어봤다.”

여기사는 토라지면서 철 투구를 찌릿 노려보았다.

고블린 슬레이어는 팔짱을 끼고 생각하더니 담담하게 말을 이었다.

결국 자신의 경험을 통해 이야기하는 것 말고는 다른 조언을 해줄 수 없었다.

“차림새라면, 너는 평소에도 갑옷이다. 갑옷에서 벗어나라. 평상복을 입어라.”

“으, 음, 평상복……. 아, 알았다. ……고려해보지.”

“그런가.”

"그래. 아, 미안. 이상한 걸 물었군."

"상관없다."

고블린 슬레이어가 고개를 좌우로 저었다.

"동업자 아닌가."

그 말에, 여기사가 눈을 크게 깜빡였다.

뜻밖이었으리라. 지저분한 철 투구를 빤히 쳐다보던 여기사의 볼에서 문득 힘이 빠졌다.

"……너는, 괴팍하고, 완고하고, 별난 놈이지만."

"그런가."

"역시, 나쁜 녀석은 아니야."

생긋 웃으면서 말한, 마지막 한 마디는 기습이었다.

"또 보자."

여기사는 의기양양하게 물러갔고, 고블린 슬레이어는 아무 말도 못한 채 우두커니 서 있었다.

§

"큭, 큭큭……. 뭐냐, 으응? 꽤나 인기가 있지 않냐?"

노옹이 목 안쪽에서 삐걱거리는 웃음소리를 내자 고블린 슬레이어는 공방 쪽을 돌아보았다.

언제부터 듣고 있었는지 드워프가 아닌가 싶은 용모의 노옹이 가게에서 나와 있었다.

고블린 슬레이어는 방금 전의 대화를 무시하고 성큼성큼 다가갔다.

"주문이다. 말뚝과—."

"안 들렸을까 보냐? 준비해 놨다. 어이, 꼬마, 얼른 안 가져오느냐!"

"네에엡!"

도제 소년이 어르신의 큰 소리에 허둥지둥. 말뚝에 철사를 끌어안고 영차영차 받침대로 날랐다.

"고맙다."

고블린 슬레이어는 한 마디 해주고서 상품을 하나씩 검토했다.

이 공방에서 만든 것도 있고, 어디선가 들여온 것도 있었다.

꼼꼼하게 모두 확인하고 납득한 후 상품을 옆구리에 끼웠다.

부피가 큰 삽은 어깨에 짊어지고 거기에 짐을 매달았다.

장비를 작게 정리하여 운반하는 것은 모험가의 필수기술이었다.

고블린 슬레이어가 가방에서 지갑을 꺼내 탁자에 화폐를 차르륵 놓았다.

두꺼운 손가락 끝으로 개수를 세면서 대금을 탁자 아래로 떨어뜨리고, 노옹이 주름 사이로 눈웃음을 지었다.

"그런데 네 녀석은, 5년이 걸려서야 좀 녹아들었구나."

"그런가?"

"오냐."

"그런가."

"그런 게다."

노옹은 주름진 얼굴로 씨익 웃더니, 악동이었던 친척 아이의 과거를 놀리는 것처럼 말했다.

"열다섯 꼬마가 빈약한 장비를 사러 왔을 때는 다시 못 만날 줄 알았다만."

"비용대비 효과를 생각하면 최적의 선택이었다고 생각한다."

"그래서, 돈벌이를 좀 해온다 싶더라니 매번 못 쓰게 만들고서 비슷한 것만 사가지 않느냐?"

좀 더 위를 노려봐라. 가끔은 상급 검 한 자루라도 사가라. 노옹이 투덜거렸다.

고블린 슬레이어는 답하지 않았다.

고블린 퇴치를 하는데는 이보다 좋은 장비가 없다고 믿기 때문이었다.

가령 이 세상에 고블린을 죽이는 마검이 있다고 해도, 아마 그가 사용할 일은 없으리라.

"뭐 좋다."

한차례 투정을 흘린 노옹은 슬슬 싫증이 난 태도로 탁자에 턱을 괴었다.

"그래서, 또 뭔가 살 생각은 있냐? 보기 드문 것도 있긴 하다만."

"뭐지?"

"남양(南洋)식 투척 나이프를 마련해봤다."

"호오."

고블린 슬레이어가 무심코 소리를 냈다. 그것을 놓칠 노옹이 아니었다.

"오, 관심이 있구만."

사납게 웃은 노옹이 대답도 안 듣고 등을 돌렸다.

선반에 장식된 기이한 형상의 나이프를 꺼내 철커덕 탁자 위에 놓았다.
그것은 참으로 기괴한 단검이었다.
손잡이에서 돋아난 도신이 세 갈래로 갈라져서 마치 나뭇잎처럼 꺾이며 구부러지고 있었다.
척 보기에도 제대로 된 백병전에 적합할 거란 생각은 안 든다. 투척이 아니면 쓸 길이 없으리라.
그러나 그것은 명백하게 나이프였다. 그러니까 제대로 된 무기는 아니었다.
"슬쩍 궁리를 좀 해봤지. 어떠냐?"
그 흉흉한 무기를 손에 든 고블린 슬레이어는 자세를 잡고, 가볍게 휘두르더니 고개를 끄덕였다.
"고블린은 사용하기 힘들겠군."
"비교 대상이 뭐 그러냐?"
"……이점은?"
노옹이 얼굴을 찌푸렸다.
그러나 자신의 작품을 설명하는 게 즐거워서인지, 떫은 표정을 지으면서도 희희낙락 몸을 내밀었다.
"보기에는 이렇지만 어디까지나 **검**이란 게다."
오랜 대장장이 일로 단련된 투박한 손가락이 세 갈래 날의 강철을 가리켰다.
"던지면 회전하니까 안정적이고, 비거리도 늘어난다. 그러니까 꽂힌다기보다는, 베는 느낌이구나."
"동방의 투척 나이프와 비슷한 것 같은데."

"그건 꽂히는 무기 아니냐? 그리고 그건 자루가 없다."

"과연."

고블린 슬레이어는 그 만(卍)자형 도신을 손가락으로 매만졌다.

적어도 나쁘지는 않겠다는 생각이 들었다. 가지고 있어서 손해 볼 것은 없다.

"그럼 한 자루 사지."

"오냐. 금화 5…… 아니, 4닢만 내거라."

투척용 나이프치고는 다소 비싼 금액이었으나 고블린 슬레이어는 주저 없이 지불했다.

탁자 위에 새로운 금화를 늘어놓자 노옹은 진짜 금화인지 확인도 않고 탁자 아래로 떨궈 넣었다.

이 고블린을 집요하게 사냥하는 젊은이가 선호하는 장비는 전설의 검보다는 이런 종류였다.

5년이나 알고 지낸 단골의 취향을 파악하지 못해서야 장사치로 오래 가지 못한다.

하물며 이 괴팍한 남자가 대금 지불을 가짜 금화로 얼버무리는 모습 따위는 상상도 못 한다.

"그리고 스크롤(두루마리)이다. 입수되면 확보를 부탁한다."

고블린 슬레이어는 만(卍)자 투척 나이프를 등쪽으로 돌려 허리띠에 매달았다.

가방과 부딪히지 않도록, 몇 번 정도 역수로 발검을 반복하며 위치 조정.

그 모습을 어쩐지 만족스레 바라보며, 노옹이 괜히 무뚝뚝한 어조로 말했다.

"아아, 그거는 다 안다. 입하되는 수 자체가 적다만. 다른 건 뭐 없느냐?"

"흠."

이윽고 투척 나이프 위치에 납득한 고블린 슬레이어는 문득 생각난 것처럼 말했다.

"……말린 생선 종류가 필요하다."

"무기상에 그런 게 있을 리가 없잖느냐."

"그런가?"

철 투구가 무표정하게 기울어졌다. 노옹이 한숨을 쉬었다.

—알고는 있었다만, 늘상 괴상한 걸 부탁하는 녀석일세.

"……보존식 삼아서라면 있기는 하다."

"그러면 통으로 두셋, 목장까지 보내줬으면 한다."

"통이냐? 여기는 음식 도매상이 아니란 말이다."

노옹은 구시렁거리면서도 수첩을 꺼내서 첨필을 핥아가며 주문을 적었다.

§

그렇게 장보기를 끝내고 고블린 슬레이어는 평소처럼 거침없는 발걸음으로 공방을 떠났다.

성큼성큼 길드 접수처의 코르크 보드에 가서 나붙은 의뢰를 꼼꼼하게 조사했다.

이미 다른 모험가가 의뢰를 고른 다음이다. 종이가 여기저기 뜯어져 있었다.

드래곤의 난제, 미지의 유적 조사, 오우거(가 뭐였더라?), 대삼림에서 채취.

비보의 탐색, 고성에 사는 흡혈귀(들어본 적이 있다), 하수도의 쥐 퇴치, 도적 토벌.

여기저기 눈에 띄는 것은 사교, 마신, 악마, 토벌에 조사, 그것들에 관련된 자료의 수색.

왼쪽 가장 위에서 오른쪽 위로, 순서대로 시선을 떨어뜨려서 마지막은 오른쪽 아래에 이르렀다.

"……오늘은 없군."

드문 일이 다 있다.

고블린은 언제 어디서나 때와 장소를 안 가리고 솟아 나오는 법이다.

접수처 쪽으로 눈길을 돌렸지만 접수원 아가씨는 안 보였다.

"……음."

고블린 슬레이어는 작게 목소리를 내면서도 개의치 않고 접수처로 갔다.

거기서 철 투구를 오른쪽에서 왼쪽으로 움직여, 한가해 보이는 다른 직원을 점찍었다.

"어이."

"와앗, 어, 아아……?!"

그 직원은 놀라면서, 장부에 숨겨 몰래 읽던 책을 떨어뜨렸다.

재빨리 아무 일도 없었던 것처럼 책을 줍더니, 직원— 감독관은 금세 표정을 풀었다.

“어, 아아, 고블린 슬레이어 씨군요.”

이 좀 별난 모험가는 온갖 의미로 길드의 명물이었다.

“어제 의뢰 때문인가요? 그렇다면 이미 보수 지불 준비가 되어있는데…….”

“받지. 주머니 2개로 나눠줄 수 있나. 균등하게.”

“네, 알겠습니다.”

“그리고, 세부 사항을 보고하고 싶다.”

“아……. 제가 들어도 괜찮긴 하지만요.”

감독관이 난처한 태도로 사무소 안쪽을 슬쩍 한 번 보았다.

나중에 원망할 텐데……. 고블린 슬레이어가 이해하기 어려운 말을 중얼거렸다.

“담당자가 아니면 알 수 없는 점이 있으니, 다음에라도 괜찮으실까요?”

“나는 상관없다.”

고블린 슬레이어는 딱히 신경 쓰지 않고 고개를 끄덕였다.

“그런데, 무슨 일 있나?”

“아뇨, 대단치 않아요.”

감독관이 말한 다음에 역시 등 뒤를 신경 쓰면서 목소리를 죽이고 가볍게 웃었다.

“휴가 전에 정리해야 할 일이 많아서, 오늘 그녀는 굉장히 바빠요.”

“그런가.”

“아아, 나중에『고블린 슬레이어 씨가 걱정했다』고 전해도 될까요?”

“걱정은 안 한다만.”

그러나 딱히 거부하지 않고「상관없다」라며 고개를 끄덕였다.

그 말을 듣고서 점점 더 싱글벙글 웃는 감독관에게, 철 투구를 움직여 벽의 게시판을 가리켰다.

“고블린이다. 오늘은 없는 건가.”

“고블린 퇴치 말인가요?”

감독관은 잠시 기다리라며 한 번 안쪽으로 들어가더니 금고에서 가죽 주머니를 하나 가져왔다.

안에 든 금화를 비품인 천칭으로 정확하게 같은 양으로 분배하고, 새로운 가죽 주머니 2개에 그것을 다시 담았다.

“자, 여기요.”

“미안하군.”

고블린 슬레이어는 거침없이 보수 두 주머니를 받아 가방에 집어넣었다.

“그리고 고블린 퇴치 말인데요…….”

감독관은 수첩을 꺼내서 엄지로 훑으며 페이지를 넘겼다.

“그러니까…… 그렇네요. 오늘은 고블린 관련 안건이 없어요.”

“누군가가 이미 의뢰를 받았다. 그건 아닌가?”

“네, 아뇨. 오늘은 딱히 그렇지는 않아요.”

“그런가…….”

고블린 슬레이어가 낮은 목소리로 신음했다.

“역시 고블린 퇴치가 없는 건 마음에 안 드시나요?”

"그래."

고블린 슬레이어는 감독관의 말에 아주 진지하게 수긍했다.

"마음에 안 드는군."

감독관은 의미를 이해 못하고 조금 당혹스러워했다.

"수고를 끼쳤군."

그는 그 말을 남기고 등을 돌려 걷기 시작했다.

고블린은 약탈로 생계를 유지하는 괴물들이다.

원시적인 무기와 도구를 제외하면 식량은 물론이고 주거지까지, 자작이란 발상이 거의 없었다.

발상이 없어도 빼앗으면 어떻게 되니까 만들지 않을 뿐, 이기는 하지만—.

"……."

—다시 말해서 고블린 놈들이 숨죽이고 숨어 있다는 것이다.

고블린 슬레이어는 작게 신음하며 고개를 옆으로 저었다.

그는 생각을 정리하면서 로비를 한 번 빙 둘러보았다.

"으그그그……! 어쩐지, 머리가 깨지는 것처럼, 아파……! 접수원 아가씨도 없고……!"

"바보, 구나. 너무 마셨, 으니까, 그렇, 지."

창잡이가 어제 술법을 받은 머리를 감싸 쥐자 마녀가 평소처럼 그를 다독인다.

"오, 이제야 돌아왔군. 정말이지, 장비 하나 사는데 얼마나 오래 걸리는 거야?"

중장 전사가 턱을 괴고 말하자 얼굴이 새빨개진 여기사가 대꾸했다.

“시, 시끄러워! 나도 이것저것 생각할 일이 말이다…….”

거기에 참견하듯 하프 엘프 경장 검사가 끼어들었다.

“에이, 기사님도 축제를 대비해서 꾸미고 싶어지는 법이죠.”

“어, 정말인가요?! 와아, 근사해라. 드레스 같은 거 입는 건가요?”

볼에 손을 대고 감탄하는 소녀 무술사(巫術師)[드루이드]에게 소년 척후[스카우트]가 말했다.

“누나가 꾸민단 말이지. ……하긴, 알맹이는 예쁘긴 하지.”

“뭐, 뭐라고옷?!”

“아아, 시끄, 시끄러. 자식아, 소란 피우지 마라.”

중장 전사의 파티가 축제에 대해서 이야기꽃을 피우고 있는 옆자리.

신참 전사와 수습 성녀 2인조가 딱히 흥미 없다는 태도를 보이고 있었다.

“어, 너는 봉납(奉納)이랬나? 그거 안 나가? 제사 의상 좀 보고 싶었는데.”

“……나한테 맞아 볼래?”

“아니, 그치만, 축제잖아아.”

“……꼬, 꼭 그렇게 보고 싶다면, 조, 조금, 꾸며 보는 것 정도는 괜찮지만…….”

“정말?! 야호!”

“잠깐, 뭐가 그렇게 신이 났어. 창피하잖아.”

다른 모험가도 마찬가지.

다들 축제가 다가오자 들떠 있었다.

축제를 환영하지 않는 자들은…….

"……없지는 않은가."

구석 쪽에 웅크리듯 앉은 모험가와 눈이 마주치자, 고블린 슬레이어가 투구 안에서 희미하게 중얼거렸다.

검은 외투를 마구잡이로 두른 작은 사내가 어쩐지 날 선 모습으로 모험가들을 보고 있었다.

딱히 드문 일도 아니다. 야심이 없으면 모험가 따위가 될 리 없었다.

고블린 슬레이어는 그의 모습을 지나쳐 천천히 걸었다.

생각해야 할 일은 언제나 너무 많다. 그에 비해 단서는 너무 적다.

그리고 해야 할 일은 많다…….

"음."

"앗."

그때 밖에서 입구를 통해 허겁지겁 들어오던 여신관과 딱 마주쳤다.

까딱하면 부딪힐 뻔한 그녀는 허둥지둥 자세를 고치고 모자를 손으로 꾹 눌렀다.

"어, 아, 아, 고, 고블린 슬레이어, 씨."

뭐가 그리도 부끄러운지 여신관의 하얀 볼이 새빨갛게 물들어갔다.

김이 피어오를 것 같은 얼굴을 보고 고블린 슬레이어가 고개를 살짝 기울였다.

"어젯밤에는, 잘 잤나?"

"아, 네. 괜, 찮아요."

태도가 어째 좀 수상쩍다. 잔뜩 긴장해서는 시선을 고정하지 못하고 있었다.

“흠.”

고블린 슬레이어가 희미하게 숨을 내쉬었다.

“잊기 전에 건네 두지.”

“꺄.”

여신관은 고블린 슬레이어가 던진 돈 주머니를 떨어뜨리지 않도록 양손으로 받았다.

얄팍한 가슴에 끌어안듯 끌어당긴 주머니가 작게 차륵 소리를 냈다.

“어제 몫이다.”

“가, 감사, 합니다.”

그녀는 그 주머니를 정성스런 손놀림으로 가방에 넣었지만…… 어째 정신이 딴 데 팔려 있었다.

시선이 흘끔흘끔 안쪽 공방을 살폈다.

고블린 슬레이어는 입을 다물고, 잠시 지나 담담한 어조로 물었다.

“장비를 새로 사려는 건가?”

“어, 아…….”

바로 맞춘 것 같았다.

여신관은 시선뿐 아니라 고개까지 돌려서 공방과 고블린 슬레이어 사이를 우왕좌왕.

뭐가 그리 신경 쓰이는지 고블린 슬레이어는 알 수 없었다.

“의견이 필요한가?”

“피—.”

그녀는 목에서 긴장된 목소리를 흘렸다.

“필요, 없어요. 네, 괜, 괜찮아, 요.”

"그런가."

고블린 슬레이어는 그 이상 깊게 관여하지 않고 그녀의 옆을 지나 걸었다.

적어도 그로서는 아주 당연한 일이었다.

상대에 대해 뭐든지 다 알려고 하는 것은 이상한 일이다.

그래서 등 뒤에서 노옹의 폭소가 들려도 고블린 슬레이어는 돌아보지 않았다.

아마도, 노옹은 저 소녀가 마음에 들었나 보다.

그것은 나쁜 일이— 아닐 것이다.

§

축제는 준비까지도 축제다— 라고 한다.

거리로 나아가니 들려오는 망치를 휘두르는 소리, 나무를 조립하는 소리, 깃발을 올리는 소리, 바람이 부는 소리…….

이 변경 도시에는 모험가들만 사는 것이 아니었다.

주인이 화려하게 장식한 가게를, 축제 의상으로 뭘 입을까 고심하는 아가씨들이 돌아보고 다닌다.

큰 길을 달리는 아이들은 분명 지금부터 용돈을 어떻게 쓸 것인지 생각하고 있을 것이다.

물론 그 어설픈 계획은 노점의 장난감 앞에서 손쉽게 붕괴해 버리고 마는 법이지만…….

길가에서는 기묘하게 깎아낸 야채를 햇볕에 말리며 호롱불이 될 때를 기다린다.

그 옆을 짐수레, 마차가 평소의 양을 가볍게 뛰어넘는 짐을 싣고 왕래하고 있다.

식량, 옷 같은 상품, 그리고 여행객도 많다. 축제가 있으니 그럴 법도 하다.

이 일대는 언제나 괴물에게 위협 받고, 마신의 공포에 떨며, 개척을 진행하고 있지만 아직도 변경에 지나지 않는다.

그렇기 때문에 축제 때 정도는 성대하고 떠들썩하게 즐기려는 것도 당연한 일이었다.

"흠."

고블린 슬레이어는 그 모든 것을 한 번 둘러보더니 묵묵히 길을 걸어 조합 뒤편으로 돌아갔다.

여름과 비교하면 상당히 약해진 햇살을 우러러 보았다.

벌써 태양이 하늘 높이 올랐지만 지나가는 바람이 시원해서 봄처럼 따스한 날씨였다.

길드의 주방에서 요리를 끓이는 냄새가 풍겼다.

둘러보니 도시의 집들도 가늘고 길게 취사의 연기를 뿜고 있었다. 점심시간이다.

—아아, 아까 그 애들은 그래서 서둘러 달렸군.

같은 이유 때문은 아니겠지만 훈련장은 사람이 적었다.

의뢰를 받은 모험가는 벌써 출발했고, 남아있는 사람들도 점심 식사를 거르면서까지 훈련하지는 않는다.

—마침 잘 됐다.

그는 작게 고개를 끄덕이고, 되도록 훈련장 구석으로 가서 나무 그늘에 털썩 주저앉았다.

그리고 삽을 내던지고 들고 있던 짐을 풀어서 재빨리 늘어놓았다.

말뚝, 목재, 철사, 그물, 기타 등등. 대부분 모험과는 상관없는 잡다하고 다양한 물건들.

고블린 슬레이어는 허리띠에서 자신의 단검을 뽑아 곧장 작업을 시작했다.

말뚝을 쓱쓱 깎아서 뾰족하게 만들고, 목재에 흠을 만들어 꾹꾹 휘고, 그물을 기묘한 형태로 묶었다.

그 손놀림은 세공이라기에는 거칠었고, 도구를 만든다고 하기에는 너무 험악했다.

만약 엘프 궁수가 있었다면 호기심에 길다란 귀를 흔들며 물었을 것이다.

여신관이 있었다면 조심조심 주저하면서 물었을 것이다.

그러나 작업에 몰두하는 그에게 말을 건 것은 그 두 사람이 아니었다.

"오오."

"허허어."

흥미로워하는 목소리 둘이 위에서 들려오자 고블린 슬레이어가 철 투구를 슬쩍 올렸다.

술통 같은 남자와 근육이 우락부락한 거한. 드워프 도사와 리자드맨 승려— 그의 동료들.

대조적인 두 사람의 그림자가 나무 그늘에 앉은 고블린 슬레이어를 쓰윽 뒤덮었다.

"이야아, 소귀 살해자 선생. 오늘은 또 참으로 날씨가 좋군."

가만히 관찰하고 있던 것을 미안해하지도 않고, 리자드맨 승려가 기묘한 손놀림으로 합장했다.

"내일 축제 때도 이렇듯 날씨가 맑으면 좋으련만……."

"그래."

고블린 슬레이어는 작업하는 손을 멈추지 않고 고개를 끄덕였다.

"날이 맑으면 좋지."

"암, 그렇고말고."

철썩 꼬리로 땅바닥을 때리는 리자드맨 승려 옆에서 드워프 도사가 턱에 손을 올리며 쪼그려 앉았다.

"그런데, 꽤나 열심히 이것저것 만들고 있다만…… 그건 뭣에 쓰는 것이냐?"

수염을 쥐면서 그의 손을 들여다보는 드워프 도사에게, 고블린 슬레이어는 짧게 답했다.

"이것저것 연구해서, 대비하고 있다."

크고 작은 갖가지 말뚝에 삽, 철사와 목재를 조합한 무언가.

눈알을 빙글 돌린 리자드맨 승려는 전투의 기운을 느끼고 무척 유쾌한 듯 눈빛을 반짝였다.

"흡혈귀라도 퇴치하려고 그러시는가?"

"……?"

고블린 슬레이어는 철 투구를 기울였다.

"왜 그렇게 생각하지?"

"흡혈귀는 백목(白木)의 말뚝으로 처치하는 것이 정석이지 않은가."

"그런 건가?"

"그래도 흡혈귀의 이름 정도는 알고 있나보구먼."

드워프 도사가 기막힘을 반쯤 섞어서 쓴웃음을 지었다.

흡혈귀는 드래곤 등과 함께 세상에서 가장 유명한 괴물 중 하나이다.

물론 망자에 관한 지식의 태반은 은닉되어 자세한 사항은 마술사와 성직자들만 알고 있다.

그러나 오우거조차 몰랐던 남자가 존재를 인식하고 있다는 것만으로도 상당한 가치가 있는 것이다.

"그다지 흥미는 없다."

짧게 예상했던 대답을 한 고블린 슬레이어는 또 다시 쓱쓱 말뚝을 깎기 시작했다.

"흐음."

그러나 문득, 중얼거리며 작업하던 손길을 멈추더니 살짝 고개를 갸웃거렸다.

"분명 흡혈귀란 것은 물리면 늘어나는 것이었던가."

"그렇다고 들었네만."

"……고블린도 흡혈귀가 된다면 대비하는 편이 좋은가."

드워프 도사가 무심코 웃음을 터뜨렸지만 고블린 슬레이어는 지극히 진지했다.

"글쎄."

리자드맨 승려가 생각하며 코끝을 혀로 슈륵 핥았다.

"죽은 고블린은 고블린의 시체. 그것이 움직인다면 더 이상 고블린이라기보다 구울에 속하지 않겠는가?"

"애당초."

드워프 도사가 웃음을 참지 못한 기색으로 말했다.

"고블린의 피 따위 먹고 싶지도 않을 게다."

"그런가."

리자드맨 승려의 대답에 납득한 건지, 드워프 도사의 대답에 납득한 건지, 그는 철 투구를 위 아래로 흔들었다.

그리고 작업을 다시 시작하더니 눈앞에서 부스러기가 쌓인다.

드워프 도사가 두꺼운 손가락으로 나무조각들을 치워주고 덤으로 수염에 날아온 것을 집었다.

"고블린 퇴치에 쓰는 게냐?"

"그래."

"그럴 줄 알았느니라."

까딱하면 분노를 살 수도 있는, 엘프 궁수라면 귀를 곤두세울 무뚝뚝한 태도.

그러나 반년이나 같이 다녀 보면 다소의 감정 변화는 알 수 있다. 드워프 도사는 신경 쓰지 않았다.

"허면, 깊게 묻지 않는 편이 좋겠구나."

"어디서 고블린 놈들에게 새어나갈 지 알 수 없으니 말일세."

「그렇고말고」 리자드맨 승려가 느릿하게 꼬리를 흔들었다.

"조심해야하네."

"그래."

고블린 슬레이어가 고개를 끄덕였다.

"놈들은 바보지만 멍청하지는 않다."

고블린 놈들은 학습할 생각이 없는 것뿐이지, 학습하기만 하면 도구를 마련하고 전술도 짠다.

실제로 그들은 지난번에 「해전(海戰)」을 시도하는 고블린 놈들에게 고전한 참이었다.

전술이 새어나가면 곤란하다—. 이 남자는, 그저 하염없이 철저할 뿐이다.

드워프 도사와 리자드맨 승려, 둘 다 장인 같은 기질을 가진 종족 출신이었다.

난쟁이들은 대장장이 일과 세공물을 열심히 만들고, 리자드맨들은 싸움과 강함을 고집한다.

그들에게 괴팍함이나 완고함은 어떤 의미로 미덕가운데 하나이기도 했다.

"그러면, 이쪽도 옆자리를 빌려도 되겠는가?"

"상관없다."

리자드맨 승려의 근엄한 물음에 고블린 슬레이어는 담담하게 말했다.

"본래 내 장소가 아니다."

"어허, 그래도 한마디 해두는 것이 예의 아니겠느냐?"

드워프 도사가 말하자마자 돗자리 대신 커다란 천을 펼치고 털썩 앉았다.

도마뱀 승려도 끌어안은 짐을 풀어서 재빨리 펼쳐놓았다.

언뜻 보기에는 무언가 세공물 준비인 것처럼 보였다.

가늘고 탄력 있는 대나무 살에 색색깔로 물들인 얇은 종이. 그리고 기름종이.

"흐음."

문득 투구를 향한 고블린 슬레이어가 조용히 말했다.

"제등(提燈)…… 아니, 천등(天燈)이군."

"오냐. 카미키리마루는 눈치가 좋구나."

드워프 도사가 숙련된 손기술로 재료를 조립하며 긍정했다.

대나무를 결을 따라 쪼개 만든 살은 가볍고 가늘며, 유연하고 강했다.

그것으로 만든 천등은 제등의 일종으로 축제의 풍물 중 하나이기도 했다.

구조는 단순하여 대나무로 짠 바구니 위에 종이를 붙인 갓을 덮으면 된다.

그리고 바구니에 넣은 기름종이에 불을 붙이면—.

"하늘로 떠오른다지 않는가?"

리자드맨 승려가 믿을 수 없다는 기색으로 길다란 목을 천천히 좌우로 흔들었다.

"그걸 이 눈으로 보지 않을 수가 없지. 실은 이것을 참 기대하고 있다네."

"내 고향 쪽에서도 있었으니, 비늘 친구를 위해서 한 번 마련해줄까 하는 게다."

"그래."

햇살에 비추어 말뚝 상태를 점검하면서, 고블린 슬레이어가 수긍했다.

"말로 표현하긴 어렵지만…… 나쁘지 않다."

"그렇다면, 기대도 늘어나는 법."

리자드맨 승려가 말하고서, 승직들이 자주 그러는 것처럼 의미심장한 태도로 꼬리를 흔들었다.

"소귀 살해자의 말에는 믿음을 가질 수 있느니."

"……그런가."

고블린 슬레이어가 작게 대답하고 다음 말뚝을 집었다.

그가 조용해진 의미를 드워프 도사가 이해 못할 리 없었다.

"그러면 보자. 우리도 얼른 시작을 해야겠구먼."

드워프 도사가 벙긋 웃음을 짓더니 의기양양하게 재료를 집었다.

"축제는 벌써 내일이니 준비를 단단히 해야 함이야."

"허허. 그럼 지도편달을 잘 부탁드리겠네."

리자드맨 승려가 긴 꼬리를 말더니 드워프 도사 옆에 느긋하게 앉았다.

그러나 드워프 도사의 손가락은 참으로 빠르기도 하다.

굵고 짧은 손가락으로 용케도 저렇게 섬세한 작업을 해낸다.

그는 문자 그대로 마법 같은 솜씨로 차례차례 바구니를 짰다.

역시 이런 손재주에는 드워프를 앞지를 수 있는 자가 없다. 그것은 엘프조차 인정한다.

그렇게 만들어낸 어엿한 바구니에 종이를 붙인 갓을 덮는 것이 리자드맨 승려의 역할이었다.

날카로운 손톱으로 종이가 찢어지지 않도록 조심조심하는 손놀림. 대놓고 말해서 서투르고 위태로웠다.

그러나 동시에 그의 작업은 한없이 정성스러웠다. 인품이 나타나고 있었다.

후우. 리자드맨 승려가 흘리지도 않는 땀을 닦는 것처럼 이마를 문질렀다.

“그런데 이것은, 어떤 유래로 만들어진 것인가?”

“글쎄.”

드워프 도사는 한 손으로 가볍게 술병을 기울여 입술을 적시며 대답했다.

“나도 여기서는 외지인이니. 천등은 알고 있지만, 이곳 축제에서 쓰는 이유까지는—.”

“……그냥, 흔한 종류다.”

고블린 슬레이어가 조용히 대답했다. 그것이 뜻밖이라 두 사람의 시선이 똑바로 향했다.

여전히 말뚝을 깎고 있던 고블린 슬레이어는 딱히 신경 쓰는 기색도 없었다.

“선한 영혼을 인도하고, 악한 영혼을 쫓아낸다. 죽은 자를 초대하고 돌려보내기 위한 이정표. 야채 제등과 마찬가지다.”

“잘 아는구나.”

“고향의.”

고블린 슬레이어가 말했다.

“근처에서 하는 축제다. 모를 리가 없지.”

"허어……. 소승은 잘 모르겠군."

리자드맨 승려가 손톱 끝으로 콧잔등을 살살 긁었다.

그들에게 죽은 자는 흙으로 돌아가며, 먹힌 자는 피와 살이 되어 세상을 도는 법이다.

망자는 저승에서 돌아오는 것이 아니라, 주검에 악령 같은 것이 씐 것이다.

그러나. 리자드맨 승려는 눈을 빙글 돌렸다.

"죽은 자를 추도하는 것은 알겠네. 돌아온다고 생각하는 것 또한 좋은 일이지."

"……그렇고말고."

고블린 슬레이어가 수긍했다.

"그럴 거다."

고블린 슬레이어는 그 말을 하고 입을 다물었다.

철 투구 안쪽에 표정을 숨기고, 그것을 전혀 보이지 않은 채 손을 움직여 말뚝을 깎았다.

부스러기가 쌓이면 치우고, 말뚝 끝 부분이 뭉툭하면 또 칼날을 세운다.

그 모습을 가만히 보고 있던 리자드맨 승려가 후, 하고 숨을 토해냈다.

"어쨌거나 축제가 아닌가? 소승들도 한층 더 정성을 들여야 할 걸세."

"어허, 비늘 친구. 의욕이 넘치는구먼."

"물론, 그렇고말고. 소승의 믿음은 혈맥으로 이어진 선조인 무시무시한 용. 조상령이 아닌가?"

선조에게 부끄럼 없는 행동을 해야 한다. 드워프는 납득하고 고개를 끄덕였다. 이해가 가고도 남았다.

"그러면, 나도 대충 넘어갈 수가 없겠구먼. 어디, 드워프 일생일대의 천등을 마련해줄 터이니!"

남자 셋이서 훈련장 구석에 나란히 앉아 뭔가 하고 있으면 눈에 띄지 않을 리 없었다.

점심 식사를 끝내고 훈련을 하러 온 자도 있었다. 모험에서 돌아와 길드 근처를 서성거리는 자도 있었다.

다소 눈썰미가 있고 귀가 밝다면 그것을 눈치 못 챌 리가 없는 것이다.

"아~앗! 드워프가 오르크볼그랑 뭔가 같이 만들고 있어!!"

하물며 상위의 엘프라면 더더욱.

청량하고 맑은 목소리로 마치 어린애처럼 소리친 이는 말할 것도 없이 엘프 궁수였다.

바람처럼 사삭 달려온 그녀가 무릎에 손을 대고 몸을 쭉 내밀었다.

드워프 도사가 노려보는 것처럼 올려다보더니, 수염을 꼬면서 비꼬듯 말했다.

"네 녀석은 어린애더냐?"

"실례잖아. 이래봬도 2천 살이야."

콧김을 거칠게 내쉬면서 연령이 자랑인지 평평한 가슴을 내미는 엘프 궁수.

그러나 그녀는 금세 다시 두 손을 무릎에 대고서 세 사람의 손을 들여다보았다.

"……그래서, 뭐 만들고 있어?"

"뭐냐? 길쭉귀 처녀는 모르는 게냐? 이건 천등이라고 하는……."

"말뚝이다."

"아니니라."

드워프 도사가 하는 말은 무시하고서, 엘프 궁수가 깔개 위에 작은 엉덩이로 날렵하게 앉았다.

리자드맨 승려가 무거운 몸을 들어서 살짝 비켜 그녀가 앉을 틈을 만들어 주었다.

흥미진진, 길다란 귀를 흔들흔들 눈은 반짝반짝. 엘프 궁수는 쉴 틈 없이 질문을 반복했다.

저거는 뭐냐, 이거는 뭐냐, 이 도구는 뭐냐, 어떻게 쓰는 거냐, 말뚝은 왜 만드는데?

"고블린 퇴치다."

"그럴 줄 알았어."

눈 깜빡 할 사이에 페이스를 장악한 그녀는 마치 회오리바람인가 뭔가 같았다.

여자 세 사람이 모이면 접시가 깨진다고 하는데, 그녀는 혼자서도 소란스럽다.

"너는 무슨 레아라도 되는 게냐?"

드워프 도사가 또 다시 비꼬았지만 끄떡없다.

그런 식으로 떠들썩하게 이야기하면 당연히 다른 사람들도 모이기 시작한다.

"어라, 고블린 슬레이어 아저씨잖아."

"아, 정말이네요. 축제 준비를 하는 걸까?"

점심을 먹고 돌아온 소년 척후와 소녀 무술사, 신참 전사와 수습 성녀.

생각해 보면 그들은 아직 나이도 어리고 뭐든지 호기심 왕성할 시기가 아닌가?

중장 전사의 파티로 몇 년 활동한 소년 척후도 매년 축제는 기대를 하고 있었다.

"거기거기, 아저씨들 뭐 만들고 있어?"

"어머, 모르니?! 이건 말이야……."

"천등이지, 나는 알아!"

소년 척후가 자랑스레 가슴을 내밀며 말하자, 설명할 기회를 빼앗긴 엘프 궁수가 입술이 튀어 나왔다.

"어디, 같이 한 번 만들어 볼 테냐?"

"소승도 아직 익숙지 못하다네. 배우면서 한 번 해보세."

드워프 도사와 리자드맨 승려가 빈틈없이 아이들에게 말하며 그들은 자리로 불러들였다.

엘프 궁수도 새침하게 섞여 있으면서 위화감이 없는 걸 보면, 그녀는 정말로 하이 엘프(상위 숲 종족)인가 싶었다.

"……."

고블린 슬레이어는 금세 왁자지껄해진 주위를 투구로 둘러보았다.

자신까지 둘러싸듯 원을 그리며 생글생글 즐겁게 볼을 풀고 웃음을 나누는 그들— 모험가.

물론 중심은 천등을 만드는 두 사람이었다.

아마 그가 없었어도 이렇게 다 함께 모이는 고리를 만들었을 것이다. 그러나…….

“흠.”

고블린 슬레이어는 또 묵묵히 나이프를 움직였다.

§

“어? 오르크볼그, 아직 밥 안 먹었어?!”

“그래.”

가을은 밤이 빨리 온다.

눈 깜짝 할 사이에 어둠이 찾아와 저녁놀이 물러가고, 연한 묵을 흘린 것 같은 밤하늘에 별과 쌍둥이 달이 떴다.

고블린 슬레이어는 삼삼오오 돌아가는 친구들을 배웅하며 남아있었는데…….

“그러면 안 되지……. 아, 혹시 돈이 없어?”

“아니.”

“내가 사줄게!”

“아니.”

“배고플 때 고블린이 오면 어쩔 건데? 싸울 수 있어?”

“……음.”

“응, 그럼 결정!”

반론할 틈을 안 주는 엘프 궁수에게 붙잡혀서 맥없이 술집에 들어가 버렸다.

이 변경 도시는 모험가가 아니라도 많이들 찾아온다. 식당도 그만큼 많았다.

대부분의 주점은 여관도 겸하고 있으니 여행객으로 붐비는 것이 보통이었다.

엘프 궁수가 적당히 고른 주점도 그런 여관이 딸린 점포였다.

끼익. 문을 밀고 안으로 들어서자 곧장 사람들의 소음이 밀려들었다.

자리를 채운 취객들의 떠들썩함에 술과 고기의 좋은 냄새가 섞여서 떠돌았다.

"응응~."

엘프 궁수는 그것만 가지고도 기쁜지 눈웃음을 지으며 귀를 살살 흔들었다.

"술이랑 고기는 거북해한다고 생각했다만."

"그렇기는 하지."

그녀는 가볍게 한쪽 눈을 감았다.

"하지만 떠들썩한 분위기는 좋아하거든?"

"그런가."

"그런 거야. ……아, 여기 2명!"

접대하러 나선 여급에게 활기차게 손가락 2개를 세워서 내밀었다. 다행히 자리가 남아 있었다.

선정적인 의상으로 엉덩이를 흔드는 여급의 안내를 받아서 간 곳은 가게 중심에서 약간 벗어난 원탁이었다.

고블린 슬레이어가 짐을 세워두고 의자에 앉자 끼익, 낡은 나무가 가볍게 삐걱거렸다.

그에 비해 엘프 궁수는 숲 종족 특유의 날렵한 움직임으로 앉아서 전혀 무게가 느껴지지 않았다.

"……전부터 생각한 건데 말이지."

척. 엘프 궁수의 하얗고 가는 손가락이 고블린 슬레이어를 가리켰다.

"식사할 때 정도는, **그거** 벗으면 어때?"

손가락이 가리키는 철 투구가 천천히 좌우로 흔들렸다.

"고블린이 나타나면 어떡할 건가?"

"도시 안인데?"

"도시 안에도 고블린은 나타난다."

"하긴 너 그런 녀석이었지."

엘프 궁수는 지긋지긋한 표정이면서도 하는 수 없단 기색으로 웃었다.

뭐, 그녀가 하는 말도 이해는 할 수 있었다.

왜냐면— 고블린 슬레이어의 기이한 풍채는 눈에 띈다.

그렇잖아도 그의 장비는 모험가들 속에서도 붕 뜰 정도로 기이했다.

지저분한 가죽 갑옷, 싸구려 철 투구, 어중간한 길이의 검에 팔에 고정한 작은 원형 방패.

다행히 평상시에도 무장하고 있는 모험가는 이 도시에서도 드물지 않았다. 그렇지만—.

"저거 뭐야……? 모험가?"

"언데드인줄 알았네……."

"우와, 이쪽 봤어."

"그건 그냥 기분 탓 아냐……?"

이 가게는 모험가 전용이 아니었다. 여행객 중심이다 보니, 그의 모습은 명백하게 이질적이었다.

그들 말고 모험가로 보이는 손님은 가게 한쪽 구석, 눈에 띄지 않게 앉은 1명, 아니 2명.

한 사람은 장신, 한 사람은 언뜻 봐도 레아라는 걸 알 수 있는 작은 몸집.

마술사일까? 모험가가 피부도 드러나지 않을 정도로 외투를 껴입는 것은 드물지 않았다.

모험에 대한 의논을 하고 있는지, 목소리는 들리지 않지만 왕성하게 대화를 나누는 듯 보였다.

엘프 궁수는 길다란 귀를 쫑긋쫑긋 의문스레 흔들었지만 이윽고 흥미를 잃었나 보다.

"그래서."

한 순간 그쪽을 보았던 시선을 되돌려 철 투구를 보았다.

"어떡할 거야?"

"뭐가 말이지?"

"내일, 축제. 다 들었어."

엘프 궁수는 심술궂은 미소를 짓고서 놀리는 것처럼 철 투구를 가리켰다.

"오전에는 목장 애랑 논다며? 그리고 오후에는 접수처에서 일하는 애랑 놀고."

"노는 건 아니다."

고블린 슬레이어가 굉장히 무뚝뚝하게 대답했다.

그리고 투구 안쪽에서 엘프 궁수에게 시선을 보냈다.

마치 노려보는 것처럼 보이지만 표정은 면갑에 가려 알 수 없었다.

"귀가 밝군."

"그야 엘프니까."

엘프 궁수는 자랑스런 길다란 귀를 파르르 흔들고서 고양이처럼 샐쭉 웃었다.

"오후에는 그쪽에서 예정을 생각해둔 모양이니까 나는 아무 말 않겠지만."

"으음."

"기왕 이렇게 됐는데, 오전에는 무슨 계획이 있나 싶어서 물어보는 거야."

"그런가."

"그런 거야."

"……없군."

고블린 슬레이어는 철 투구를 천천히 좌우로 흔들고 신음하듯 말을 내뱉었다.

"생각도 못했다."

"기가 막혀라."

눈을 크게 뜨며 두통을 견디듯 미간을 짓누른 엘프 궁수가 포기한 기색으로 숨을 내쉬었다.

"……아아, 하지만, 오르크볼그답다고 하면 오르크볼그답기는 하네."

재미있을 정도로 휙휙 표정이 바뀌는 엘프 궁수가 길다란 귀를 쫑긋쫑긋 위아래로 움직였다.

"일단은, 좋아하는 곳에 데리고 가 주면 어때?"

"좋아하는 곳……."

"그래. 그 애가 좋아하는 장소나 물건…… 오래 알고 지냈잖아?"

이번에는 고블린 슬레이어의 철 투구가 세로로 움직였다. 그럼 좋아. 엘프 궁수도 마주 고개를 끄덕였다.

"그리고 『그런가』, 『그렇다』, 『그런 건가』, 『그래』, 『아니』만 가지고 대화하는 거 금지."

"음……."

고블린 슬레이어가 신음했지만 엘프 궁수는 벽에 붙은 메뉴에 의식을 돌리고 있었다.

"뭘 시킬까아?"

흔들리는 길다란 귀를 보지 않아도 기분 좋다는 게 일목요연한 목소리였다.

어제 보수를 받아서 지갑도 두둑하다. 가만 내버려 두면 눈 깜빡할 사이에 파산할 것 같았다.

"오르크볼그, 뭐 먹고 싶은 거 있어?"

"나는 뭐든지 좋다."

고블린 슬레이어가 조용히 말했다.

"네가 사는 거니, 좋아하는 걸로 시켜라."

"……배려를 해주는 건지 아닌 건지. 참 알기 어렵단 말이야."

“성격이다.”

“알아.”

엘프 궁수가 턱을 괴고 한숨을 내쉬었지만 한 순간뿐이었다.

“저기요~.”

손을 들어 여급을 불러서 메뉴를 가리키며 이것저것 주문을 시작했다.

야채샐러드 따위로 시작하여, 상질의 포도주가 있다고 하자 「그것도!」라며 주저 없이 시켰다.

요리 주문을 흘려듣고 있던 고블린 슬레이어가 포도주 소리를 듣고 끼어들었다.

“취해도 안 바래다 줄 거다.”

“우—.”

길다란 귀가 섭섭하단 태도로 흔들렸다.

“일단, 취해서 자빠질 거라고 생각하는 게 맘에 안 들어.”

“아닌가?”

“가끔 그런 거야. 가아끄음.”

승복하지 못하고 콧김을 뿜어내는 그녀에게 고블린 슬레이어가 딱 잘라서 말을 이었다.

“이 다음에도 할 일이 있다.”

“흐응…….”

그녀는 흥미 없다는 태도로 고개를 돌렸다.

우글우글 혼잡한 가게 안을 마치 함정을 피하듯 지나다니는 급사들.

그들이 나르는 요리의 김을 쫓던 눈동자가, 스윽 흘러서 고블린 슬레이어를 보았다.

"……도움, 필요해?"

"아니."

고블린 슬레이어는 고개를 옆으로 젓더니, 조금 더 생각한 다음 입을 열었다.

"아직, 괜찮다."

"……그래."

그들은 그 뒤로 입을 다물고 요리가 올 때까지 아무 말도 나누지 않았다.

입을 다문 모험가 두 사람은 다른 손님들이 보기에는 별난 배경의 일부에 지나지 않았다.

잠시 뒤에 식사와 수프, 빵, 치즈, 그리고 포도주가 나왔다.

김이 피어오르는 수프는 잡곡을 크림으로 달게 끓여낸 것이었다.

그것에 딱딱하게 구운 호밀빵을 담가서 수프로 적셔 불려서 먹는다.

자그마한 치즈는 소금기가 강하고 수프랑 잘 맞아서 무척 맛이 좋았다.

"그 녀석이 좋아하겠네."

"그렇겠군."

엘프 궁수가 웃으며 말하자 고블린 슬레이어가 대답했다.

"드워프는 안 좋아할 거야. 술이 약하다고 불평하겠지. 분명 그럴 거야."

"화주 말인가."

고블린 슬레이어는 투구 틈으로 포도주를 흘려 넣어 쭉 들이켰다.

"그건 정신도 들고 연료로도 좋다. 소독하는데도 쓸 수 있다."

"오르크볼그 말은 비꼬는 게 아니겠지만, 그건 마실 게 아니라니까."

키득키득. 엘프 궁수의 웃음소리가 방울처럼 울렸다.

"그러고 보니…… 있지, 오르크볼그."

엘프 궁수가 요리 접시를 밀어내더니 몸을 쭉 내밀어 얼굴을 접근시켰다.

그녀의 표정은 무척 즐거워 보였지만 목소리는 숨죽여 속삭이고 있었다.

"뭐지?"

"오늘 말이야, 그 애가 공방에 뭐 사러 간 거 알아?"

"그래."

엘프 궁수가 「그 애」라고 부른 것은 여신관이었다.

고블린 슬레이어는 고개를 끄덕였다.

"그럼 뭘 샀는지는 알아?"

"아니."

이어서 고개를 가로 저었다.

술기운에 미약하게 멍해진 뇌리에도 낮에 본 그녀의 모습이 떠올랐다.

고블린 슬레이어는 물병의 물을 잔에 따라서 다시 단숨에 쭉 들이켰다.

"듣지 못했다."

"어머나. 뜻밖이네."

눈을 깜빡이더니 잔을 만지작거리며 속삭였다.

"흐응. ……그럼 입 다물고 있는 게 좋을까? 알고 싶어?"

"알려주고 싶다면 듣지."

"알려주고 싶기는 한데 말이지. 하지만 그 애한테는 못 들었지?"

"그래."

"그러면 비밀로 해둘래."

엘프 궁수가 한쪽 눈을 깜빡였다.

엘프들이 하는 동작은 아니었다. 도시에 나온 뒤로 배웠을 것이다.

흠보다도 흠답게, 그녀는 표정을 바꿔가며 즐겁게 웃었다.

"아마, 그러는 편이 재밌을 것 같아."

"그런가."

"그래."

"그렇군."

다시 한 번 고개를 끄덕인 고블린 슬레이어는 자신의 가방을 뒤졌다.

보수로 받은 가죽 주머니를 꺼내서 입구를 풀어 안에 손을 넣었다.

탁, 탁, 탁. 소리를 내면서 탁상에 올려놓은 금화 3닢.

느슨해져 있던 엘프 궁수의 눈에 곧장 힘이 들어가며 그를 노려보았다.

"내가 산다고 했잖아."

"언젠가."

문득 고블린 슬레이어가 말을 끊었다.

그 자신도 믿을 수 없는 말을 한다는 어조였다.

"……언젠가, 도움을, 부탁……할 지도 모른다."

"그래서 선불?"

"그래."

"……흐응."

―아마 취한 거야.

오르크볼그도, 나도.

―그러니까, 에이, 뭐 됐어.

"필요 없어."

"……그렇군."

고블린 슬레이어는 담담하게 고개를 끄덕였다.

엘프 궁수는 하얀 손가락을 척 세우고 공중에 빙글 원을 그렸다.

"그 대신 모험 한 번!"

"……음."

전에도 말했지? 하이 엘프 모험가는 그렇게 말하며 포도주 잔을 기울였다.

"……아, 물론 **고블린 말고**야!"

"……."

고블린 슬레이어가 말문이 막혔다.

무슨 말을 해야 할까? 그도 잘 모르는 것 같았다.

엘프는 이어지는 다음 말을 참을성 있게 기다렸다.

본래 엘프는 기다리는 것에 익숙하다. 10년쯤 기다려도 좋을 것 같은 기분이었다.

"알았다. ……그걸로, 부탁하지."

"좋~아."

언질을 확보한 엘프 궁수의 볼이 헤실 풀어졌다.

고양이처럼 눈을 가늘게 뜨고, 목 안쪽에서 방울이 구르듯 웃음소리가 나왔다.

"그럼, 자 어서 먹어 버리자. 식으면 맛없잖아."

"그래."

식사를 하면서, 고블린 슬레이어는 가게 구석을 슬쩍 보았다.

어느샌가 그 모험가 두 사람도 물러간 것 같았다.

"흥."

고블린 슬레이어는 마음에 안 든다는 태도로 콧방귀를 뀌고 빵을 찢었다.

"그러고 보니."

"뭔데에?"

"금목서의 꽃말이란 걸 알고 있나?"

요리는 모두 엘프 궁수의 취향이었지만, 고블린 슬레이어는 불평하지 않았다.

그리고 엘프 궁수를 주점 2층에 나르고 여관비를 치른 뒤, 식사비는 그녀에게 달아두고 가게를 나섰다.

§

해야 할 일은 언제나 명확하다.

언제나 생각하고, 예측하고, 경계하고, 대책을 짜고, 실행한다.

지금 이 시간에 고블린 슬레이어가 할 일은 구멍을 파는 것이었다.

밤— 이미 쌍둥이 달이 높이 오르고, 별들의 반짝임이 하늘을 채울 무렵.

그는 홀로 묵묵히 삽을 휘둘러 구멍을 파고 있었다.

차가운 밤바람은 미약하게 열기를 띤 몸에서 술기운을 떨쳐 주었다.

대문을 빠져 나와 도시 바깥쪽, 가도에서 벗어난 짐승들의 길이었다.

황야라고 해도 그저 하염없이 초원이 이어지는 평평한 장소는 아니다.

언덕이 있고, 숲이 우거지고, 수풀이 있으며, 길을 벗어나면 미개척의 토지였다.

사람은 거의 오지 않는 곳이며, 그렇기 때문에 그는 여기에 구멍을 파고 있었다.

깊이는 사람 키 정도. 그것도 드워프나 레아가 아니라 흄의 키였다.

바닥은 가늘고 날카롭게 깎아낸 말뚝으로 메우고, 구멍 위에는 파기 전에 치워둔 지표를 덮었다.

구멍 위에 친 천으로 지탱되는 지면은 언뜻 보기에는 구멍이 있는 것 같지도 않았다.

그것을 몇 번이고 반복한 다음, 그는 그 일대에 선명한 색의 돌멩이를 뿌렸다.

"그러면……."

문제는 대량으로 남은 흙이다.

고블린 놈들은 동굴의 벽을 보강하는데 쓰니까 곤란하지 않지만, 이쪽은 그럴 수도 없었다.

모험가가 이런 토목 작업을 하는 건 꽤 귀찮고 수고가 든다.

고블린 슬레이어는 그 흙을 미리 준비해준 마 주머니에 차례차례 채웠다.

흙 자루가 생겼다.

입구를 묶고, 흙 자루를 양 어깨에 짊어지고 2개씩 날랐다.

구멍에서 다소 떨어진 수풀 속에 숨기면서 반원형으로 단단하게 쌓았다.

과연 이것이 도움이 될 것인지, 고블린 슬레이어는 알 수 없었다.

그러나 어떤 때라도 준비를 해둬서 손해 볼 것은 없었다.

적어도 고블린 슬레이어에게 수고를 아낀다는 발상은 없었다.

그는 흙 자루 사이에 빈틈이 없도록 단단히 쌓아 올리고, 마지막으로 삽으로 몇 번 두드려 굳혔다.

"……음."

잠시 지나, 그는 납득하고 고개를 끄덕였다.

일단 구덩이는 이거면 된다. **다른 지점**은 끝났다. 여기가 마지막이다.

이제는 아직 조립하지 않은 말뚝과 그물과 목재를 사용한 함정이지만, 설치할 수 있는 장소가 한정된다.

거기까지 이동하는 시간도 포함하여…….

하늘을 올려다본 고블린 슬레이어는 쌍둥이 달의 위치를 보고 남은 시간을 재보았다.

가을겨울은 밤이 길고 아침이 늦게 온다지만 그리 여유가 있는 것은 아니었다.

고블린 슬레이어는 재빠른 손놀림으로 집에서 끈으로 묶어온 몇 장의 나무 판을 꺼냈다.

그것을 수풀이나 나무들에 둘러치고 세부적인 작업을 몇 가지 끝낸 뒤에 일어섰다.

"서둘러야겠군."

고블린 슬레이어는 어깨에 짐을 짊어지고, 달빛 아래 그림자처럼 걷기 시작했다.

수풀을 넘어서 나무들 사이를 빠져— 나가려는 때였다.

"어이, 거기서 뭘 하고 있나!"

마치 베일 것처럼 날카로운 목소리의 습격. 고블린 슬레이어는 정지했다.

좌악. 발치에 모래가 쓸리는 소리가 들리고, 철커덕 장비가 부딪히는 소리가 울렸다.

"흐음."

고블린 슬레이어는 조용히 중얼거렸지만 허리의 검에 손을 대지는 않았다.

공통어를 유창하게 말하는 고블린은 없다.

"누구지?"

짧게 묻자, 대답하듯 수풀이 흔들렸다.

키가 훌쩍 큰 인물이 외투로 전신을 감싸고 나타났다.

옷자락에서 나와 있는 부츠는 꽤 낡았고, 끝이 보강되어 있었다. 모험가라고 짐작이 갔다.

그러나 고블린 슬레이어의 물음에는 대답이 없었다. 대신 날카로운 목소리가 들려왔다.

"이쪽이 묻고 있었다, 이놈."

그 목소리를 들은 고블린 슬레이어가 중얼거렸다.

"여자인가."

"……다시 한 번 말한다. 네놈, 정체가 뭐냐?"

동시에 밤에도 선명한 하얀 섬광이 공중을 갈랐다.

"고블린 슬레이어다."

그는 목줄기에 딱 붙은 칼날을 아무렇게나 손가락으로 치웠다.

무척 귀찮아 보이는, 하품을 참는 어조였다.

장검 — 한쪽 날 — 숙련자.

반응할 수 없는 속도였던 것도 사실이지만, 반응하지 않은 것도 사실이었다.

정체를 묻는 목소리와 함께 상대를 베어 죽이면 의미가 없다.

살기란 것을 이해하지는 못해도 그 정도는 알 수 있었다.

외투 안쪽에서 여자가 의심스런 기색으로 눈을 가늘게 떴다.

"소귀를…… 죽이는 자……?"

"그렇다."

"……제정신인지 의심스럽군."

"그런가."

칼날이 고블린 슬레이어의 목을, 미끄러지듯 탐색했다.

날 끝에 사슬로 이어진 은색 판이 얽혔다.

"은 인식표…… 은 등급 모험가인가?"

"아무래도, 그런가 보더군."

고블린 슬레이어가 수긍했다.

"길드는 인정했다."

"……과연."

검이 휙 바람을 두르고 떨어지더니 철컥, 소리를 내며 칼집에 들어갔다.

그렇게 납검하는 동작조차 빈틈이 없으니 모험가 등급이 상당히 높아 보였다.

적어도 동 등급 이상은 확실할 거라고 짐작했다.

"이쪽이 성급했던 것 같군. 미안하다."

"아니, 됐다."

"무슨 망자 같은 것이 아닌가 생각했던지라……."

사죄하는 여자의 목소리는 조금 어색했지만, 어느 정도 부드럽게 변해 있었다.

고블린 슬레이어는 고개를 천천히 옆으로 저었다. 딱히 무슨 일이 일어난 것도 아니었다.

문제는…….

"거봐아, 아니었잖아."

그제서야 등 뒤에서 들린, 마치 새벽녘 해처럼 한없이 밝은 목소리였다.

"참 성질 급하다니까. 난 말렸거든?"

"그렇지만, 수상했던 건 사실."

이어서 얼음처럼 차갑게 식은 목소리— 새롭게 등장한 두 사람.

부스럭. 수풀이 흔들리더니 몸집이 작은 외투 차림 모험가가 이어서 나타났다.

한쪽은 레아가 아닌가 싶을 정도로 작았지만 허리에 훌륭한 검을 차고 있었다.

흄일 것이다. 레아의 근력으로는 필요한 영역에 이르지 못해서 휘두를 수 없을 것이다.

또 한 사람은 길다란 지팡이를 들었고, 다른 두 사람에 비해 몸놀림이 둔했다. 명백하게 주문술사였다.

그리고 목소리를 들어보니 모두 여자다. 전사가 둘, 술자가 하나. 여자 셋의 파티.

요즘 세상에 여성 모험가도 드물지 않지만, 여성들만 모인 파티는 드문 편이었다.

"그래서, 뭐하고 있었어? 나도 궁금한데."

몸집이 작은 검사가 물었다.

고블린 슬레이어가 뭐라고 말하기도 전에 그녀는 훌쩍훌쩍 걸어왔다.

질문도 참 편하게 했지만 산책이라도 하는 것처럼 간격을 좁혔다.

"음……."

고블린 슬레이어는 신음하더니, 잠시 생각한 다음에 대답했다.

"조심을 하고 있다."

"조~심? 흐응……."

그녀는 고블린 슬레이어 주위를 휘리릭 돌더니 천연덕스레 말했다.

"이상한 장비네에……."

"그런가?"

"아, 미안. 깔보는 게 아니야. 그냥 재밌어서."

후드로 가려져 있지만 생글생글 함박웃음을 짓고 있는 걸 알 수 있을 정도로 명랑했다.

그러나 고블린 슬레이어는 딱히 대답하지 않았다.

지저분한 가죽 갑옷과 싸구려 철 투구, 검과 방패. 어디가 재미있는지 전혀 알 수 없었다.

다만 그녀들이 고블린 슬레이어를 관찰하는 동안 그 또한 그녀들을 관찰했다.

근처에서 활동하는 모험가는 아니다. 그리고 적어도 고블린이 아닌 건 확실했다.

"……아마, 그는 상관없어."

지팡이를 든 모험가가, 역시 차가운 목소리로 조용히 말했다.

"이렇게까지 노골적으로 수상한 건, 오히려 있을 수 없어."

"그렇—군요. 얼굴이나 피부를 감추더라도, 이래서는 지나치게 노골적이군요."

처음 나타난 여자가 대답했다. 장검을 허리에 찬 그녀는 어쩐지 자랑스런 어조로 말했다.

"기량의 차이는 알았습니다. 문제는 없어요."

"그래? 둘이 그렇게 말한다면 그렇겠지."

그리고 동료들의 대화에 고개를 갸웃거린 소녀가 마지막으로 한 번 손을 마주쳐 모았다.

"미안, 오빠. 방해해 버렸네."

"아니."

고블린 슬레이어는 느릿하게 고개를 옆으로 젓고 안고 있던 짐을 땅에 놓았다.

“축제를 보러 온 건가?”

“응~? 뭐, 그런 셈……이네. 이 앞에서 한다며?”

“그래.”

고블린 슬레이어가 수긍했다.

“여기가 수확제가 열리는 도시다.”

그리고 조금 생각한 뒤에 덧붙였다.

“숙소를 잡을 거라면 얼른 가는 편이 좋다.”

“와, 아차. 그렇네, 맞다. 벌써 꽤 늦었으니까. 서두르자.”

미안. 그녀는 다시 한 번 말하고 다다다 경쾌하게 달려갔다.

눈앞에서 멀어지는 뒷모습을 눈으로 쫓아가자 남은 두 사람도 준비를 서둘렀다.

“아아 정말, 저 사람은 언제나……. 그럼 실례합니다. 폐를 끼쳤어요.”

“실례했어.”

선두를 가는 소녀를 쫓아서 두 사람이 그림자처럼 따라 달렸다.

“흠.”

홀로 남은 고블린 슬레이어는 작게 소리를 냈다.

방금 전까지 그 작은 검사 소녀가 서 있던 장소에는 작은 돌이 있었다.

그의 기억이 분명하다면 사전에 구덩이를 파고 은폐해둔 장소였다.

체술, 보법, 마술, 혹은 천운— 무엇이 작용했는지 그는 알 수 없었다.

알 수 없는 부분은, 가도가 아니라 이런 짐승들이 다니는 길을 걷고 있었다는 점도 그랬다.

"……."

그러나 생각해도 답이 나오지 않았으니 고블린 슬레이어는 신속하게 의문을 내던졌다.

십중팔구 다른 곳에서 축제를 보러 온 모험가일 것이다.

그리고 고블린이 아니다. 그걸로 충분했다.

그러나, 되도록 사람들이 안 다니는 장소를 찾을 셈이었는데…….

"……설치 장소를 더 좁혀야겠군."

해야 할 일은 많다.

그리고 할 일은 언제나 명확했다.

# 막간 「올해 봉납에 대해 고민하는 이야기」



콕콕. 촛불 빛 아래서 깃털 펜이 양피지를 두드렸다.

명예로운 일이긴 하지만, 이런 큰 일을 맡기에는 아직 역부족인 기분이 드는 건 어쩔 수가 없었다.

신전 바깥에서 얼마나 배웠는지 묻는다면 즉시 대답할 수도 없었다.

하물며 신에게 봉납하는 축사를 쓰다니. 너무나도 황송한 일이었다.

"하아……. 선배들은, 굉장했었네요."

방 안쪽에 걸려 있는, 방금 막 받아온 의상을 보고 한숨을 한 번.

매년 보고서 동경하기는 했지만 막상 자신이 하게 될 줄은 생각지도 못했다.

―신께 뭐라고 말씀을 올려야 좋을까?

그것은 매일 드리는 기도하고는 다른 걸까? 아니, 애당초 기도란 건 뭘까?

"그 사람이라면, 뭐라고 할까요?"

문득 그런 생각을 하자, 그 무표정한 철 투구가 뇌리에 떠올라 희미하게 웃음이 나왔다.

―내가 본 걸 전해야지. 그것밖에 없으니까요.

"……좋아."

열심히 하자. 결심하고 양피지에 문자를 적었다.

그것은 서투른 필치였지만, 틀림없이 그녀 자신의 마음이 담긴 글이었다.

# 제3장 『꿈꾸는 수확제』

포옹, 포옹. 맥 빠지는 파열음과 함께 아침 하늘에 색색의 연기가 터지고 사라졌다.

고용된 마술사가 불꽃 술법을 선보이고 있을 것이다. 선명한 색채는 기량의 증거였다.

아침부터 떠들썩하다. 성미 급한 악단이 벌써부터 음악을 연주하기 시작했다.

그 소란스런 음색은 도시에서 떨어진 목장에까지 닿아 소치기 소녀의 귀를 간지럽혔다.

특별한 날이다, 특별한 날이다, 축제다, 축제다, 수확제다, 가을 축제다.

마음이 들떴다. 가슴이 춤을 춘다. 기분이 고양되어 가만있을 수가 없었다!

"우~, 아~, 우……!"

가만 있을 수는 없었—지만.

거의 속옷 차림인 소치기 소녀가 자기 방에서 신음하고 있었다. 물론 이유가 있었다.

작은 클로젯은 활짝 열렸고, 바닥부터 침대 위까지 비좁게 옷이 흩어져 있었다.

그녀는 발 디딜 틈도 없는 방 한복판에서 웅크려 있었다.

머리칼을 마구 헤집다 보니까 기껏 정돈했는데 또 나중에 빗질을 해야 한다.

그러나 그런 건 사소한 문제였다.

애당초 화장은 별로 안 하는 그녀다. 머리칼을 가볍게 정돈하고 분칠을 한 뒤 연지를 바르면 그걸로 충분했다.

그러나 문제는…….

"뭘 입고 가면 좋을지 모르겠어……!"

치명적이었다.

원피스가 좋을까? 아니면 별로 꾸미지 않는 편이 좋을까? 굳이 대담하게?

"아무리 그래도 작업복은 안 되겠지만……. 아니, 되나? 오히려 안 꾸미는 편이 좋아?"

아아, 하지만, 응, 분명히 일단 틀림없이…….

"**저쪽**은 평소랑 같은 차림이야……!"

지저분한 가죽 갑옷에 싸구려 철 투구, 어중간한 길이의 검을 차고 팔에는 작은 원형 방패를 고정한다.

일상복(?) 차림인 그 옆에 일상복 차림인 그녀. 그러고서 둘이 축제에 놀러 가는 건. 놀러 가는 건!

무심코 머리를 감싸 쥐면서, 낚아챈 작업복을 탈락 바구니에 던졌다. 잘 가라.

남은 것은 가끔 쉴 때마다 조금씩 사서 모은 의복들이었다.

그러나 역시 모두 일상복의 영역을 벗어나지 못했다. 여차할 때

꾸밀만한 것이 없었다.

슬프게도 평소 경험치가 완전히 모자란다. 레벨이 낮은 것이다.

이제 와서 몸부림치며 후회해도 어쩔 수 없는 일이지만, 평소에 좀 더 꾸밀 걸 그랬다.

"속옷…… 그러니까, 속옷은, 별로 상관없을, 까?"

괜찮을 거다. 응. 괜찮다. 분명히.

—그리고 속옷보다 먼저 겉옷이잖아. 혼란이야!

아아 하지만 그런 보이지 않는 부분이야말로 중요하다는 이야기를 어디서 들은 적 있는데…….

우와아. 무심코 외치면서 이것도 아니야, 저것도 아니야. 옷을 잡아채고는 던지고, 잡아채고는 던진다.

던져 버린 게 더 좋을 지도 모른다고 다시 꺼내 펼쳐서 가슴에 대어보고 다시 던진다.

그와 같이 다니기로 한 건 오전이다. 이러는 동안에도 귀중한 시간이 야금야금 지나가고 있었다.

그 초조함은 삼촌이 노크한 것도 눈치 못 챌 정도로 그녀의 머릿속을 점령하고 있었다.

"……아아, 미안하다만, 지금, 괜찮겠니?"

"어, 아, 와, 어, 아, 아, 아빠……가 아니라! 삼촌?!"

펄쩍! 침대 위에서 튀어 오른 그녀는 허둥지둥 속옷 위에 잠옷을 입었다.

그러고서 돌아보니 아직 문이 안 열렸다. 요동치는 풍만한 가슴을 손으로 눌렀다.

"돼, 됐어. 괜찮아!"
"아아, 미안하다. ……어허, 이건, 또 뭐니?"
문을 열고 들어온 삼촌이 한숨을 쉬는 것도 무리가 아니었다.
변명의 여지가 없다 보니 그녀는 부끄러움을 못 이기고 방의 참상에서 눈을 돌릴 뿐이었다.
"이거 참 많이 어질러 놨구나."
"아, 아하하하……. 부끄러울 따름이어요."
삼촌이 기가 막힌 표정으로 말하자 그저 볼을 긁적이는 수밖에.
"……나중에 잘 정리해라."
삼촌이 쓴 소리를 했다. 면목이 없다.
"뭐 그건 좋다만, 뭐냐. ……마침 좋은 기회니까 건네줄까 해서 말이다."
"……? 뭘?"
고개를 갸웃거리는 그녀 앞에 삼촌이 눈에 확 띄는 파란 드레스를 내밀었다.
선명하게 물든 원단을 자수와 레이스가 장식하고 있었다.
삼촌이 뭐라고 말하기 어려운 표정으로, 어쩐지 그리운 기색을 보이며 눈웃음을 지었다.
"내 동생…… 네 엄마가, 네 나이 때 입던 거다."
"와, 아……."
순순히 근사하다고 생각했다. 손으로 집어 펼치고 몸 앞에 대어 보았다. 거울이 있으면 좋겠다.
"입을 수, 있으려나. ……어울릴까?"

"괜찮을 거다.

삼촌이 고개를 끄덕였다.

"네 엄마는 머리를 길렀었지만, 다른 부분은 쏙 빼 닮았다."

"으, 응. ……응! 알았어, 입어볼게."

—이걸, 엄마가 입었었구나. 나는 엄마랑 닮았구나!

그 생각을 하자 견딜 수가 없어서 드레스를 꼭 끌어안았다.

"어허, 주름지잖니."

"아, 차. 그렇네. 위험해라. ……하지만, 에헤헤헤."

풍만한 가슴에 짓눌리는 것을 지적 받고서 주름이 지지 않도록 황급히 펼쳤다.

그렇지만 얼굴에서 넘치는 웃음은 어쩔 수가 없었다. 소치기 소녀는 순순히 마음을 입에 담았다.

"삼촌, 고마워!"

삼촌은 한 번 눈을 깜빡이고, 천장을 몇 초 올려다본 뒤에 고개를 옆으로 저었다.

"……그래, 아니, 신경 쓰지 마라."

그리고 그는 바위 같은 얼굴을 아주 약간 풀었다.

"애당초 네 엄마 거니까. 네 것이기도 하다. 소중히 입거라."

"응, 아껴서 입을래……!"

삼촌은 서두르다 넘어지지 말라고 하면서 문을 닫았다.

"나도 알아!"

커다란 대답을 한 번.

입고 있던 잠옷을 파바밧 벗어 던지고 엄마의 드레스를 입어 보았다.

스커트가 사르륵 퍼진다. 평소 작업복이 익숙하다 보니 조금 어색했다.

그렇지만 그 어색함이 평소와 다르다는 것을 의식하게 만들어서 가슴이 뛰었다.

이제 커다란 리본이 달린 챙이 넓은 모자를 살짝 올렸다.

—응, 좋아!

한 바퀴 빙글 돌고서, 자기 눈으로 각 부분을 체크. 거울이 있으면 좋겠지만 사치는 부릴 수 없었다.

유일한 난점은 신발이 그렇게 예쁘지 않다는 것이지만…….

—이게 바로 소녀의 완전무장이란 거지!

"좋아, 가자!"

철커덕 문을 열고 방을 나서자 식당에 삼촌밖에 없었다.

삼촌은 부엌에서 우유를 꺼내 무슨 작업을 하는 와중이었다.

"삼촌은 괜찮아? 축제에 놀러 간다든가……?"

"나는 이제 그런 나이도 아니다. 그, 아이스크림인가 하는 녀석으로 돈벌이를 좀 해야겠다."

그가 만드는 법을 알아온 얼음과자. 그 이름을 말하며 삼촌이 얼굴을 찌푸렸다.

"그리고 너야말로 하루 종일 놀다 와도 되는데 말이다?"

"아아, 괜찮아. 삼촌도 나갈 거면 목장에 누가 없으면 위험하니까."

"그러냐."

손을 훌훌 흔들자 삼촌이 짧게 말하고 입을 다물었다.

삼촌이 뭔가 말하고 싶은 표정을 짓는 것이 마음에 걸리긴 했지만…….

“다녀오겠습니다!”

“그래, 다녀, 오거라. 조심하고.”

이제 시간이 없다. 소치기 소녀는 활기차게 인사를 하고 종종걸음으로 문을 열어 밖으로 뛰쳐나갔다.

하늘은 파랗고, 불꽃놀이의 연기가 흩어지고, 태양의 빛이 가을의 언덕에 내리 쬐고, 바람이 쏴아, 불고 지나간다.

그리고 햇살 속에, 평소처럼 순찰을 끝낸 그가 서 있었다.

예상대로 평소랑 똑같았다. 지저분한 가죽 갑옷, 싸구려 철 투구, 어중간한 장검, 팔에는 원형 방패.

아아, 하지만. 그렇지만.

—오늘 나는, 다르거든!

“야호. 기다렸지!”

“아니.”

되도록 평정을 꾸미면서 한 손을 들어 인사했다.

여전히 담담하게 대답한 그는 조금 생각하듯 고개를 갸웃거리고 덧붙였다.

“얼마, 안 기다렸다.”

“그렇구나.”

“그래.”

“그럼, 가자!”

“그래.”

고개를 끄덕이고, 성큼성큼 앞서 걷기 시작하는 그.

소치기 소녀는 그 앞으로 빙글 돌아가서 가죽 장갑을 낀 손을 잡았다.

"음……."

"저기, 혼잡할 거고, 떨어지게 되는 거, 싫잖아?"

변명하는 거 같아. 소치기 소녀는 스스로도 생각했다. 목소리가 갈라지지 않으면 좋을 텐데…….

그는 장갑을 끼고 있으니 내 손바닥이 맥동하는 걸 모를 테니까…….

그런 그녀의 기분을 아는지 모르는지, 그는 신기하다는 태도로 물었다.

"혼잡한 건 도시에 들어간 다음부터다."

"미, 미리 연습하는 거야."

소치기 소녀는 시선을 피하면서 빈손으로 볼을 긁적였다.

손가락에 전해질 정도로 열이 나고 있었다. 분명히 새빨갈 거야.

"갑자기 이러는 것보다는, 익숙해지는 편이 좋잖아?"

그가 눈치채는 게 싫어서 모자를 고쳐 써서 가린다. 그리고 그의 손을 살짝 고쳐 쥐었다.

"왜냐면, 저기, 익숙하지 않은걸. 나는."

"그런가."

그는 고개를 끄덕였다.

"그건 중요한 일이군."

응. 소치기 소녀는 고개를 끄덕이고 그의 손을 잡은 채— 손을 쥐고서 걷기 시작했다.

"……저기, 있지."

"뭐지."

"저기, 그게……."

앞을 똑바로 보면서, 소치기 소녀는 묻고 싶어서 견딜 수가 없는 질문을 했다.

"이 옷— 어때, 보여?"

"……."

평소와 똑같은 길. 평소와 똑같은 풍경.

평소와 똑같은 그. 평소와 다른 자신. 손을 맞잡고.

평소와 똑같이 그는 입을 다물고, 생각하고, 그리고.

"어울린다고, 생각한다."

그저 그것만으로, 발걸음이 가벼워서 구름을 걷는 것 같았다.

"……에헤헤."

소치기 소녀는 하늘에 오를 것 같은 기분이었다.

§

소리의 홍수.

나팔이 울리고, 북이 울리고, 피리가 울리고, 발소리가 울리고, 웃음소리가 뒤섞였다.

노점의 주인이 소리를 높이고, 재주꾼이 너스레를 외치고, 길가는 사람들의 목소리가 파도 같았다.

문을 통과하기 전부터 기척이 느껴졌지만, 도시에 들어가자 그 소란은 또 격이 달랐다.

“매년 있는 거지만…….”

꼬옥, 장갑을 쥔 그녀는 설렘에 볼을 붉히고 그를 돌아보았다.

“역시, 굉장하다아.”

“그래.”

그는 철 투구를 흔들며 대답했다.

기이한 모습의 그도 오늘 이 축제 속에 있으면 별로 눈에 띄지 않았다.

그럴 것이 여기저기서 광대가 춤을 추고 길바닥에서 즉흥극을 하고 있었다.

요즘에는 도시 안에서도 무장을 풀지 않는 모험가도 많고, 그런 여행객도 여기저기 섞여 있었다.

오히려 그녀가 시선을 모으고 있었다.

청초한 아가씨가 지저분한 철 투구의 모험가와 손을 잡고 있었으니까.

힐끔, 힐끔. 호기심 어린 눈길이 닿았다 멀어진다.

—다른 사람한테는 어떤 관계로 보일까?

그녀는 아주 약간, 머릿속에서 그 상상을 이리저리 즐겼다.

몰래 놀러 나온 아가씨와 호위 같은…… 그런 걸까?

—아니, 아가씨는 좀 지나친가?

제법 넓은 토지를 가지고 목장을 경영하는 지주의 조카— 양녀.

그는 이 지방에서 이름이 알려진 베테랑— 제3위, 은 등급의 모험가.

물론 자신이 아가씨 같은 성질이 못 되는 건 잘 알고 있었다. 그러나…….

"……딱히 틀린 건 아닌가?"

"뭐가 말이지?"

그녀는 의문을 드러내는 그의 철 투구를 올려다보며 키득키득 웃고는, 모자를 누르며 한껏 숙녀 행세를 했다.

"우선 어디에 데려가주시려는 걸까요? ―라고 해볼까?"

"흐흠."

그는 생각에 잠기더니 말없이 하늘을 노려보았다.

대로에 멈춰선 두 사람을 남기고 사람들의 강이 흘러갔다.

딱히 통행에 방해가 되는 것도 아니다. 그녀는 생글생글 웃으며 그의 대답을 기다렸다.

잠시 지나, 그가 문득 생각난 것처럼 말했다.

"아직, 아침 식사를 안 먹었군."

"아."

그녀가 벌린 입을 손으로 막았다.

그랬었다.

의식이 지나치게 옷이다 뭐다에 팔려서 그럴 정신이 없었다.

아뿔싸. 소치기 소녀가 무심코 눈을 가리자 나란히 선 그가 가만히 보았다.

"노점에서, 뭔가 먹도록 하지."

"……응, 그러자."

그의 제안에 그녀는 순순히 동의했다.

삼촌한테도 미안한 짓을 했다고 생각하지만 이미 늦었다.

일단 눈앞에 있는 그에게 사과를 해야지.

"……미안. 뭔가 그게, 완전히 잊어 버렸어."

"아니."

그는 천천히 고개를 옆으로 저었다. 그리고 또 조금 지난 뒤에 덧붙여서 말했다.

"가끔은, 그런 일도 있는 법이다."

어떡할까 고민하면서 노점을 들여다보는 시간도 즐거웠지만, 공복에는 이길 수 없다.

노점에서 사다가 둘이 먹는 느지막한 아침 식사는 간단한 것치고 꽤 비쌌다.

두껍게 썰어 훈제한 베이컨을 뜨겁게 찐 감자와 함께 깨물었다.

한마디로 말하자면 무척 맛있었다.

"아."

그녀가 웃었다.

"이거, 우리 베이컨이야."

"그런가."

그가 대답하고 투구 틈으로 음식을 밀어 넣었다.

"과연, 그렇군."

소금기와 지방이 듬뿍 스며든 감자를 한 입 깨물자 그것만으로 감칠맛이 입 안 가득 퍼졌다.

혀를 데이지 않도록 하후하후 조심하면서 아침 식사를 해치웠다.

그는 평소처럼 말없이 우걱우걱, 그러나 깔끔하게 먹었다.

그리고 빈 식기 — 초벌구이 그릇 — 를 깨서 버리고 또 길을 걸었다.
오른쪽 왼쪽에서 목소리를 높여 활기차게 호객하는 소리가 차례차례 들렸다.
"이야하, 두분. 자두 브랜디를 한 번 드셔 보시라! 혀가 녹을 정도로 달달합니다!"
지나가는 술장수가 그렇게 말하자 소치기 소녀가 발길을 멈추었다.
"어쩔까?"
"마실 건가."
그가 말하기에 기왕이니 조금 마셔봤다.
작은 초벌구이 그릇 잔에 따른, 은은하게 새콤달콤한 향이 떠도는 과실주가 두 잔.
살짝 핥는 것처럼 마시는 그녀에 비해 그는 단숨에 벌컥 들이켰다.
"그렇게 단숨에 마시면 취할걸?"
"문제없다.
그는 아주 진지하게 말했다.
"브랜디는 정신 차리는데 좋다."
"……그거 빙 돌려서, 지금 헤롱거린다는 말 아냐?"
"다른 뜻은 없다."
"정—마알?"
그의 목소리에서 당황한 기색을 느낀 그녀가 키득키득 웃었다.
그냥 하는 소리, 농담이다. 만약 그가 정말로 몸이 안 좋다면 그걸 눈치 못 챌 리 없었다.
그리고 눈치 챘으면 질질 끌고서라도 침대까지 데리고 가 던져 놓을 셈이었다.

축제는 즐겁지만— 즐겁기 때문에 무리를 시켰다는 죄책감으로 망치고 싶지 않았다.

"하지만. 어젯밤에 늦게 들어왔잖아. 뭐했어?"

"해야 할 일을 정리해뒀다."

여전히 그의 설명은 설명이 못 된다.

"그렇구나."

그러나 그녀는 캐묻지 않고 조용히 말했다.

가슴 속이 따끈따끈하고, 반짝반짝 밝아진 것은 과연 술 탓일까?

"너는 자고 있을 거라 생각했다만."

그런 그녀의 마음을 아는지 모르는지 그는 평소와 같은 담담한 어조였다.

"깨어 있었나?"

"아하하. 어쩐지, 잠이 안 와서."

"그런가."

그는 그 이상 묻지 않았다. 두 사람은 나란히 축제의 소란 속을 걸었다.

시간은 언제나 부족하다.

엘프가 그릇을 차례차례 하늘에 던져 활로 꿰뚫는 곡예에 박수를 보내고.

드워프가 훌륭한 솜씨로 만들었다는, 금속 세공으로 장식된 호신도 가게를 둘러보고.

레아의 악사가 연주하는 무훈시에 귀를 기울이고.

저쪽에 가고, 이쪽에 가고, 익숙한 도시의 낯선 면을 즐기고.

그리고 잠시 걸었을 때— 문득 그의 발걸음이 멈췄다.

"……? 왜 그래?"

앞으로 슥 돌아가서 얼굴을 들여다봤지만 그의 표정은 알 수 없었다.

"음."

그는 입을 다물고서 희미하게 신음했다.

"……잠시 기다려라."

"응. 그야 뭐 기다릴 수는 있는데……."

그녀의 손에서 거친 가죽 장갑이 스르륵 빠져나갔다.

혼잡 속에 덩그러니 남은 그녀는 평소처럼 벽에 등을 기대고 그를 기다렸다.

텅 빈 손바닥을 얼굴 앞에 펼치고 가볍게 숨을 내쉬었다.

딱히 쓸쓸하거나 싫다는 생각은 하지 않지만…….

흐르고 흐르는 모험가와 여행객들을 바라보면서 그녀는 멍하니 생각했다.

아마 그가 움직이고 그녀가 기다린다는 관계는 계속 변하지 않는 게 아닐까—?

이것은 이제, 어쩔 수 없는 일이었다.

그와 그녀는 살면서 보아온 것이 다르다.

10년.

그녀가 고향을 떠난 지, 마을이 멸망한지, 벌써 10년.

모험가가 된 그와 재회한 뒤로 5년이 지났다.

그 동안 헤어진 뒤 5년을 그가 어떻게 보냈는지 그녀는 몰랐다.

그가 고블린 슬레이어라고 불리고, 자칭하게 되기까지 보낸 나날을 그녀는 몰랐다.

고향이 어떻게 되었는지를, 그녀는 몰랐다.

이야기는 들었지만 그건 들었을 뿐이었다.

삼촌의 손을 쥔 채 텅 빈 관이 땅에 매장되는 것을 보고 있던 것은 기억난다.

그러나 그뿐이다.

무슨 일이 일어나고, 어째서 모두 어떻게 되었는지 그녀는 몰랐다.

불이 났는지. 밭은 어떻게 됐는지. 가축은. 친구는. 아빠. 엄마.

아무도 모르게 기르던 작은 새 둥지는 어떻게 되었을까. 나무의 옹이에 숨겨둔 보물은.

어른이 되면 물려준다고 했던 엄마의 앞치마는. 좋아하던 신발은.

생일에 받아서 소중히 쓰고 있었지만 가장자리가 살짝 나가 버린 컵.

이제 와서는 환상이 아닌가 싶을 정도로 수많은 소중한 기억의 거품들이, 떠오르고 터져 버렸다.

남은 것은, 그날 도시에서 발견한 것을 넣어두려고 가져간 작은 상자 하나.

만약— 만약에.

그때, 그녀가 마을을 떠나지 않았다면…… 과연 어떻게 되었을까?

그녀도 그와 같은 것을 보고, 그리고 살아남았을까?

아니면 맥없이 죽어 버리고, 결국 그만 살아남았을까?

그랬다면, 그는 자신을 위해서 분노했을까?

어쩌면…… 그가 죽고, 그녀만 살아남는, 것일까?

—그건, 싫어.

그렇게 생각했을 때.

"기다리게 했군."

인파 사이를 쑤욱 빠져나오며 익숙한 그의 철 투구가 눈앞에 나타났다.

"아니, 괜찮아."

모자를 누르고 고개를 흔들자, 그가 뭔가 작은 것을 손가락으로 집어 내밀었다.

"뭐야아?"

그녀가 들여다보았다.

"어렸을 때…… 마을에 있었을 때."

그가 말했다.

"이런 걸, 좋아했었지."

그가 내민 것은, 조그마한 세공 반지였다.

은— 은처럼 보인다. 보이기만 하는 가짜라는 건 그녀도 이미 알고 있었다.

골목에 돗자리를 깐 수상쩍은 상인이 아이들을 속여넘기고 용돈을 갈취하기 위한 물건.

요컨대 작은 장난감에 지나지 않았다.

그녀는 무심코 웃었다. 웃어버렸다.

"아하하하. ……그건 어렸을 때 일이지."

"그런가."

그가 말했다. 살며시, 작은 목소리로. 반복하듯.

"그랬었나."

"응."

그녀는 고개를 끄덕였다. 끄덕이고, 반지를 집었다.

장난감치고도 싸구려였다. 가짜 보석도 없다. 그냥 금속의 고리다.

그렇지만 햇살에 비쳐 보면 반짝반짝 빛났다.

그녀에게 그것은, 무심코 눈을 감을 정도로 눈부셨다.

"……하지만."

그녀는 속삭였다.

"지금도, 좋아하나 봐."

"……그런가."

"그런 거야."

고마워. 간신히 그렇게 말하고, 소치기 소녀는 반지를 드레스 주머니에 넣었다.

떨어뜨리지 않도록 왼손으로 단단히 위에서 누르고, 오른손은 물론 그의 가죽 장갑을 쥐었다.

"가자."

그녀는 웃으며, 그의 손을 잡고 걸었다.

철 투구에 가려서 그의 얼굴은 보이지 않는다. 그러나—.

분명 그도 웃고 있을 거라고— 그녀는 생각했다.

그렇게 믿고 있었다.

§

“오, 곱슬 아저씨잖아!”

점심이 가까워질 무렵, 느긋하게 걷고 있던 두 사람에게 누가 말을 걸었다.

반지를 어떻게 할까 생각하던 소치기 소녀는 「누굴까」 하며 고개를 갸웃거렸다.

그녀에게는 낯선 약간 새된 목소리였지만, 불린 당사자는 아는 것 같았다.

철 투구가 빙글 돌아간 곳. 소년 척후가 이쪽을 가리키고 있었다.

옆에는 레아 소녀 무술사, 그 옆에는 신참 전사와 수습 성녀.

어린 모험가들이 모여서 놀러 나왔다는 건 소치기 소녀도 짐작할 수 있었다.

“어, 뭐야? 아저씨, 목장 누나랑 데이트?!”

신참 전사가 흥미진진한 기색으로 몸을 내밀자 수습 성녀가 소매를 잡아끌었다.

“잠깐. 그런 식으로 말하면 미안하잖아.”

곱슬. 그렇게 줄여 부르는 것이 참 소년다워서 소치기 소녀는 희미하게 볼을 풀었다.

굳이 의미심장한 동작으로, 생긋 웃으며 옆에 선 그의 철 투구를 올려다보았다.

“글쎄, 어떨까? 어떤 걸까?”

“아니다.”

그는 딱 잘라 말했다.
"나는 아직 스무 살이다."
이어지는 말에 소치기 소녀의 웃음이 더욱 짙어졌다. 부정은 하지 않았다.
"우에에에?!"
이상한 비명을 지르는 소년들을 보고 소치기 소녀는 기어이 참지 못하고 소리를 내고 말았다.
"그렇네. 응. 언제나 이렇게 투구 쓰고 있으니까 모르겠지."
"……필요하니까 쓰고 있다."
고블린 슬레이어가 대답했다. 그 목소리가 평소보다 까칠했다.
삐쳤다는 걸 알 수 있으니 소치기 소녀도 참으로 유쾌해서 어쩔 수가 없었다.
사람들은 다들 녀석은 표정을 알 수가 없다, 무슨 생각을 하는지 알 수가 없다고들 하지만…….
이 소꿉친구만큼, 알기 쉬운 사람도 그렇게 많지 않을 것 같은데—.
"저기, 좀 도와주실 수 있을까요?"
문득 소녀 무술사가 조금 주저하면서 입을 열어 말했다.
빙글. 고블린 슬레이어의 철 투구가 그녀 쪽을 보았다.
"고블린인가?"
평소처럼 담담하게 대답하자, 무술사 소녀는 난처한 기색으로 시선을 움직였다.
"아뇨, 그게 아니라. 저기……."
"뭐야. 고블린이 아닌 건가."

"에이, 아저씨 바보네."

옆에서 소년 척후가 헤실헤실 웃으며 말했다.

"아무리 그래도, 이런 곳에 고블린이 나올 리 없잖아."

"나온다."

"어?"

"고블린은 나온다."

"진짜로?!"

아이 참. 정말이지. 그런 대화를 본 소치기 소녀는 못 말린다며 미소 지었다.

"저쪽은 내버려두고, 두 사람도 무슨 용건 있어?"

천천히 몸을 굽히는 소치기 소녀, 소녀 무술사와 수습 성녀 두 사람에게 시선을 맞추고 물었다.

두 소녀들은 슬쩍 얼굴을 마주보고, 팔 사이에 끼어 강조된 소치기 소녀의 가슴을 보았다.

그리고 자신의 가슴에 눈길을 주더니 깊고도 깊은 한숨이 두 사람에게 흘러나왔다. 알기 쉽다.

"괜찮아. 둘 다 커다래질 거야."

"……말씀은 감사하지만요."

"역시, 조금 더…… 이렇게."

볼을 붉히고 꼬물꼬물 거리며 고개를 숙이는 소녀 두 사람.

소치기 소녀는 흐뭇하게 생각하면서 두 사람의 머리를 살짝 쓰다듬었다.

"그래서, 무슨 일인데?"

네. 고개를 끄덕인 두 소녀가 돌아보며 가리킨 곳은 어느 술집—의 입구였다.

드문드문 사람들이 모여 있고, 그 중심에 작은 탁자. 그 위에는 입을 벌린 개구리 조각상이 있었다.

지금도 주정뱅이 한 사람이 손에 은색 구슬을 쥐고서 길바닥에 그어진 하얀 선에서 마주보고 있었다.

"으랴! 에랴! 으라랴!"

휙휙. 잇달아 구슬을 던졌지만 모두 맞지도 않고 탁자에 튕겨서 떨어졌다.

"에—잇, 젠장!"

순식간에 구슬이 떨어지자, 주정뱅이가 붉어진 얼굴로 즐겁게 아쉬운 외침을 질렀다.

조각상 옆에 서 있던 가게 주인이 익숙한 손놀림으로 구슬을 주워서 커다랗게 외쳤다.

"자자, 구슬 10개에 동화 1닢! 구슬 하나면 에일 한 잔! 도련님 아가씨들한테는 레모네이드!"

"근데 전혀 안 들어가."

주인의 목소리에 소년 척후가 불평을 흘렸다. 중장 전사의 파티에서 단련하고는 있지만 아직 어린 친구다.

열다섯에 모험가가 되어 몇 년이 지났을 그는 아무리 봐도 스무살 전후 같지 않았다.

나이를 얼버무리고 있었겠지. 소치기 소녀도 그건 이해했지만 지적할 생각은 없었다.

"그래 맞아. 구슬, 그거 찌그러진 거 아냐?"

수습 전사가 동화를 건네며 농담조로 불평하자, 가게 주인은 싱글싱글 익숙한 태도로 응했다.

"어이어이, 도련님. 바보 같은 소릴 하면 안 되지."

그리고 두 사람이 퐁퐁 잇달아서 구슬을 던졌지만 아무래도 들어갈 기색이 없었다.

하아. 그들의 일행인 소녀들이 한숨을 쉬었다.

"……둘 다 오기를 부려서요."

"정말로, 남자애들은 이렇다니까요."

조숙하다기보다는 어른의 흉내를 낸다고 해야 할까?

"정말 그렇지."

무술사와 성녀 두 사람이 난처한 표정으로 불평하는 걸 소치기 소녀가 들어주었다.

—남자애들이니까. 멋있는 모습을 보여주고 싶겠지…….

"여자애 앞이라면 보여주기를 바라니까."

그러면서 소꿉친구 청년을 보았다.

여전히 철 투구 너머로 표정은 알기 어렵지만, 알기 쉬웠다.

"뭐지."

"시범, 보여주면 어때?"

"흠."

고블린 슬레이어는 4명의 소년소녀, 그리고 소치기 소녀를 빙글 돌아보았다.

그리고 작게 고개를 끄덕이더니 동화 1닢을 지갑에서 꺼내 주점의 주인에게 던졌다.

"주인장."

"예입!"

"한 번 부탁하지."

그리고 눈으로 쫓기도 힘든 빠른 기술을 선보였다.

그는 구슬을 손바닥 위에서 좌르륵 굴려보더니, 날카로운 손놀림으로 쉬익 던져서 개구리에게 먹였다.

그 기량에 특별하다고 할 점은 전혀 없었다.

그저 조준을 하고서 정확하게 구슬을 던진다. 그러나 정확하고 빨랐다.

하나 들어간다. 둘 들어간다. 셋, 넷. 이어서 다섯, 여섯.

개구리 조각상의 목에서 트림처럼 카랑카랑 굴러가는 소리가 들리는데 몇 초도 안 걸렸다.

"와!"

"우오!"

4명의 소년소녀가 그 기술을 보고 눈이 동그래지더니 놀라움을 드러냈다.

아니, 그들뿐이 아니었다.

주위의 구경꾼들도「오오」소리를 내더니, 듬성듬성 박수를 치는 사람도 있었다.

에헴. 소치기 소녀는 마치 자기가 한 것처럼 풍만한 가슴을 내밀며 뽐냈다.

그는 고블린 퇴치밖에 못한다. 그렇게들 생각한다.

그러나 결코 그렇지 않았다.

그는 그저 그것뿐인 사람이 아니었다.

"아이고야, 좀 봐주시우."

"그럴 수야 없지."

딱 잘라 진지하게 주인에게 대답하는 그의 어깨를 가볍게 두드리면서, 소치기 소녀가 승리를 칭찬했다.

"이거, 어렸을 때부터 특기였잖아."

"그래."

고향 마을에도 술집이 있었고, 거기는 개구리가 아니라 물동이를 든 여신상이었다.

축제 때마다 그는 이렇게 그녀와 누나를 위해서 레모네이드 3잔을 얻어냈다.

—그러고 보니 축제 전에는 꼭 시냇가에서 돌 던지기 연습을 했었지.

옛날부터 준비를 게을리 하지 않는 성격이었네. 소치기 소녀가 그리운 기억을 떠올렸다.

"이야아, 형씨 잘하는걸! 레모네이드 6잔이지? 잠깐만 기다려!"

"그래."

평소처럼 철 투구를 흔들어 고개를 끄덕인 고블린 슬레이어가 소년들을 돌아보았다.

그리고 그는 단적으로 말했다.

"그러니까, 이렇게 하는 거다."

"……어, 어어."

"해볼게."

차륵. 고블린 슬레이어가 손에 남은 4개의 구슬을 소년들에게 던져 건넸다.

황급히 받은 소년 척후가 조금 긴장된 얼굴로 물었다.

“조, 조금 더, 이렇게, 요령 같은 거 없어?”

“맞아. 이거 무슨 연구 끝에 나온 던지는 법 같은 거!”

신참 전사도 한 마디.

“연습이다.”

일도양단이었다.

우엑. 다시 한심스런 목소리를 낸 두 사람은 고블린 슬레이어의 재촉을 받고서 진지하게 자세를 잡았다.

“히, 힘내!”

“자, 좀더 잘 던져봐!”

“아하하하. 너무 엄격하게 하면 안 돼.”

**그 세 소년들**을, 소녀들이 지켜보고—.

“아.”

—그렇구나. 소치기 소녀는 문득 그것을 깨달았다.

변했다고 생각했었다.

그러나 변하지 않았다.

변하지 않은 것이다.

물론 그로부터 10년 지났다. 그 경험은 컸다.

그녀 자신도 똑같은 것을 짊어지고 있었다.

그렇지만 그것은 결국 계속 쌓아 올린 것에 지나지 않았다.

—뿌리 부분은 똑같구나.

그것은 그녀가 믿고 있던 일…… 아니.

그렇기를 바라던 일이었지만…….

"마실 건가?"

"응, 마실래."

그가 건넨, 서늘하고 차가운 찬. 레몬과 벌꿀을 탄 우물물.

그 차가움은 분명히 10년 전부터 변하지 않았다.

"아, 그렇지."

소치기 소녀는 아이들이 구슬 넣기에 열중하고 있는 걸 옆에서 지켜보면서, 방금 생각난 것처럼 말했다.

"기왕 산 거니까 끼워줘. 반지."

"어디에 말이지?"

그가 되묻자, 가만히 엄지부터 새끼까지 두 손의 손가락을 보았다.

"야, 약지……."

입 밖에 내자마자 후회하고, 조금 어색하게 덧붙였다.

"……같은 데?"

"어느 쪽이지?"

"어느 쪽. 그거야—."

—왼손.

아냐 그건 말 못해. 소치기 소녀는 얼굴을 붕붕 흔들었다.

호흡을 가다듬고 주머니를 뒤져서 반지를 왼손으로 집었다.

"오른손에…… 부탁드립니다."

"알았다."

그리고 그는 정서라곤 요만큼도 없는 거침없는 손놀림으로 소치기 소녀의 오른손에 반지를 끼웠다.

기분에 따라 태양을 향해 들자 둔탁하게 반짝거렸다.

—뭐, 일 할 때는 빼야겠지만.

축제 기간 정도는, 끼고 있어도 될 거라고 생각하면서.

소치기 소녀는 입 안 가득 퍼지는 새콤달콤함을 마음껏 즐기기로 했다.

§

입구 앞에 개구리 조각상을 두고 레모네이드를 손에 든 가게 주인이 들락거리기를 반복하는 술집 안.

"이거야 참. 뭘, 어느 쪽과, 라고 말은 안 하겠네만."

리자드맨 승려가 튀긴 내장에 치즈를 듬뿍 뿌린 요리를 호쾌하게 깨물었다.

맛있다며 혀를 내두르면서도 말을 하는 것은, 리자드맨에게는 전혀 예의 없는 것이 아니었다.

"일이 잘 풀리겠는지……. 아니, 잘 풀리면 좋겠군."

"걱정 말라고. 세상일이란 것은 십중팔구, 제자리를 찾아가는 법이니."

배를 북처럼 둥 두드리고 「끝내주는구나」라며 독한 술을 들이키는 드워프 도사.

"오히려 신경 쓰이는 것이라 하면……."

그의 시선이 옆으로 흐르며 웃음을 죽였다.

탁자에 앉은 또 한 사람, 엘프 궁수가 먹잇감을 꿰뚫기라도 할 것처럼 바깥을 노려보며 이를 갈고 있었다.

"으그그……."

"길쭉귀야. 뭘 그러고 있느냐?"

"그치만!"

탁자를 힘차게 두드리며, 길다란 귀를 크게 흔들면서 엘프 궁수는 주점 밖을 가리켰다.

"저거 아까 나도 했는데, 전혀, 하나도, 안 들어갔어!"

"그야 너는 활은 특기라도 투척 같은 것은 서투르지 않느냐?"

"납득이 안가~! 나 하이 엘프! 신화시대의 종족인데!"

그녀는 그렇게 말하며, 분풀이라도 하는 태도로 잔에 담긴 레모네이드를 마구 들이켰다.

동화를 있는 대로 뿌렸음에도 결국 울며불며 자기 돈 내고 산 것이었다. 시큼할 따름이다.

"뭐, 세상은 그런 법일세. 탐색자 선생과 소귀 살해자 선생은 서로 특기가 다른 법이니."

리자드맨 승려가 어린애를 달래는 것처럼 말하자 드워프 도사가 곧장 찬물을 끼얹었다.

"그게 아니라, 카미키리마루에게 진 것이 분한 것 아니겠느냐?"

"으그그그그……. 부, 분하지 않아!"

이를 가는 모습을 본 리자드맨 승려가 유쾌하게 쉬익 날카로운 숨을 뱉었다.

"……아, 잠깐."

문득 엘프 궁수가 문득 길다란 귀를 흔들면서 고개를 들어 바깥을 보았다.

"왜 그러시나? 탐색자 선생."

"봐. 움직이네."

보아하니 맞는 말이다. 구슬 넣기를 즐긴 두 사람이 술집을 벗어나 걷기 시작한 참이었다.

소치기 소녀는 아쉬운 모양인지 발걸음이 둔했고, 고블린 슬레이어는 여느 때처럼 성큼성큼.

"그러니까『접수원 아가씨한테 인사 전해줘』,『그러지』……라는데."

—좀 더 살갑게 대답할 수 없나?

엘프 궁수가 콧김을 뿜으며 토라진 태도로 턱을 괸 채, 이슬이 맺힌 잔을 만지작거렸다.

그 모습을 드워프 도사가 즐거운 표정으로 바라보며 흰 수염을 더듬었다.

"더할 나위 없이 아깝고 시시한, 엘프의 귀를 쓰는 법이구나."

"어머나, 드워프. 흙의 문화를 모르나 봐?"

사납게 웃은 엘프 궁수가 자신만만하게 길다란 귀를 쫑긋 세웠다.

"낭비할 수 있다는 건, 그만큼 여유가 있다는 거잖아."

"너무 열중해서 지갑을 비워버린 녀석이 할 말은 아니구나."

"그건 그거고 이건 이거야."

"우왓, 욘석 자기가 한 짓은 제쳐버렸구나! 참나! 이래서 엘프란 것들은 마음에 안 드는 게다!"

"뭐라고오! 돈에 인색한 건 드워프들의 악습이잖아!"

두 사람의 동료가 평소처럼 떠들썩하게 말다툼을 시작했다.

유쾌한 기분으로 눈웃음을 지으며 보던 리자드맨 승려는 꼬리로 바닥을 두드리며 손을 들더니 가까운 여급을 불렀다.

"미안하네만, 여급 선생."

"네에!"

수인(獸人) 여급이 활기차게 외치며 멈춰 섰다.

짐승 같은 팔다리에 귀를 가진 여성이 활기차게 달려왔다.

어허. 리자드맨 승려가 눈을 홉뜨는 것도 당연한 일. 후후후 웃는 그녀는 낯이 익었다.

"그대는, 길드의 여급이 아니시던가?"

"아아, 여기서도 일하고 있어요."

수인 여급은 트레이로 입가를 가리고 눈웃음을 지으며 목을 가르랑거렸다.

"오늘은 어디든 일손이 부족하니까요. 용돈벌이 삼아서 고양이 손을 빌려주는 거죠."

"과연, 과연. 번창하고 있으니 잘 됐네."

리자드맨 승려가 묵직하며 거창하게 고개를 끄덕이고, 날카로운 손톱 끝으로 벽에 붙은 메뉴를 가리켰다.

"이 내장 튀김을 두세 개 더 주시게. 치즈를 듬뿍 뿌려줄 수 있겠는가?"

"네잉. 참고로 괜찮으시면 허브가 들어간 것도 있어요, 리자드맨 나리."

"호오, 향초가 들어갔다 말이지."

"그리고 연골을 채운 것도 있고……."

"어허."

"치즈가 들어간 것마저!"

"뭣이라!"

리자드맨 승려의 눈동자가 더할 나위 없이 반짝인 것은 말할 것도 없었다.

한낮은 이렇게 아무 일 없이 찾아왔다.

# 막간 「신관장이 축제 준비를 하는 이야기」

어머나. 어머, 어머, 어머나아. 이거 참 귀여운 참배자님이시군요.

네, 이번 수확제의 의식— 네. 신의 힘을 빌어서 행하는 것, 맞습니다.

《콜 갓(강신(降神))》 같은 최고위의 기적은 아니지만요.

천상에 거하시는 신들의 힘 일부를 내려 받아 풍요와 안녕을 기원합니다.

네, 그래서 영계(아스트랄)에 간섭하는 거라면 마침 좋은 기회겠지요.

잠시, 그 애를 좀 불러주겠어요? 네, 그래요. 지금 도시에 있지요?

아무튼 그 아이는 유망하답니다.

경건하고, 신앙심도 두텁고, 아직 흑요 등급이지만 기적을 3번이나 쓸 수 있어요.

그래서 올해 축제는 춤사위를 맡기기로 했지요.

착한 아이랍니다. 다만, 그 아~주 조금, 문제가 있어서…….

네? 다크 엘프(어둠 종족)나 마신과 연관이요? 고대의 무녀가 전생? 출생의 비밀?

어머나, 참. 이야기를 너무 많이 읽으신 건 아닌가요?

백금 등급의 모험가도 아닌데요……. 그렇지 않아도 흔하다고요? 그건 실례했군요.

아무튼, 저는 딸처럼 생각하고 있답니다. 아아, 이건 비밀이랍니다.

다만, 그게, 뭐라고 말씀 드려야 할지…….

어울려 다니는 모험가 분에게, 문제가 있어서요…….

그쪽이 수상하다고요? 아하하하하, 아뇨, 그럴 리가요.

그 분이 사신이나 뭐다를 숭배하는 일이 없다는 것은, 보증을 할 수 있어요.

그런 일을 할 시간이 있으면 다른 일을 하는 위인이니까요.

네? 여기 오는 동안 별난 모험가를 보셨다?

마치 망자나 리빙 메일 같은 모습이요?

…….

아아……. 신이여…….

아뇨, 네. 나쁜 인물은 아니랍니다.

……허면, 물의 도시 대주교님께 이야기는 이미 들었답니다.

저희들이 할 수 있는 일이 있다면 무슨 일이든 조력하겠습니다, 용사님.

# 제4장 『중요한 것은 미소』

축제일 낮이면 당연히 광장은 사람들로 가득 차고, 모자이크 무늬처럼 꿈틀거린다.

중앙에 서 있는, 해시계를 대신하는 원기둥은 당연히 딱 좋은 만남의 표식이었다.

꽃처럼 색색깔로 치장한 남녀들 가운데 한층 수수한 사람이— 그녀였다.

입고 있는 곳은 청초하지만, 장식이 없고 눈에 안 띄는 하얀 블라우스.

움직이기 편함을 최우선으로 한 큐롯에서 뻗은 다리는 꾸밈없는 타이즈로 감싸고 있었다.

머리 모양도 평소와 같았다. 그저 땋은 머리를 고정하는 리본만 새로운 걸로 달고 있었다.

사복— 휴일에 도시에 나오기 위한 복장. 정말로 그저 그것뿐인 의복.

그러나 그 검소한 차림새로도, 그녀는 전혀 불안을 느끼지 않았다.

왜냐하면—.

"아."

—역시나.

성큼성큼 인파에도 끄떡없이 다가오는 저 모습.

잘못 볼 리 없었다. 놓칠 리가 없었다. 지저분한 가죽 갑옷에 철투구. 장검에 원형 방패.

그의 모습은 정말이지, 웃어버릴 정도로 평소와 같았다.

그래서 그녀도 생긋, 평소와 같은 미소를, 평소와 다른 복장으로 지었다.

"오전에는 즐거우셨나요?"

"그래."

눈앞에 선 고블린 슬레이어는 담담하게, 역시 평소처럼 고개를 끄덕였다.

"미안하다. 기다렸겠군."

"괜찮아요. 지금 온 참이니까요."

접수원 아가씨는 빤히 보이는 거짓말을 하나 했다.

기대감 때문에 점심 전부터 기다린 것은 비밀이었다.

그래서 이어지는 얼버무리는 헛기침.

"……그래도. 유감이지만 조금 지각하셨어요, 고블린 슬레이어 씨."

"미안하다."

"아뇨, 괜찮아요. 왜냐면 저는—."

—기다리는 거 좋아하니까요.

접수원은 장난스레 웃고서 자연스럽게 그를 선도하며 빙글 돌아보았다.

리본이 달린 머리칼이 꼬리처럼 훌쩍 흔들렸다.

"그러면, 갈까요!"

그녀는 알고 있었다. 만약 한껏 꾸몄어도 그는 전혀 신경 쓰지 않을 것이다.
길드의 접수원이 아닌 평소의 자신. 평범한 자신.
이것이 나! 라고 자기주장을 하기 위해서, 오늘 그녀는 굳이 꾸미지 않았다.
“점심 드셨어요?”
“아니.”
고블린 슬레이어는 천천히 고개를 좌우로 저었다.
“아직 안 먹었다.”
“그러면…….”
빙그르, 빙글빙글. 접수원의 머리가 소리를 내며 돌아갔다.
몇 가지 계획을 재빨리 비교하고 기각하며 안을 골랐다.
그가 스튜를 좋아하는 건 알고 있지만, 그것은 「고향의」란 전제가 있었다.
같은 영역에서 싸울 수는 없다. 그러니 축제라는 시기를 활용해야지!
“……다니면서 군것질, 해버릴까요?”
접수원이 그렇게 말하고 수줍게 웃으며 볼을 풀었다.
“조금 버릇없지만, 축제니까요?”
“나는 상관없다.”
“그렇죠. 그럼 먹으면서 구경하러 다니기로 하고…….”
흘끔 올려다본다. 아래쪽에서 그의 얼굴을 들여다본다. 지저분한 철 투구. 평소와 같은 그의 얼굴.
“어디, 갈까요?”

"흠."

"좋아하는 장소라도 괜찮아요."

"음."

고블린 슬레이어는 한 번 신음하고, 접수원은 그것을 웃으며 지켜보았다.

기다리는 건 괴롭지 않다. 적어도 상대가 이쪽에 대답해주려고 하는 한.

그가 진지하게 생각하고 있는 것 정도는 5년이나 알고 지내면 알 수 있는 일이다.

그리고 잠시 지나, 고블린 슬레이어가 고개를 끄덕이며 말했다.

"……그럼, 이쪽부터다."

"네에!"

성큼성큼 걷기 시작하는 뒷모습을, 접수원이 총총히 생쥐처럼 따라갔다.

—헤어지지 않도록 손을 잡아요. 까지 나아가도 괜찮겠지만요.

아무리 봐도 지나치게 특징적인, 언뜻 기이한 풍채를 놓칠 리가 없으니까.

일단 접수원은 그의 「에스코트」를 즐기기로 하고 더욱 짙게 웃으며 뒤를 따랐다.

§

둘이 나란히, 사과에 물엿을 바른 과자를 샀다.

식사다운 식사는 아니었지만 축제의 노점에 불평을 하는 건 무척 못난 짓이다.

접수원은 그것을 잘 알고 있었고, 그가 식사에 불평을 하는 모습은 상상할 수 없었다.

—상상할 수 없기는, 하지만…….

철 투구를 쓴 채 재주 좋게 사과 사탕을 깨무는 모습은 평소에도 도통 상상할 수 없었다.

"……후훗."

"뭐지?"

그가 거의 다 먹은 사과 사탕의 꼬챙이를 둘로 부러뜨리며 고개를 갸웃거렸다.

"아뇨."

접수원은 흘러나온 웃음은 유지하며 고개를 좌우로 저었다.

"고블린 슬레이어 씨는 뭔가 거북한 음식 같은 거 있나 싶어서요."

"음."

그녀의 질문에 고블린 슬레이어가 생각에 잠겼다.

그 모습을 보면서 접수원은 사과 사탕을 혀로 핥았다. ……응. 달콤해.

"거북하다고 할 수는 없지만……."

"네."

그가 중얼거리자 접수원이 작게 고개를 끄덕였다.

"생선은 피하고 싶군."

"생선 말인가요?"

"물가가 있다면 보급할 수 있지만, 벌레도 있고 중독될 가능성도 있다."

그는 그렇게 말하고 한 박자 뒤에 덧붙였다.

"그리고, 냄새가 난다."

"아아."

그녀는 웃으며 동의했다. 분명히 생선은 훈제를 해도 냄새가 난다.

"이해해요. 그걸로 다투는 모험가들을 본 적이 있거든요."

"호오."

"보존식으로 생선훈제를 사온 사람이 있어서, 냄새가 난다 안 난다 난리였어요."

"그렇군."

그녀가 거창하게 말하자 그도 고개를 끄덕였다.

그런데— 그게 어느 파티였지?

그런 트러블이 있었다는 건 기억하지만 그들의 얼굴은 애매모호해서 기억나지 않았다.

모험가란 것은 기본적으로 무뢰한, 유랑하는 자들이다.

정착하는 자도 있지만 훌쩍 어디에 사라져도 아무도 신경 쓰지 않는다.

그 녀석은, 그 녀석들은, 어디 다른 도시에 가서 잘 먹고 잘 살고 있을 거다.

왜냐 하면 그게 당연한 거니까.

일에 실패하여 모두 죽었다고 생각하는 것보다는 훨씬 건설적이니까.

수많은 모험가와 매일 얼굴을 마주치기 때문에 그렇게 생각하지 않으면 안 된다.

—너무 깊게 생각하고 싶지 않네요.

요즘에 오지 않는 그 사람이 죽어버린 게 아닐까? 라는 것은.

오늘 이제부터 모험에 나서는 사람과 두 번 다시 만나지 못하는 게 아닐까? 라는 것은.

기다림이 괴롭지 않은 것은 상대가 반드시 응답해준다고 생각하기 때문이다.

그렇지 않다면…….

"그건 그렇지만, 소굴에 연기를 지피는 데는 효과적이다."

그녀의 그런 마음도 모르고 아주 진지하게 — 언제나 진지하다 — 그가 잘라 말했다.

그것이 요만큼도 농담기가 없다는 것은 알고 있지만, 접수원은 웃었다.

고블린 슬레이어와 걷기 시작한 뒤로 그는 계속— 아니, 두 사람은 계속 이런 식이었다.

그는 모퉁이 길이 나올 때마다 오른쪽 왼쪽으로 시선을 돌리고, 하수도 뚜껑이 있으면 쿵쿵 밟았다.

길을 빠져나가, 시냇물을 지나, 다리 위에서 하류와 상류의 풍경을 가만히 노려보듯 바라보았다.

시냇물의 재잘거림도, 헤엄치는 생선이 튀어 오르는 소리도, 수면을 미끄러지는 조각배의 무리도 신경 쓰지 않았다.

"으응, 여기는 참 기분 좋네요."

볼을 더듬는 가을바람, 그 시원함에 접수원이 눈웃음을 지었다.
그리고 다리 난간에 손을 대고 있는 힘껏 몸을 내밀었다.
"떨어진다."
무뚝뚝한 경고는 신경 써주고 있다는 증거다.
"괜찮아요."
접수원이 대답하고 몸을 빙글 반전시켰다.
난간에 짚은 두 손으로 지탱한 채, 등을 뻗어 공중에 두는 자세.
땋은 머리채가 흘러내려 바람을 맞아 하늘하늘 흔들렸다.
"이 강은, 바다로 통하는 거죠."
"그래."
그가 말했다.
"산에서 흘러온다."
"하지만 물의 도시 정도는 아니겠죠. 그 도시는 어땠어요?"
"길이 복잡했다."
고블린 슬레이어가 담담하게 말했다.
"수비에는 적합하지만, 안으로 들어오면 귀찮아진다."
"그러면, 이 도시도 고블린이 들어오지 않도록 조심해야겠네요."
"그래."
고블린 슬레이어가 고개를 끄덕였다.
"맞는 말이다."
그런데—.
"아."
문득 강에 놓인 다리 아래, 지나는 배 한 척의 승객과 접수원의 시선이 마주쳤다.

아름다운 금발을 땋고서 하얀 볼을 희미하게 물들인 늠름한 표정의 그녀.

평소의 판금 갑옷과 달리 오늘은 무척이나 화사한, 비단 원피스 차림.

옆에는 험상궂은 얼굴을 당혹감으로 물들인 거한을 동반하고……. 저것은 여기사가 아닌가?

"……후훗."

비밀이라고 하듯, 진지한 표정으로 입술 앞에 검지를 세우는 여기사.

마치 한창 때의 소녀 같은 모습에 접수원이 무심코 웃음을 흘렸다.

—그럼요, 그럼요. 물론 비밀로 하고말고요.

주변 사람들 모두 진작에 눈치를 챘겠지만, 그건 책임 못 집니다.

일이 잘 풀리는 것 같아 다행이에요. 그런데, 이쪽은 어떻게 보일까요?

"저기, 고블린 슬레이어 씨."

그렇게 생각했을 때 접수원은 난간에서 몸을 떼고 휙 내려서서, 그의 소매를 끌고 있었다.

"다음은, 어디로 갈까요?"

"음……."

한 번 신음하고 걷기 시작하는 여전한 걸음걸이에, 접수원은 가슴을 설레며 따라갔다.

이쪽, 저쪽— 그는 방향성 없이 진로를 바꿨지만, 산책이라기에는 발걸음에 망설임이 없었다.

뭘 하고 싶은지, 어디에 가고 싶은지. 그걸 상상하기만 해도 접수원은 즐거웠다.

그런 그가 발길을 멈춘 것은 몇 갠가 골목을 꺾은 뒤에, 한층 떠들썩한 길에 접어들었을 때였다.

"아아. 여기는 재주꾼이 있는 길이네요."

색색깔, 갖가지 의상을 입은 재주꾼들이 자신의 솜씨를 선보이는 구역.

길 가는 사람들은 그것에 웃고, 즐기고, 박수치고, 구경 값을 던지고, 혹은 무시하고 지나쳤다.

레아 악사가 끌어안은 고양이를 쓰다듬어 **연주**하면서, 재주를 넘어 공 위에 올라탔다.

그러면서 자세를 유지하고 입을 열자 신나게 흥이 오른 말장난 노래가 튀어나왔다.

인생 따위는 주사위 놀이
날이면 날마다 주사위를 던져도
나오는 건 언제나 뱀의 눈이지
운은 평등하다 그 누구가 말했던가
살아가고 죽을 때까지 변함없다네
울고 웃어봤자 매한가지
오늘도 나온 눈은 뱀의 눈이지
오오 스네이크 아이즈[#1] 스네이크 아이즈
내일은 듀오데큐플(duodecuple)[#2]을 보여다오

지나가는 노랫소리에 귀를 기울인 접수원은 고블린 슬레이어를 올려다 보았다.

"고블린 슬레이어 씨는 오늘 주사위 어때요?"

"아니."

고블린 슬레이어가 말했다.

"아직 모른다."

"으음……."

접수원이 입술에 검지를 대고 생각에 잠겼다. 응. 그렇지.

"오전에 여자애 하나랑 데이트 하고, 오후에 또 다른 여자애 하나랑 데이트 하는 건—."

장난스레, 그러나 아주 약간— 자기 생각을 담아서 입술을 삐죽거렸다.

"굉장한 행운이라고 생각하는데요?"

"그런가?"

"그런 거예요."

"그런 건가."

"그런 거랍니다."

"흐으음."

고블린 슬레이어는 이해를 한 건지 만 건지 끙끙거리기만 했다.

—아이 참, 정말이지.

평범하게 생각하면 우유부단하다고 화를 내야 할지도 모른다.

**#1 스네이크 아이즈** 주사위 2개를 던져 둘 다 1이 나온 경우.
**#2 듀오데큐플(duodecuple)** 주사위 2개를 던져서 최대치가 나온 경우.

그러나 애당초 그는 그런 성격이 아니었다.

만약 더 유연한 모험가였다면 그녀도 이런 식으로 놀러 가자고 하지는 않는다.

“아이 참, 정말이지.”

일부러 입에 내어 반복한 말은 혼잡과 소음에 묻혀 닿지 않았다.

당사자인 고블린 슬레이어는 재주꾼에게 시선을 보내고 있었다.

그는 서투른 나이프 던지기로 웃음을 버는 재주꾼을 한 번 보더니, 금세 흥미를 잃고 고개를 돌렸다.

고블린 슬레이어의 눈이 다음으로 머무른 곳은 외투 차림의 남자 한 명이었다.

온몸을 한치의 틈도 없이 천으로 뒤덮은 남자는 수상쩍은 몸놀림 손놀림으로 거창하게 팔을 휘둘렀다.

“와.”

다음 순간, 뒤집은 손바닥 위에 작은 용 한 마리.

접수원이 무심코 목소리를 냈을 때, 용을 꾹 쥐더니 알로 변했다.

그것을 두 손으로 감싸 굴리자, 눈앞에서 부풀어 올라 한 마리 비둘기로 변했다.

비둘기를 공중에 던지자마자 손가락이 반짝였다. 빛이 지나가자 비둘기가 파란 연기로 변신.

그 연기를 남자가 밧줄처럼 손으로 끌어당기자, 스으윽 장검 한 자루가 나타났다.

남자는 칼날을 빙글 한 바퀴. 그리고 입을 커다랗게 벌려서 던져 넣더니 한 입에 꿀꺽.

마술사, 손재주꾼, 손속임수. 그 훌륭한 기술을 보고 접수원도 박수를 아끼지 않았다.

"굉장하네요. 저렇게 솜씨 좋은 사람이 있다는 건 몰랐어요."

"그런가."

고블린 슬레이어는 대답하면서 시선을 결코 남자에게서 떼지 않았다.

그렇다고 선보이는 기술들에 놀란 기색도 없기에 접수원은 조금 신기하게 생각했다.

아니, 신기하다는 것하고는 다르다. 신경 쓰였다— 호기심이 뭉클뭉클 부풀어 올랐다.

일하는 중이었다면 별로 깊게 파고들어 물어볼 수도 없겠지만…….

다행히 지금은 그도 그녀도 사적인 시간. 접수원은 망설이지 않았다.

"저런 거, 좋아하시나요?"

"그래."

고개를 끄덕인 고블린 슬레이어는 손가락에 붙인 불꽃으로 저글링 하는 남자를 가리켰다.

"……저 남자는 일단 동작으로 주의를 끌고, 그 틈에 준비한 트릭을 작동한다."

"마술은 그런 게 기본이라고 들었어요."

"그래. 그리고 손님이 동작이 미끼라고 생각하기 시작하면, 동작을 주축으로 트릭을 이용했다."

고블린 슬레이어가 말했다.

"심리전이다. 좋은 훈련이 된다."

그리고 그는 철 투구를 흔들며 접수원을 보았다.

평소와 마찬가지, 담담한 어조. 그렇지만…….

"……내 사정에 끌어들였군."

—아아, 정말로, 이 사람은.

접수원은 희미하게 숨을 내쉬었다.

성실하고, 완고하고, 괴팍하고, 그리고 서투르다.

그가 이런 사람이란 것은 거의 처음부터 알고 있었다.

그녀가 18세, 공무원으로 처음 이 도시 조합에 온 뒤로 5년이 지났다.

그러나 접수원이 아는 것은「모험가」인 그의 모습뿐이다.

그 아래의 맨 얼굴— 다른 면에 대해서는 아직 모른다.

그렇지만 그건 그도 마찬가지였다.

그에게 보인 적이 있는 얼굴은「접수원」인 그녀뿐이었으니까.

"아아, 그러면……."

심리전. 그가 말했다.

—좋아요. 그럼 제 작전을 보여 드릴게요.

"……가고 싶은 곳이 있는데, 괜찮을까요?"

§

그곳은 마치 태풍의 중심 같았다.

도시는 소란으로 가득한데도 불구하고, 그 건물만은 정적에 휩싸여 있었다.
모험가 길드.
이 특별한 날에, 굳이 의뢰를 하러 오는 사람도 의뢰를 받으러 오는 모험가도 없다.
접수원은 현관의 자물쇠를 열고, 그 텅 빈 건물 안으로 고블린 슬레이어를 불러들였다.
"아, 잠깐 편하게 쉬세요. 금세 준비할 테니까요."
"그런가."
평소에는 귀에 거슬릴 정도로 소란스런 공간에 두 사람의 목소리가 메아리 쳤다.
사람의 기척이 없는 것뿐인데 이렇게나 건물이 쓸쓸해지는 것인가?
고블린 슬레이어도 몇 번이나 유적 같은 곳에 갔었지만 지금까지는 신경 쓴 적이 없었다.
물론 그가 가는 이상, 유적은 정적에 휩싸여 있지도 못하게 되지만…….
"……흐음."
어슴푸레한 가운데 벤치의 그림자가 뻗었고, 걸음을 옮겨 다가가자 자신의 그림자가 벽에 나타났다.
그렇게 조용한 그림자 사이를 나아가자 마치 폐허의 망령이 된 기분이었다.
고블린 슬레이어는 평소처럼 똑바로 게시판에 붙어 있는 의뢰를 보러 갔다.
긴급한 안건은 오늘 축제에 대비하여 죄다 처리된 다음이었다.

드문드문 붙어 있는 종이는 모두 그다지 급할 것 없는 것들이었다.

하수도의 쥐 퇴치. 약초 채취. 산 하나를 점거한 괴물 버섯 퇴치.

호사가를 위한 골동품 수집. 가도의 순찰. 귀족 서자의 진위 조사.

미지의 유적 탐색. 상단의 호위…….

"음."

고블린 슬레이어는 만약을 위해서, 다시 한 번 처음부터 끝까지 게시된 의뢰를 확인했다.

역시 고블린 퇴치 의뢰가 없었다.

"……."

"그러니까, 아, 여기 있다. 고블린 슬레이어 씨, 준비 다 됐어요!"

그를 부르는 목소리에 생각을 계속하면서 돌아보았다.

카운터를 뒤집던 접수원이, 무언가— 아니, 열쇠를 집고 팔을 흔들고 있었다.

"이쪽이에요, 이쪽. 자, 갈까요!"

그리고 이번에는 고블린 슬레이어를 두고서 얼른 카운터 뒤쪽으로 걸어가 버린다.

고블린 슬레이어는 다시 한 번 게시판을 돌아보고, 거침없이 그 뒤를 쫓았다.

그도 이 길드에 소속된 지 5년이 됐지만 그래도 직원측 구역에 들어간 적은 없었다.

"괜찮나?"

"안 되죠."

앞서가는 접수원이 가볍게 대답하고 빙글 돌아섰다.

"그러니까 비밀이에요. 지켜주실 수 있죠?"

혀를 살짝 내밀면서 익살을 떠는 그녀에게 고블린 슬레이어가 고개를 끄덕였다.

"알았다."

"정말요? 거짓말이면 미워할 거에요?"

"정말이고말고."

"그럼, 믿을게요."

빙글. 또 다시 돌아서자 땋은 머리칼이 공중에서 춤을 췄다.

그녀의 등 뒤에서 톡톡 튀어 오르는 머리채를 쫓아서, 고블린 슬레이어는 앞으로 나아갔다.

귀에 설익은 선율— 접수원이 콧노래를 불렀다. 그는 무슨 곡인지 알 수 없었다.

이윽고 기분 좋은 그녀는 낡은 문 앞에 서서 철컥철컥 열쇠를 만지더니 자물쇠를 열었다.

열린 곳도 역시 낡고 경사가 급한, 길게 이어지는 나선계단이었다.

"자, 이 위예요. 가요!"

"그렇군."

접수원이 발을 올려도 삐걱거리지 않은 계단이었지만, 고블린 슬레이어의 무게에는 신음했다.

끼익끼익, 삐걱거리는 발소리만 들으면 분명 여기에 혼자 있다고 생각할 것이다.

"다행이다."

앞서가던 접수원이 그 단정한 가슴에 손을 대고 쓸어 내렸다.

“제가 삐걱삐걱 소리가 났으면, 충격 받아서 재기 못했을 거예요.”

“그런가?”

“그런 거예요. 여자에게는 상당히 중요한 거예요.”

“그런 건가.”

그래요. 접수원이 고개를 끄덕이고.

어깨 너머로 뒤쪽에 슬쩍 시선을 보내더니 장난스럽게 말했다.

“후후. ……저기, 고블린 슬레이어 씨. 스커트가 더 좋았을까요?”

고블린 슬레이어는 고개를 좌우로 저었다.

“앞을 봐라. 넘어지면 굴러 떨어진다.”

“에~엑. 붙잡아 주지 않으실 건가요?”

“그렇다고 해도다.”

“네에—.”

뭐가 그리 즐거운지, 접수원의 목소리는 밑도 끝도 없이 밝았다.

잠시 지나 두 사람은 나선의 정점에 도착했다. 그곳에는 역시 낡은 문이 하나 있었다.

“잠깐만 기다리세요.”

접수원이 말하고 녹슨 자물쇠를 돌려 열었다.

“여기에, 고블린 슬레이어 씨를 데려오고 싶었어요.”

“……나를?”

“네. —자, 갈까요.”

그녀가 문을 열었다.

곧장— 바람이 불어 닥치고, 시야 가득 황금색이 퍼졌다.

눈이 부신 재보의 산, 보석의 산—이 아니다.

저물어가는 태양 빛을 받아 반짝이는 세상이었다.

산도, 강도, 물푸레나무 언덕도, 숲도, 목장도. 도시도. 신전도. 광장도. 모든 것이.

여기— 길드 청사의 파수탑에서는 도시의 사방 모든 것을 볼 수 있었다.

높게, 멀리, 넓게, 어디까지나.

사람들의 웅성거림. 악사의 연주. 누군가의 웃음소리. 노래. 모든 것이 여기에 닿았다.

태풍의 중심이기 때문에, 여기는 태풍을 볼 수 있는 장소였다.

떠들썩하고, 행복한, 축복의 말을 받아 마땅한, 특별한 날.

고블린 슬레이어는 지금 그야말로 그 심장부에 있었다.

난간 앞에 서 있는 그의 옆으로, 접수원이 스르륵 끼어들었다.

"……봐요. 이건 예상 밖이었죠?"

그리고 올려다보았지만, 그의 표정은 알 수 없었다.

그러나 그보다 알기 쉬운 사람도 그리 없었다. —접수원은 생각했다.

그가 뭘 하려고 도시를 돌아다녔는지, 생각할 것도 없었다.

"순찰, 했던 거잖아요."

골목을 지나 하수도 입구를 점검하고, 하천을 확인하고, 혼잡 속에서 고블린의 그림자를 쫓았다.

이 사람은, 그런 사람이다.

그러니까 분명, **파수탑**에서 사방을 확인하면…….

"……안심, 돼요?"

"아니……."
접수원의 물음에, 고블린 슬레이어는 천천히 고개를 저었다.
"어떤지 모르겠다."
살며시, 숨을 내쉬었다.
"그런가요."
접수원이 중얼거리고 난간에 몸을 기댔다.
세 갈래로 땋은 머리채가 바람에 나부끼도록 두고, 그의 얼굴을 보지 않은 채.
"그렇게 고블린을 퇴치했는데도요?"
"그렇기 때문에, 그렇다."
해가, 저문다. 태양이 떨어진다.
지평선 너머에 굴러 떨어진다. 특별한 날도 끝나는 것이다.
"……."
"……."

대신 희미한 보라색 안개를 동반하여, 쌍둥이 달이 하늘로 오른다.
하늘에는 별들. 서늘하고 차가운 빛의 구멍.
도시는 완전히 검은색으로 덧칠 되고, 어느샌가 사람들은 숨을 죽인 채 입을 다물었다.
휘잉, 휘잉. 차가운 바람이 파수탑의 두 사람을 세차게 때렸다.
가을의 방문은 겨울의 시작이기도 했다.
내쉬는 숨은, 이제 하얗다.
그리고 문득 그녀가 말했다.
"봐요. 시작됐어요."

황금은 사라지고, 어둠 속에 가라앉은 도시 가운데—.
불빛이, 하나.

§

하나.
둘.
셋.
넷.
다섯.
이윽고 셀 수도 없을 만큼.
그것은 점점이, 강의 수면에 흔들리는 별처럼 희미한 불빛이었다.
어둡게 가라앉은 도시 속, 여기, 저기, 불빛이 밝히고, 흔들리고, 반짝이며.
이윽고 붉고 따스한 빛이 두둥실. 반딧불이처럼 공중에 떠올랐다.
그것은 하늘로 떨어지는 눈처럼 떠돌고, 춤추면서 하늘에 올랐다.
"천등……."
"네. 여기서는 굉장히 예쁘게 보여요."
고블린 슬레이어가 중얼거리자 접수원이 자기 자랑을 하는 것처럼 말했다.
"올해는 기왕 이렇게 된 김에 고블린 슬레이어 씨를 초대해봤어요."
"……그런가."
고블린 슬레이어는 시선을 도시로 향한 채 희미한 숨을 내쉬었다.

황혼의 금색은 사라진 지 오래지만, 주황색 불꽃이 비추는 도시는 그에 뒤지지 않을 만큼 아름답다.

그곳에는 사람들의 삶이 있었다.

돌로 만든 집이 있고, 건물이 있고, 길 가는 사람들은 제각각의 의상을 입고 웃음을 짓고 있었다.

손에 든 제등에 불을 붙이자 이윽고 갓이 부풀어 하늘로 둥실 떠올랐다.

그 빛을 좇아서, 고블린 슬레이어는 아래로 떨어진 시선을 하늘로 들어올렸다.

그는 알고 있었다. 뜨거운 공기는 가벼워지니까 저렇게 떠오르는 것이다.

그것에는 마법도, 기적도, 아무 상관없다는 것을 그는 알고 있었다.

이윽고 불이 꺼진 천등이 낙하하여 땅으로 돌아올 뿐이라는 것도 그는 알고 있었다.

"고블린 슬레이어 씨는—."

접수원이 뭐라고 입을 연, 그 순간—.

—딸랑.

밤의 정적에 파문을 만드는 것처럼, 방울 소리가 울렸다.

천등이 강의 수면에 가라앉는 별들이라면, 그것은 잔잔한 물결의 음색이었다.

딸랑, 딸랑, 딸랑, 딸랑.

일정한 리듬으로 반복되는 소리는 그 자리를 정화하기 위한 신사(神事)였다.

접수원은 그 소리를 눈으로 좇았다. 수많은 등불이 날아오른 광장.
그곳에 많은 사람들이 모여 원형 무대를 둘러싸고 앉아 있었다.
사람들 속에서 익숙한 창끝과 마녀의 모자를 발견한 접수원은 미소를 지었다.
—아아, 벌써 그런 시간이었네요.
특별한 날, 축제날, 축복하는 날.
그것은 신들의 날이기도 했다.
수확, 가을의 결실, 겨울나기를 대비하여 감사와 기원을 하는 날.
자비 깊은 지모신 말고 그것을 바칠 수 있는 상대는 없었다.
어느샌가 화톳불이 생긴 광장에 그것을 체현하는 자가 걸어 나왔다.
조심조심, 새하얀 의상을 입은, 작은 소녀— 무녀, 아니.

“《별의 옹기 높은 곳에 신이 거하시매》.”

그것은 여신관이었다.
평소의 복장하고는 완전히 다른 전투 의상, 어째선지 피부 노출이 많았다.
어깨와 가슴, 배와 등, 허벅지, 하얗고 정결한 피부를 드러낸 모습은 차라리 선정적이라고도 할 수 있었다.

“《운명(페이트)과 우연(찬스)을 다스리시매, 주사위의 눈을 통하니》.”

그런 차림으로 수치심에 볼을 물들이고, 그녀는 신기(神器)를 모방한 플레일을 휘둘렀다.

지모신은 풍요의 상징이자, 성애 또한 다스리며 때로는 전쟁신의 측면도 가진다.

그렇다면, 이것이야말로 지모신의 성녀가 입는 정장이었다.

따라서 전혀 부끄러워할 일은 아니지만…….

"《자비 깊은 지모신을, 받들어 모시며》."

불꽃에 비친 여신관의 얼굴은 붉었다. 땀을 흘리며, 두 손으로 장대한 플레일을 휘둘렀다.

탈곡기에서 유래된 무기는 공중을 휘저을 때마다 하얀 궤적을 남기며 딸랑, 방울 소리를 울렸다.

신에게 바치는, 신을 모방한, 신을 위한 춤사위. 신무(神舞).

"《그 마음을 그대로, 이 마음을 다하여》."

연습했어요. 그녀가 수줍게 웃으며 했던 말을 고블린 슬레이어는 떠올렸다.

장비를 새로 마련할 거예요. 허둥대며 무구 공방으로 달려가던 모습도.

플레일을 휘두르기 위해 몸을 단련하고, 저 얇은 옷을 마련하기 위해서 가게에 갔을 것이다.

엘프 궁수의 장난을 감추는 어린애 같던 웃음의 의미도, 이제는 알 수 있었다.

“《꺼려 말고, 게을리 말고, 이 몸을 바치매》.”

낭랑하게 자아내는 기도의 말은 광장을, 집들을 넘어서 이 파수탑까지 닿았다.

분명 천상에 거하는 신들 곁에도 닿았을 것이다.

바라건대 그들이 던지는 주사위 눈이 조금이라도 좋아지기를.

오오, 스네이크 아이즈. 스네이크 아이즈. 듀오데큐플을 보여다오.

그 말장난을, 누군가 중얼거렸다.

“《신에게 비옵고, 정성을 다해》.”

신들림— 아니, 신내림이라고 불러야 할까?

물론 진실된 《콜 갓》의 기적을 행하면 그릇의 혼이 견디지 못하리라.

그러나 흉내뿐이라도 동작 하나, 호흡 하나, 소리 하나. 그저 그것만 해도 공기에 청정함이 가득 찼다.

밤은 사람을 위한 것이 아니다. 괴물의, 혼돈의, 그리고 고블린들을 위한 것이니.

“《크게, 오래, 널리, 두텁게, 커다란 사랑을 내리시매》.”

커다랗게 춤을 추는 그녀의 옷이 펄럭이며, 늘씬하게 뻗은 다리가 드러난다.

상기된 그녀의 숨결이 하얀 김을 뿜고, 땀방울이 반짝거리며 흩어졌다.

눈동자는 촉촉하고, 입술이 떨린다. 얄팍한 가슴이 호흡에 따라 흔들렸다.

그러나, 신성함은 있어도 음탕함은 없었다.

"《또한 이는, 반상 위에서는》."

그 모습을 눈으로 쫓으며, 고블린 슬레이어가 조용히 말했다.

"……안심 따위, 해본 적이 없다."

"네—?"

맥락 없는 말. 접수원이 당황과 놀라움을 담아서 그를 보았다.

그것이 아까 나눈 문답의 대답이란 것을 깨닫는데 한 순간 걸렸다.

"아무리 해도, 얼마나 해도. 승산을 얻을 뿐이다."

아무리 동료가, 친구가, 지탱하고, 격려하고, 함께 싸워주어도.

"승산은, 승리가 아니다."

결코 승리 그 자체일 수는 없었다.

패배의 기척은 언제나 그의 등 뒤에 달라붙어 몰아세운다.

자신이 만든 그림자에서 결코 벗어날 수는 없다.

하물며 그 그림자는 실체마저 얻었고, 때로는 그를 쓰러뜨린다.

"그래서 나는 천등을 마련하지 않았다."

준비를 하기 위해서. 고블린에게 대비하기 위해서. 싸우기 위해서.

설령 9할 9푼 9리 이길 수 있어도, 1리의 패배를 막기 위해서.

다른 일에 수고를 들일 수 없다고, 단정하고서.

그는 알고 있다.

천등이 하늘에 떠오르는 것은 그저 자연 현상에 지나지 않는다.

저 제등도 불이 꺼지면 땅에 떨어져 쓰레기가 된다는 것도, 고블린 슬레이어는 알고 있었다.

그러나.

"천등은, 죽은 자의 혼을 인도한다."

그는 희미한 후회를 드러내며 중얼거렸다.

"……무사히, 돌아갔을까?"

그것이 누구에 대해서, 무엇에 대해서, 어떤 마음으로 한 말이었는지.

접수원은 알 수 없었다. 그녀는 모르니까.

"괜찮아요."

그래도 접수원은 웃으며 말했다.

그와 동시에.

"《질서, 혼돈, 천칭의 곳곳에 재앙이 없도록, 빠짐없이 씻어내어》."

땅에서 천상으로 바치는 춤을 추는 와중에, 여신관이 머리칼을 떨치듯 하늘을 우러러 보았다.

열심히 기도를 외는, 땀에 젖은 하얀 목덜미. 그 요염함에 누군가가 숨을 삼켰다.

그리고 수많은 기도를 가진 자, 말을 가진 자, 그렇게 이어지는 축복의 말을, 그녀는.

"《**밤의 수호자**에 은혜를 베풀고, 행운을 내리시기를》."

그저 한 사람을 향해서, 노래했다.

"《하늘보다 높은 곳을 우러르며, 말씀을 바치오나이다—》."

후우. 그녀가 숨을 내쉬자 잔물결처럼 조용함이 퍼졌다.

"……봐요."

접수원은 약간 당황한 것처럼 고블린 슬레이어에게 웃었다.

"고블린 슬레이어 씨가 열심히 하는 거…… 신께서, 보증하시네요."

그야 그렇다.

애당초 처음에 그가 동굴에서 여신관을 구하지 않았다면 이렇게 되지 않았다.

지금 여기서 이렇게, 모두가 있고, 도시가 있고, 축제가 있는 것은.

그가 저 소녀를 구하고 동료와 함께 고블린의 무리에 도전했기 때문이다.

그것이 운명인지 우연인지는 신이 던지는 주사위 나름이다.

놀이판 위에 있는 몸으로서는 상상도 못할 일이지만…….

접수원은 어느 쪽이든 상관없다고 생각했다.

어느 쪽이든 모두를 끌어들이고 이뤄낸 것은 그니까.

그가 모험가가— 아니, 고블린 슬레이어가 되기까지 무슨 일이 있었는지 그녀는 몰랐다.

그러나 오늘 이 순간, 이 때에 이르기까지 5년.

그가 쌓아 올린 것 모두를 그녀는 알고 있었다.

마을을 지키고, 사람을 지키고, 도시를 지키고, 누군가를 지키고, 그는 여기 있었다.

그의 주위에는 그것이 있었다.

그것을 깨닫지 못하는 것은— 너무나도, 심한처사다.

고블린 슬레이어가 괴로운 것이 아니다. 그가 가엾은 것이 아니다.

자신이— 그녀 자신이 견딜 수 없었다.

접수원은 너무나 이기적이라서 수치심마저 느끼며 몸을 떨었다.

그날 밤 그때, 여신관이 있고, 엘프 궁수가 있고, 밖에는 소치기 소녀가 있고.

그것을 알면서도 선수를 쳤다. 자신의 교활함이 싫었다.

축제 때까지 어떤 표정으로 만나야 좋을지 몰라서 도망쳐 다닌 자신이 싫었다.

하지만. 그렇지만.

기다리고 있어요. 여기에 있어요.

지탱하고 있어요. 응원하고 있어요.

나를 봐주세요.

눈치채 주세요.

알아, 주세요.

나를. 다른 것을. 고블린 말고 다른 모두를. 누군가를.

그 생각을 입에 담기에는 너무나, 너무나도 용기가 부족하지만…….

그래도 이렇게 반나절을 함께 보냈다. 그 성과는, 있었을까?

그는 나를, 봐주었을까?

누군가를, 봐주었을까?

고블린이 아닌 무언가를, 생각해줬을까?

"분명히 안심하고 돌아갔을 거라…… 생각해요."

불빛이 이렇게나 많다. 분명 그럴 거다. 길을 잘못 들 리 없었다.

접수원은 그렇게 믿고서 말을 이었다.

평소와 마찬가지로 속마음을 모두 미소로 감추고.

그는 그녀의 말에, 목소리가 되지 못하는 신음을 희미하게 흘리고서—.

"……그래."

고블린 슬레이어는 그것만 간신히 말하고 고개를 끄덕였다.

§

신사의 끝은 축제의 끝, 특별한 날의 끝이기도 하다.

화톳불이 꺼진 광장에서 사람들이 물러나고 하늘을 흔들던 불빛들만 비추는 가운데.

두 사람은 누가 먼저랄 것 없이 파수탑을 내려와 지상으로 돌아왔다.

완전히 해가 진 다음이면 길드 로비는 더욱 어둡다.

잘 아는 장소라지만 평소하고는 다른 법이다.

"우와, 아, 아……."

"조심해라."

접수원이 무심코 비틀거리자 고블린 슬레이어가 팔을 꾹 붙잡았다.

그 힘찬 감촉에 심장이 크게 뛰었다.

그녀는 어두워서 다행이라고 생각했다.

지금 얼굴은 도저히 보여줄 수 없었다.

목소리가 갈라진 것은 얼버무릴 방도가 없었지만 말이다.

"아, 죄, 죄송합니다."

"아니."

고블린 슬레이어는 살짝 고개를 가로 젓고 말했다.

"나쁘지는, 않았다."

"네……?"

"오늘 말이다."

"아……."

"아침부터 저녁까지. 휴일이란, 이런 거군."

또 심장이 뛰었다.

나도 참 속물이네—. 접수원 자신도 그렇게 생각했지만 어쩔 수 없는 일이었다.

자신의 타산적인 부분을 덧칠하고도 남는 기쁨은 어떻게 할 수가 없었다.

"아, 아뇨. 그건. 저기. ……즈, 즐거우셨다면…… 다행이에요."

"그런가."

그래서 그의 팔을 떨쳐내듯, 그녀는 입구까지 가볍게 달렸다.

어두운 곳에서 단 둘이 있으니까 이렇게 긴장하는 것이다.

거리로 나서면 기분도 바뀐다. 분명히 편해질 거다.

그렇게 생각한 그녀는 손잡이를 돌려—.

"……어라?"

단단한 감촉과 소리에 고개를 갸웃거렸다.

"왜 그러지?"

어둠 속인데도 태연하게 다가오는 고블린 슬레이어.

"제가 착각을 한 걸까요?"

접수원은 고개를 갸웃거리며 그에게 말했다.

"아뇨, 저는, 문을 잠근 적이 없는데 말이에요……."

잠겨 있어요.

그 목소리가 형태가 될까말까한 찰나, 고블린 슬레이어가 움직였다.

거의 땅을 기는듯한 자세로 뛰쳐나가 접수원의 허리를 붙잡아 넘어뜨렸다.

"꺅?!"

이어서 가까운 테이블을 걷어차 엄폐물 삼았다.

접수원이 엉덩방아를 찧은 것과 테이블 상판에 칼날이 박히는 것이 거의 동시였다.

"아, 아야, 아파. 무, 무슨 일이죠……?!"

"벽에 기대라. 등을 대고 조용히 있어라."

고블린 슬레이어가 낮게 명령하고 검의 칼집을 떨쳐냈다.

자세를 낮추고, 천천히 간격을 유지하며 엄폐물에서 옆으로 움직였다.

험악한 빛을 남긴 나이프가 테이블에서 뽑히더니 습격자도 그를 따라 움직였다.

그 동선은 계속 문을 등지고 있어서 놓치지 않겠다는 의사를 드러내고 있었다.

물론 애당초 고블린 슬레이어도 놓칠 생각은 털끝만큼도 없었다.

어둠 속에서 꿈틀거리는 작은 그림자 — 작은 사내 — 흄의 반 정도 되는 키.

"고블린인가?"

조롱하는 것처럼 미약하고 미지근한 숨결. 대답은 아니었다.

그리고 습격자가 뛰었다.

나이프를 빙글 역수로 잡더니 육식 맹수의 송곳니처럼 덤벼들었다.

고블린 슬레이어는 들어올린 원형 방패로 그것을 막았다. 둔탁한 소리. 물방울이 튀었다.

"독을 발랐군."

질척한 질감의 액체가 투구에 튀었다. 면갑이 있으니 눈을 당하지는 않는다.

재주넘기를 하며 바닥에 내려선 적이 즉시 번개처럼 달려들어 순식간에 거리를 거리를 좁혔다.

고블린 슬레이어는 이어지는 찌르기를 방패로 때려 막고, 옆구리를 파헤치듯 검을 휘둘렀다.

불똥이 튀며 미약하게 어둠을 비추었다.

습격자가 왼손에도 나이프를 뽑아 그걸로 고블린 슬레이어의 검을 비껴낸 것이다.

어지간한 기량이 아니었다. 전투 기술에 소양이 있는 건 확실했다.

"아무래도…… 고블린은 아닌 모양이군."

"고, 고블린 슬레이어, 씨……!"

"문제없다."

으득. 습격자가 이를 가는 소리가 미약하게 들렸다.

접수원의 눈도 이제 슬슬 어둠에 익숙해지고 있었지만 그래도 모습이 애매모호했다.

가죽 갑옷에 조끼. 입가에 감아둔 천은 물론이고 얼굴까지 검게 물들어 있는 것인지…….

"설마…… 다크 엘프?!"

비명 같은 목소리가 신호가 되었다.

습격자의 왼손이 허공을 가르며 나이프를 던진 것과 동시에, 이어서 오른손이 번뜩였다.

고블린 슬레이어의 원형 방패가 또 다시 단도를 막으며 팟, 불똥이 튀었다.

—다트(투척 화살)!

접수원이 그 미약한 빛을 의지하여 이어지는 공격의 정체를 본 것도 한 순간.

"으……!"

연타를 당한 고블린 슬레이어가 뒤로 넘어가며 무너졌다.

말려든 테이블이 시끄럽게 소리를 내며 어둠 속에 뭉게뭉게 먼지를 피워 올렸다.

"어, 아, 고, 고블린…… 슬레이어, 씨……?"

대답이 없다.

갑옷에 무수한 화살이 박힌 것을, 윤곽(실루엣)으로도 확인할 수 있었다.

너무나도, 맥없이.

“거짓말…….”

“거짓말일까 보냐!!”

망연한 접수원의 목소리를 짓누르는 커다란 음성.

그 주인은 찾을 것도 없이, 침을 튀겨가며 외쳐대는 습격자였다.

“해냈다, 해냈어! 히하하하! 이 놈, 이 놈 때문에!”

가볍게 뛰어 올라 손뼉을 치더니 귀에 거슬리는 깔깔거리는 소리로 습격자가 웃었다.

그는 난잡한 발걸음으로 고블린 슬레이어에게 다가가더니 아무렇게나 걷어찼다.

“잔챙이 사냥만 해서, 운이 좋아서, 그래서 은이 된 주제에!”

한 발, 두 발, 세 발, 네 발.

조잡한 부츠로 걷어찰 때마다 고블린 슬레이어의 머리가 덜컥덜컥 흔들렸다.

지저분한 철 투구는 싸구려 인형처럼 힘이 없고, 면갑의 금속 부품이 귀에 거슬리는 소리를 냈다.

보고 있기 힘든 광경이었다.

적어도, 불과 몇 분 전까지는 함께 이야기하고 곁에 있던 사람인데…….

“그, 그만…….”

희미한 목소리. 그것은 결코 누구에게도 닿지 못하는 것이었다.

그렇지만, 그녀의 마음속에서 부풀어 오르기에는 충분하고도 남았다.

"그만, 두세요!"

"……보란 듯이 여자를 거느리고서는, 짜증나서 미칠 것 같았어."

빙글 돌아선 습격자의 험악한 눈을 보고 접수원은 가슴에 손을 올렸다.

"덤으로 길드 직원이랑 사이좋잖아. 이거야말로 부정 아냐? 앙!"

말을 안 하는 편이 좋았을까? 아니, 그럴 수는 없었다.

후회와, 그것을 쳐부수는 반항심. 당연하다. 그가 짓밟힐 이유가 없었다.

들어올린 단검에서 역겨운 색의 독이 번들거리며 떨어졌다.

더욱 소리를 쳐서 누군가 부를까? 아니, 그래 봤자 이미 늦었다.

"윽!"

하다못해, 눈길은 피하지 않으리라.

그렇게 생각하며 노려보는 표정이 더욱 이 습격자의 마음에 안 드는 모양이었다.

"편히 죽을 수 있을 거라고 생각하지 마……!"

"그런가."

그것은 깊은 땅속에 부는 것처럼 차갑게 식은 목소리였다.

"――!"

"아, 컥, 카흑!?!"

접수원은 눈을 커다랗게 홉뜨고, 습격자는 탁한 소리를 입에서 흘릴 뿐.

움직인 것은 고블린 슬레이어 뿐이었다.

다트가 꽂힌 채 유령처럼 일어선 그의 검.

그것이 가죽 갑옷의 틈으로 습격자의 내장을 파헤쳤다.

자루를 쥐고서 비틀어 내장을 헤집자 습격자의 입에서 꿀럭꿀럭 소리가 흘러 넘쳤다.

몸을 뒤로 젖힌 자세로 경련을 반복하던 몸에서, 흐르는 피와 함께 힘이 빠졌다.

"흥."

고블린 슬레이어가 작게 코웃음을 치더니 그 등을 걷어차며 검을 뽑았다.

검붉은 피와 구역질을 흩뿌리면서, 습격자는 이제 소리도 없이 숨을 거두었다.

"고……."

접수원의 목이 떨렸다.

"고블린, 슬레이어 씨……?"

"그래."

"괜찮으세요?! 상처는?!"

"가죽 갑옷 아래는 사슬 갑옷이다."

황급히 다가오려는 접수원을 말리고 담담하게 말했다.

"다트 따위로는 뚫을 수 없지."

거침없이 몸에 꽂힌 다트를 잡아서 뽑아냈다. 촉이 흥건히 젖어 있었다.

단도에 바른 것과 같은 독일 것이다.

고블린 슬레이어는 재미없다는 태도로 말했다.

"화려하게 움직이는 놈들이다. 내 기량으로는 쉽게 이길 수 없었다."

그렇다면 허를 찌르는 수밖에 없다. 그로서는 당연한 결론이었다.

정면으로 싸우면 승산이 없다. 그러면 정면으로 안 싸우면 되는 것이다.

그러나 접수원은 그렇지 않았다.

"주, 죽어 버린 줄, 알았잖아요오……!"

눈앞에서, 그녀의 눈동자에 그렁그렁 눈물이 맺히더니 또르륵 떨어졌다.

한 방울 떨어지자 그 뒤를 멈출 수가 없다. 훌쩍훌쩍 울먹이는 그녀 앞에서—.

"음……."

고블린 슬레이어는 한 번 신음하고서, 얼버무리듯 장검의 피를 떨쳐냈다.

"미안하다."

"사과, 할 거라면, 처음부터, 하지 마세요……!"

"……그러지."

고개를 끄덕이고, 검 끝으로 습격자의 복면을 벗겨냈다.

"훌쩍…… 우, 어, 히끅. 다크 엘프, 일까요……?"

"그건 모르겠다."

딸꾹질을 하면서, 조심조심 들여다보는 접수원.

다크 엘프는 엘프와 같은 기원을 가졌으며, 혼돈의 세력에 가담한 말을 가진 자(Prayer)다.

때로는 질서로 돌아오기 때문에 명확하게 기도하지 않는(Non-Prayer) 자라고 하지는 않지만…….

일부 예외를 빼면 대부분 사악하며, 법과 질서에 대드는 것을 기쁨으로 삼는 종족.

그 종족적 특징은 엘프에 가까운 뾰족한 귀와, 거무스름한 피부다.

엘프와 마찬가지로 키가 크다고 들었지만, 이렇게 작은 자도 있는 걸까?

"그러나, 이 녀석은 레아다."

"네……?"

듣고서 새삼 살펴보자 접수원도 깨달았다.

검고 지저분하지만, 본 적이 있는 생김새였다.

그렇지 않으면 굳이 얼굴을 숨기고 습격할 필요도 없었을 것이다.

고블린 슬레이어는 주검의 얼굴을 발로 툭 차고, 신발 바닥으로 도료를 닦아냈다.

"아, 이 사람……!"

본 적이 있는 얼굴. 접수원이 무심코 두 손으로 입가를 가렸다.

"언젠가 심사에서, 부정을 지적했던……!"

원한과 질시, 원념과 증오로 일그러졌지만…… 레아 도적이었다.

과거에 승급 심사를 받으러 온 모험가다. 보수와 보물을 동료들에게 말 안 하고 자기가 독차지했던 남자.

반쯤 추방에 가까운 처분을 내렸는데…… 돌아왔었는지, 아니면 애당초 남아 있었는지.

고블린 슬레이어는 레아의 얼굴을 가만 내려다보고 빤히 살폈다.

"기억난다."

"그야, 그렇겠죠. 심사, 입회하셨잖아요. 그래서, 아까……."

"아니."

고블린 슬레이어는 고개를 옆으로 저었다.

"술집에서 식사를 할 때, 다른 녀석과 밀담을 하고 있었다. 그 전에도 길드에서 나를 노려보고 있었지."

"그, 건……."

"그러나, 그저 나를 노리는 거라면, 이런 기발한 분장은 필요 없다."

고블린 슬레이어가 신음했다.

가능성, 선택지, 어떻게 해야 할 것인가? 유일무이한 정답에는 도저히 이를 수 없었다.

그러나 그에게 이끌어내야 할 결론, 혹은 경계해야 할 일은 그저 하나 있으면 충분했다.

"고블린 놈들이 움직일 지도 모른다."

그렇게 단정하고, 고블린 슬레이어는 검을 칼집에 넣었다.

"나는 간다. 일어설 수 있나?"

"아, 그게……."

접수원의 시선이 흔들렸다.

다리에 힘이 풀려 주저앉아 있기는 해도 움직이지 못하는 건 아니다.

그러나 움직일 수 없다고 하면, 그가 남아줄까?

붙잡는 편이 좋을까?

"……괜, 찮아, 요."

접수원은 열심히 말하고서 탁자에 매달리듯 손을 짚었다.

고블린 슬레이어는 습격자의 복면으로 다트를 감싸 파우치에 집어넣었다.

독 단검은 칼날을 닦은 다음 허리띠에 끼웠다.

재빨리 장비 상태를 점검하며, 다트가 꽂혔던 부분을 확인. 문제없다고 판단했다.

"그럼, 뒤처리를 부탁한다."

접수원은 쓰러진 테이블에 손을 짚고 비틀거리며 일어나 고개를 끄덕였다.

무슨 일이 일어났는지, 무슨 일이 일어나고 있는지. 알 수 없었다. 알 리가 없었다.

특별한 날은 끝났다. 이제 행복한 하루가 아니었다.

"……그야, 뭐, 그게, 저도, 전부 이해하는 건, 아니지만요."

그렇다면, 이제 그녀는 접수원이고 그는 모험가. 평소처럼 돌아가야 한다.

"열심히, 해주세요!"

그렇게 말하며 그녀가 한껏 지은 미소에, 고블린 슬레이어가 응했다.

단 한 마디.

"맡겨둬라."

# 막간 「신이 새로운 이야기(시나리오)를 만들었을 때의 이야기」

Goblin Slayer
He does not let anyone roll the dice.

저질러 버렸다.

네. 마음씨 고운 《환상》의 여신님도 실수할 때가 있는 겁니다.

가난한 시골마을에 사는 활기찬 여자애를 찾아내서.

그녀가 짝사랑하는 남자애가 난치병에 걸려 있는 걸 알고서.

그것을 치료하기 위한 약으로 이어지는 이야기의 이정표를 늘어 놓고.

여자애를 도울 수 있는 듬직하고 믿을 수 있는 동료들을 그녀 곁으로 이끌어.

장애물이 되도록 동굴과 괴물들을 그녀가 이길 수 있는 정도로 조정하고.

준비는 만전. 순풍에 돛단배. 어엿하게 모험을 해낸 소녀들의 활약을 지켜보면서.

이제 결전이다! 힘껏 주사위를 던졌더니 나온 눈이…….

네. 그건 참으로, 굉장했습니다.

불행하고도 불운하게도 여자애들의 검과 주문은 성대하게 헛손질.

한편, 별 것 아닌 괴물의 공격은 혼신의 일격이 되어 그녀들을 무찔러 버렸습니다.

이 세상이 숙명과 우연 어느 쪽에 지배되는지는 신들조차 알 수 없는 법입니다.

그렇기 때문에 주사위 눈은 절대적입니다. 다시 던지는 건 용납되지 않습니다.

물론 다시 던져도 눈이 좋게 나올 거라고 단정할 수는 없습니다만 ― 뭐, 그건 그렇고.

《환상》의 여신님은 소중하고 소중하게 지켜보던 모험가들을 잃고 말았습니다.

뭐, 흔히 있는 일입니다. 불행한 사고였습니다. 저질러 버린 건 어쩔 수 없는 겁니다.

가엾은 여자애의 모험은 이걸로 끝. 다음 모험가를 준비해야 합니다.

그 전에 여신님은 침대에 파고들어 모포를 둘둘 말고서, 얼굴을 베개에 파묻고 눈물로 적셨습니다.

다른 많은 것들과 마찬가지로, 재기할 때까지 잠시 동안 훌쩍훌쩍 울고 있을 겁니다.

문제는 《진실》의 신이었습니다.

이 신은 결국 여자애가 손에 넣지 못한 동굴 속의 주물(呪物)을 눈독 들였습니다.

《환상》의 여신님은 풀이 죽어 있으니, 쓰지 않는다면 내가 써야지!

이렇게 되면 모험가들이 극복하기에 걸맞은 터무니없는 시련을 준비해야지.

마왕이나, 사신이나, 혹은 고대의 알려지지 않은 유물의 부활.

본 적도 없는 함정, 끝없는 미궁, 무시무시한 괴물, 수상쩍은 의뢰인, 배신, 음모!

숙련된 모험가라면 사전 조사도 안 하고 의뢰를 받는 실수는 안 하겠지!

기뻐서 준비하기 시작한 《진실》을 《환상》이 깨달은 것은 사태가 꽤 진행된 다음.

이제 와서 그만두라고 할 수도 없지만, 이대로는 또 난리가 나고 말 겁니다.

이거 참. 《환상》의 여신님은 어떻게 하면 좋을까요……?

# 제5장 『시나리오는 뒤집어진다』

Goblin Slayer
He does not let anyone roll the dice.

"우와, 뭐야뭐야?!"

"저 지저분한 모험가는 뭐야……."

"저건, 고블린 슬레이어 아냐?"

"고블린 슬레이어?"

"고블린 퇴치의 전문가랜다."

"그럼 저 차림새도 고블린 퇴치용인가?"

"고블린 슬레이어니까."

"뭐야. 고블린 슬레이어였군."

"어어~이, 고블린 조심하라구~!"

축제의 여운에 잠긴 민중들 사이를 지나치며, 고블린 슬레이어는 바늘처럼 날카롭게 인파 사이를 달렸다.

지저분한 가죽 갑옷, 싸구려 철 투구, 어중간한 길이의 검, 팔에는 원형 방패를 고정한 모습.

신입 모험가라도 좀 더 나은 차림새를 하고 있겠지만, 그의 모습은 인파 속에 녹아들어 있었다.

기이한 눈길로 보는 사람은 있어도, 정체 모를 놈이라고 생각하는 일은 없다.

길드는 도시 입구에 있었다. 대문(大門)은 길드 바로 옆이다.

접수원 아가씨를 남겨두고 뛰쳐나온 그는 망설임 없이 변경 도시 바깥을 향해 달려…….

"고블린 슬레이어 씨!"

방울이 울리는 듯 맑은 목소리가 그의 뒤를 따랐다.

이제는 돌아볼 것도 없었다. 고블린 슬레이어가 빤히 아는 목소리였다.

"왔나."

"네엣. 그게, 신탁(핸드아웃)이…… 있었, 어요!"

두 손에 매달리듯 석장, 아니, 플레일을 쥔— 여신관.

가쁘게 숨을 쉬면서 열심히 달려오는 소녀는 아직도 얇은 전투 의상이었다.

따라서 고블린 슬레이어가 아닌 그녀가 시선을 모으고 있었다.

부끄러움에 볼을 붉게 물들이면서도, 그녀는 성실하게 얼굴을 긴장시켰다.

"고블린 슬레이어 씨한테 가라고……. 저기, 무슨 일이—?"

"고블린이지?"

대문을 빠져 나오자 그 옆에서 그림자가 하나가 소리도 없이 스르륵 걸어 나왔다.

청량한 목소리. 유연한 몸매. 엘프 궁수는 길다란 귀를 흔들며 고양이처럼 눈웃음을 지었다.

"오르크볼그가 달리고 있으니까, 그것 말고는 있을 수 없어."

"암, 그렇고말고."

"그야, 카미키리마루가 아니더냐? 행동을 보면 알기 쉬운 법이니라.”

이어서 어슬렁 걸어 나오는 그림자가 둘.

거대한 리자드맨 승려가 기묘한 손놀림으로 합장하고, 드워프 도사가 유쾌한 태도로 수염을 매만졌다.

세 사람은 제각각의 무장을 몸에 갖추고 전투 준비를 마치고 있었다.

“……음.”

고블린 슬레이어는 한 마디 신음과 함께 멈춰 섰다.

모두의 얼굴을 빙 둘러보았다. 그 철 투구에 가려진 표정은 엿볼 수 없었다.

그러나 무척, 알기 어렵지만 알기 쉽다.

“왜 말을 걸기도 전에 다 모여 있는가, 하는 거지?”

엘프 궁수가 설명해줬다.

“이보세요. 엘프의 귀를 얕보면 안 되지.”

의기양양하게 자랑스러운 기다란 귀를 흔들었다.

“주점에서 뭔가 소곤소곤 이야기하는 녀석들 대화 정도는 다 들려. 사전 준비 정도는 해두는 법이야.”

엘프 궁수가 가늘고 아름다운 검지를 척 세우고, 공중에 빙글 원을 그렸다.

“모험 한 번! 나도 모두, 다 같이. 그 대신 도와주겠다는 거지.”

“……그렇군.”

고블린 슬레이어가 고개를 끄덕이자 엘프 궁수는 길다란 귀를 움찔 떨었다.

“아, 잠깐, 야. 좀 더 뭐 없어? 감사라든가! 찬사라든가!”

“아니…….”

그는 조금, 주저하는 것 같았다. 뭐라고 말을 해야 좋을지 스스로도 잘 모르는 기색이었다.

고블린 슬레이어는 말을 찾아서, 담담하게, 그러나 분명하게 모두를 향해 말했다.

“……미안하다. 덕분에 한시름 덜었다.”

키득. 여신관이 웃음을 흘렸다.

“신경 쓰지 마세요.”

그녀는 플레일을 끌어안아 들고, 아래쪽에서 그를 살피듯 올려다보았다.

“동료잖아요.”

“그렇군.”

고블린 슬레이어가 고개를 끄덕였다.

“……그랬었지.”

그 말에 네 모험가들은 얼굴을 마주보더니 유쾌하게 웃었다.

그들은 이제부터 어떤 사태에 대처하게 될 텐데, 전혀 부담을 느끼지 않는 태도였다.

이미 특별한 날은 끝났다. 보통의 나날로 돌아올 뿐이다.

모험가에게 모험은, 모험이야말로 일상이었다.

“신경 쓰지 말라고는 하는데 아가씨야. 너는 그 차림이 조금 눈에 독이 되지 않겠느냐?”

드워프 도사가 수염을 만지작거리더니 싱글싱글 웃음을 지으며 놀렸다.

"엉큼하기는."

기가 막힌 표정을 짓는 엘프 궁수 옆에서, 여신관이 허둥지둥 손을 흔들었다.

"어, 아, 저, 저는, 이건 그 신사 때문에……. 가, 갈아입을 시간도 없었고요……."

"소승은 잘 어울린다고 생각하네만. 어디……."

빙글. 리자드맨 승려가 눈알을 돌리고 턱을 내밀며 웃었다.

"소귀 살해자 선생, 어떤가?"

고블린 슬레이어는 담담하게 말했다.

"나쁘지 않군."

"헤엑?!"

놀란 것은 여신관뿐이 아니었다.

새빨개진 그녀 옆에서, 물어본 당사자인 리자드맨 승려도 어떻게 대답하면 좋을까 고민하며 혀를 날름거렸다.

엘프 궁수는 진지하게 고블린 슬레이어의 몸 상태를 걱정했고, 드워프 도사도 얼어붙었다.

그런 일동을 돌아보면서 고블린 슬레이어가 덧붙여 말했다.

"상황 말이다."

그리고 모두가 한숨을 쉬었다. 여신관이 볼을 부풀린 채 입을 다물었다.

"……폭풍이 오겠어."

엘프 궁수가 무심코 중얼거린 것에 수긍하며, 고블린 슬레이어가 재빨리 설명을 시작했다.

“길드의 파수탑에서 사방에 그림자가 보였다. 아마도 고블린이 온다.”

“뭣이?!”

드워프 도사가 눈을 까뒤집었다. 들이키던 술을 뿜을뻔하고는 황급히 꿀꺽 삼켰다.

“그것은 조금 위험한 것이 아니냐? 지난번 그 커다란 무리를 처리하는 것도 수고롭지 않았더냐?”

“흠. 지난번 그랬듯, 다른 모험가에게 지원을 부탁해 봄이 어떤가?”

리자드맨 승려도 덧붙였다.

“아니…….”

말을 끊고서 그는 도시 쪽으로 투구를 돌렸다.

특별한 날이 끝났다. 축제가 끝났다. 사람들이 귀갓길에 접어들고 있었다.

혹은 여운에 취한 채, 홀짝, 홀짝, 아쉬움을 달래려고 술판을 벌이고 있다.

이곳에는 온갖 종족과 온갖 직업을 가진 자가 있고 생활하고 있었다.

모험가도 마찬가지.

고블린 슬레이어는 생각했다.

중장 전사에 대해서. 여기사에 대해서.

소년 척후에 대해서. 소녀 무술사에 대해서.

신참 전사에 대해서. 수습 성녀에 대해서.

그리고 창잡이와 마녀에 대해서.

"……이번에는."

고블린 슬레이어는 냉정하게 생각하고서 고개를 천천히 가로 저었다.

말을 자아내는 것은 얼마나 용기가 필요한 일인지. 과거에 통감한 일이었다.

운에 맡긴다. 이 정도로 무서운 일이 세상에 또 있을까?

그는 철 투구 아래서 여신관을 보았다. 그녀는 긴장한 표정으로, 그러나 앞을 똑바로 보고 있었다.

그녀는 말했다. 운이 아니라고.

고블린 슬레이어는 주먹을 움켜쥐었다.

"우리들만으로, 충분히 가능하다."

"그러나, 카미키리마루야."

드워프 도사가 가방 속의 촉매를 확인하며 물었다.

"수가 많다면…… 지난번에는 어찌 못했지 않느냐?"

"당연하다."

고블린 슬레이어가 태연하게 말했다.

"고블린의 대군을 평야에서 혼자 상대할 수 있겠나."

"이번엔 다르다?"

"상대는 분산되어 있다. 각 부대는 작다. 연계도 못 취한다. 사전에 준비한 것도 있다."

태연하게 말하는 고블린 슬레이어를 엘프 궁수가 흘끔 보았다.

"준비라니……. 애당초 오르크볼그는 어떻게 고블린이 올 걸 안

건데?”

“놀이에 빠지고 술에 취한 고블린의 소굴이 있으면, 나는 틀림없이 치기 때문이다.”

“……아, 그래.”

더할 나위 없이 명확한 대답이었다.

“서두른다. 나머지는 이동하면서 설명하지.”

고블린 슬레이어는 말하자마자 달리기 시작했고, 일행은 그 뒤를 쫓았다.

가도를 벗어나 숲 속의 짐승들 길로 돌진하여, 수풀 사이의 나무를 넘어, 날듯이 달렸다.

본직인 탐색자(레인저)도 이러랴 싶을 속도로 달리는 그의 발걸음을 다들 각자 정확하게 따라 밟았다.

앞서 가는 척후 뒤를 따라 밟지 않는 것은, 유적에서는 목숨이 위태로운 짓이다.

“고블린 퇴치 의뢰가 적었던 것은 알고 있겠지?”

“알고 있었냐고 물어보면 몰랐어. 근데 적은 게 뭐 어쨌는데?”

가볍게 달리는 엘프 궁수가 길다란 귀를 흔들면서 대답했다. 그녀는 후속에 맞춰 속도를 낮추고 있었다.

여신관도 그렇지만, 리자드맨이나 드워프도 민첩함을 타고난 종족이라고 할 수는 없었다.

“놈들은 약탈 종족이다. 다른 자에게서 빼앗지 않고 세력을 유지할 수 있을 리 없다.”

“네가 열심히 줄여놨으니 그 결과 적어진 건 아니더냐?”

드워프 도사가 짧은 팔 다리로 열심히 달리는 모습을 흘끗 본 고블린 슬레이어는 아주 약간 속도를 늦췄다.

"아니다."

"그건 또 어째서더냐?"

"놈들이 잡아간 아가씨들에게 손을 대지 않았다. 수가 줄었다면 번식을 우선할 거다."

고블린이 여자와 아이들을 가지고 놀지 않는다.

그것은 용이 재보를 모으지 않는다. 사령술사가 시체를 필요로 하지 않는다. —라는 이야기만큼이나 기이한 일이었다.

"허허어."

기어서 나아가듯 낮은 자세로 달리는 리자드맨 승려가 꼬리를 굽히며 중얼거렸다.

"그렇다면…… 물자를 공급하고, 여자와 아이들을 잡아가도록 한 누군가가 있다고 보아야 하겠군."

"아, 그러고 보니……."

문득 기억을 더듬은 여신관이 「생각났다」고 말하듯 중얼거렸다.

리자드맨 승려가 그녀의 말을 재촉하는 김에 안고 있는 플레일을 꼬리로 가리켰다.

"맡기겠는가?"

여신관은 그 제안을 웃으며 거절하고 말했다.

"……그 고블린들, 장비를 잘 갖추고 있었어요. 갑옷이나, 무기 같은 거……."

"놈들이 약탈을 하지 않은 이상, 장비를 내린 누군가가 두목일걸세."

"그렇다."

고블린 슬레이어가 수긍했다.

지난번 유적에서 마주쳤던, 그 뭐라는 거대한 괴물.

혹은 물의 도시 지하수로에서 상대한, 이름 모를 눈깔 괴물.

고블린은 혼돈의 세력의 졸병이니 우두머리가 고블린이라고 단정할 수는 없었다.

"그 녀석이 뭔지는 모르고, 흥미도 없다. 그러나—."

그런 일은 그의 입장에서 사소한, 아무래도 좋은 일이었다.

"도시의 사방, 놈들이 즐겨 다니는 길에는 함정을 설치해두었다. 나머지를 친다."

적은 고블린. 그것 말고는 없다.

기가 막힌단 표정으로 서로 마주보며 웃는 동료들을 데리고, 그는 그저 계속 달렸다.

왜냐하면, 모험가에게 모험이 일상이라면—.

"수가 장점인 고블린을 분산 시키다니, 미숙한(눕(noob)) 놈이군."

고블린 슬레이어(소귀를 죽이는 자)에게는 고블린 퇴치가 일상이니까.

"**교육해주지**."

저 멀리서, 번개가 울리기 시작했다.

§

그리하여 고블린 놈들은 변경 도시에 이르렀다.

도시의 북방. 사방에서 몰려오는 것들 중에서도 제1부대인 그들

15마리는『낮』의 행군을 마음껏 즐기고 있었다.

왜냐하면, 지난 몇 개월 동안『대장』의 방침 때문에 금욕을 해왔기 때문이다.

아무리 그 다음에 좋을 만큼 날뛰어도 된다고 해도 참는 건 괴롭다.

고블린에게는 내일보다도 오늘, 저녁 식사 메뉴보다는 지금 먹는 점심 식사가 중요하다.

그것은 앞일도 생각지 못하는 어리석음 때문이 아니라, 그렇지 않으면 살아갈 수 없기 때문이지만…….

어쨌든 고블린 놈들은 굶주려 있었다.

굶주리고, 질리고, 지루하고, 무엇보다도 오락을 바라고 있었다.

태평하게 축제로 들떴다가 자빠져 자는 놈들을 습격하여 유린하는 것은 참으로 즐거우리라.

그런 생각을 하기에 그들의 사기는 높았다.

잡다한 장비를 몸에 두르고, 대오를 짜서 나아가는 고블린들의 발걸음은 가벼웠다.

이제 밤이 시작된 참,『이른 아침』이라 졸음은 있지만 이제부터는 그들의 시간이었다.

무엇을 두려워하랴. 무엇을 주저할 것 있으랴.

"GROOBR……?"

"GROOB! GOROOBBR!"

그런데 그 발길이 멈추었다.

안개 너머 희미한 달빛에 비친 숲길에 밧줄 하나가 팽팽하게 메어져 있었다.

고블린들은 얼굴을 마주보며 실소했다. 정말이지 인간이란 놈들은 얼간이들이다.

조잡한 창날로 밧줄을 자르자. 수풀 속에서 부스럭하는 소음이 났다.

들여다보니 나무 판을 밧줄에 꿰어 매단 간단한 함정이다.

고블린들이라도 알고 있다. 경보장치란 것이다.

이런 것으로 뭘 어떻게 할 셈이었을까? 고블린들은 비웃으며 잔해를 걷어찼다.

"GROROBR!!"

"GOBRR!"

진군 재개.

선두에 선 대장격이 손을 흔들자 고블린들이 징그럽게 웃으며 걷기 시작했다.

이제 곧 축제가 열린다. 오늘밤이야말로 고블린들에게는 특별한 날이다.

탁하기 짝이 없는 굵직한 소리가 귀에 거슬리는 노래를 불러대면서, 지저분한 고블린들의 진군이 이어졌다.

그 모든 것을 수풀 속에서 모험가들이 지켜보고 있다는 것도 모른 채.

"고, 고블린 슬레이어 씨, 함정, 돌파해버렸는데요……?!"

"저거면 된다."

"네?"

안타까운 표정으로 고블린 슬레이어를 돌아본 여신관이 어리둥절

한 표정을 지었다.

"저건 본래 함정이 아니다. 미끼다."

"……어, 저기. 그럼, 어떻게 하나요? 이대로는……."

"보면 안다."

말이 끝나기 무섭게, 비잉. 무언가가 진동하는 소리가 났다.

고블린들은 과연 그것을 깨달을 것인가?

팽팽한 현이 끊어지는 것 같은 그 소리는 과연 들린 그대로였다.

다음 순간 고블린 일당을 공격한 것은 수풀에서 발사된 날카로운 말뚝과 창…… 아니, 대형 화살이었다.

끝 부분을 깎아낸, 길고 날카로우며 두꺼운 나무화살.

대궁처럼 휘어진 굵은 나뭇가지가 튕기면서, 나무화살이 일직선으로 고블린들에게 날아갔다.

"GROOROB?!"

"GOBR?!"

아비규환. 죽음을 내리는 격통을 받고서 귀에 거슬리는 단말마가 울렸다.

꼬치가 된 고블린들 중에서 즉사한 놈들은 운이 좋은 편이다.

그렇지 않으면 동료와 한꺼번에 배가 꿰여, 빼지도 못하고 그저 죽음을 기다릴 뿐이니까.

물론 아무리 그래도 일망타진은 힘들다.

"GOORB! GOBBR!!"

창의 일격을 벗어난 놈도 있었다. 그들은 비명과 증오의 목소리를 흘리며 무기를 들고 달렸다.

그들이 도망치려고 했는지, 아니면 앞으로 나아가려고 했는지는 결국 알 수 없었다.

수풀 속에서 고블린 슬레이어와 리자드맨 승려가,하얀 칼날을 들고서 덤벼들었으니까.

"시험 삼아 쏴가며 조정한 보람이 있었군."

"오오! 나를 보소서! 이것이 영예로소이다, 나의 선조여!"

심장이 뚫리고, 머리가 부서지고, 내장이 튀어나온 고블린들의 비명이 퍼진다.

그것에 섞여서 리자드맨 특유의 새된 기도가 밤에 메아리 쳤다.

이단을 처치하는 것은 리자드맨 승려의 기쁨이며 사명이기도 했다.

다시 말해서 고블린 슬레이어와 동기는 다르지만 바라는 것은 마찬가지였다.

하지만 냉정하고 냉혹한 고블린 슬레이어에 비해 리자드맨 승려는 싸움의 고양이 흘러넘치고 있었다.

"열셋, 아니 열넷……이라고 하면 되겠는가!"

"아니, 열다섯이다."

얼마 안 가 싸움이 끝나고 고블린 놈들은 무참한 주검을 드러냈다.

거듭 말하지만, 처음에 대형 화살에 꿰뚫려 즉사한 고블린은 운이 좋다 할 수 있었다.

"우, 와아."

나무 위, 활에 나무 눈 화살을 메기고 있던 엘프 궁수가 그 참상을 보고서 질색했다.

도망치는 놈이 있으면 화살로 쏘라고 했지만 그럴 필요는 없었다.

그러나, 아니, 하지만, 이건…….

"늘 생각하는 건데, 오르크볼그 대체 뭔 생각을 하는 거야……?"

"이런 걸 생각하고 있다."

"……좀 봐줘."

엘프 궁수가 나뭇가지에서 훌쩍 뛰어 내렸다. 소리도 없고, 가지와 풀도 흔들리지 않았다.

그러나 정말로, 정말로 좀 봐줬으면 좋겠다. 모험에서 이런 걸 쓰면 정말 못 견딜 지경이었다.

"음……."

"뭐, 나중에 의논해보는 걸로 하자꾸나."

술법을 아끼기 위해 여신관과 함께 뒤쪽에 있던 드워프 도사가 느긋하게 말했다.

그는 하얀 수염을 쓰다듬으며 지금 막 그 위력을 발휘한 함정을 관찰하고 있었다.

경보장치를 매달았던 밧줄이 팽팽하게 당기고 있던 것은, 조금 떨어진 장소에 설치된 굵은 가지였다.

쭉 당겨서 휘어놓은 가지를 활, 날카롭게 깎은 말뚝을 창으로 삼아서 고정해 뒀다.

누군가가 밧줄을 풀면 가지가 튕겨나가서 말뚝이 발사되는…… 원시적인 쇠뇌(발리스타)였다.

"간단한 함정이로구나. 의외로 효과적이니 이것은 꽤 많이들 쓰는 게다."

"본래는 수렵용이다."

고블린 슬레이어는 습격자와 전투를 거쳐 무뎌진 검을 주저 없이 내던졌다.

"어디서 배웠느냐?"

"누나다."

그가 짧게 대답하고 고블린의 시체를 뒤졌다.

"아버지가 사냥꾼이었다. 누나는 아버지에게 배웠다."

그리고 적당한 검을 주워서 칼날을 점검하고 칼집에 넣었다.

"다소 요령이 필요하다. 고블린 놈들도 처음 보고서는 이해 못할 거다."

"설치에 시간과 장소가 필요한 것이 난점, 이라. 하여 소귀 살해자 선생, 다음은 어쩌겠는가?"

송곳니 칼을 휘둘러 피를 떨쳐내고 두 손에 든 리자드맨 승려가 혀로 코끝을 핥았다.

"생각은 있다."

고블린 슬레이어가 슬쩍 투구를 기울였다.

"……끝났나?"

"아, 네, 네에!"

진혼의 기도를 바친 여신관이 고개를 끄덕이며 일어섰다.

아직 더 죽이게 될 것이다. 지금 여기서 시간을 들여 매장할 수는 없었다.

그러나 고블린 슬레이어는 그녀의 기도를 방해하지는 않았다.

"지모신 님의 힘이 아직 강하니까 오늘 밤에는 망자가 되지는 않을 거예요."

“알았다. ……신탁이란 것은 아직 있나?”

“아뇨.”

여신관이 고개를 옆으로 흔들었다.

“……아마 아까 그 한 번뿐, 일 거예요.”

“그런가.”

그가 중얼거리고 고개를 끄덕였다.

그는 불평하지 않고 여신관의 행동을 받아들이고 있었다.

고블린 슬레이어는 그녀와 교대하듯 시체 곁에 무릎을 짚고서, 고블린의 단검을 허리띠에 끼웠다.

그 밖에도 쓸만한 것이 없는지 품을 뒤지면서 엘프 궁수를 보았다.

“상황은 어떻지?”

“그렇지, 참. ……잠깐 기다려.”

그녀는 길다란 귀를 쫑긋쫑긋 희미하게 흔들면서 눈을 감았다.

드워프 도사까지도 입을 다물자, 이제는 정적만 남았다— 아니, 바람 소리.

나뭇잎이 스치는 소리. 동물들의 숨소리. 벌레 소리, 천둥. 그리고—.

“……서쪽. 조금 시끄러우니까, 아마 다음은 그곳이야. 동쪽에서도…….”

“그렇군. 그밖에는 어떻지?”

“남쪽 언덕이 조금 신경 쓰여. 꽤 멀지만…….”

속삭이는 엘프 궁수의 귀가 힘없이 흔들렸다. 공기의 냄새를 맡으려는 듯 코를 움찔거렸다.

“비가 다가오는 탓이야. 벼락이 우르릉 쾅쾅 강해지고 있어.”
“음.”
고블린 슬레이어가 신음하면서 리자드맨 승려에게 물었다.
“어떻게 보지?”
“……오늘밤 하늘은, 적의 편이겠군. 비의 장막은 몸을 감추기에 좋다네.”
리자드맨 승려가 코끝을 슈륵 혀로 핥고서 목을 낮게 울리며 신음했다.
“소승들은 몰살을 시켜야 하지만, 적은 한 마리 두 마리라도 도시에 들어가면 이기는 셈일세.”
“서둘러야겠군.”
고블린 슬레이어가 짧게 말했다.
“그리고 어쩐지, 저 먹구름…… 불길한 느낌이 들어요.”
여신관이 추위가 아닌 이유로 가녀린 어깨를 떨면서 작게 중얼거렸다.
“혼돈의 기척이…… 자연스러운 것이, 아닌 것 같아요…….”
“음…….”
삼라만상과 통하는 엘프 궁수, 대지를 다스리는 여신의 사도인 여신관이 입을 모아 불안을 논했다.
고블린 샤먼이나 흑막이 무언가 술법을 사용했다고 봐야 하리라.
고블린 슬레이어도 그 정도 역량이 있는 고블린과 마주친 경험은 없었다.
그러나 경험이 없다는 것이 그곳에 고블린이 없다는 것과 같은 뜻은 아니다.

상정하고, 연구하고, 이기러 갈 필요가 있다.

그렇게 생각에 잠긴 그의 사고를 중단시킨 것은 힘차게 등을 턱, 두들기는 손바닥이었다.

"에이. 그리 심각하게 생각하지 말거라, 카미키리마루야."

드워프 도사. 키가 낮은 것에 비해서 강한 힘을 가진 드워프는 다시 한 번 고블린 슬레이어의 등을 두들겼다.

"애당초, 우리들도 놈들과 같은 반상에 앉을 생각은 처음부터 없음이라. 평소처럼 하거라."

고블린 슬레이어가 고개를 끄덕였다.

"……그래."

본래는 여유 따위 없을 것이다.

이쪽은 혼자, 상대는 다수.

보다 치밀하고 정확하게, 숨 쉴 틈도 없이 달려 다니지 않으면 승산이 점점 내려갔을 것이다.

그렇게 되지 않고 있는 것은 순전히 파티의 동료들이 있기 때문이었다.

그는 그것에 어떻게 보답해야 할지 알 수 없었다.

알 수 없지만, 모험에 가는 것이라면 그것에 응하려고 마음속으로 다짐했다.

어째선지 함정은 금지 당했지만— 그밖에 사용할 방도는 얼마든지 있으니까.

"놈들은…… 동서에서 오는군. 양쪽에서 공격할 셈이다."

고블린 슬레이어가 일어서며 말했다.

"이번에는, 떨어뜨린다."

§

결론부터 말하자면 그 말대로 되었다.

뇌명이 우르릉 소리를 내는 가운데, 숨어 있던 벌레들이 미약한 소리를 내며 우는 가운데.

서쪽에서 숲 속을 나아가던 고블린들은 역시 도시의 불빛이 보이는 지점에서 발길을 멈췄다.

사람이었다.

가는 길에 우거진 수풀 속, 숨어 있을 셈인 건지 나무에 기대어 있는 누군가.

빼꼼하게 보이는 철 투구. 틀림없다. 모험가다.

부대를 이끄는 — 지원한 것도 인망이 있는 것도 아니지만 — 고블린의「기다려」란 뜻의 몸짓.

그는 부하 한 마리를 손짓해 부르더니, 자기 손에 든 창을 떠넘겼다. 저 모험가를 찔러라.

"GRBB."

"GOOB!"

싫다면서 고개를 흔드는 녀석을 한 대 빡, 때리고 엉덩이를 걷어차 앞장세웠다.

창을 받은 고블린은 마지못해 조심조심 다가갔다.

아직 움직이지 않는다. 고블린이 마른 침을 꿀꺽 삼켰다.

조잡한 창을 끌어당기고 에잇, 창으로 찌르기를 했다.

고블린치고는 괜찮은 공격이었다. 적어도 사람의 목숨을 빼앗는데는 충분한 일격.

창날이 푹, 무언가를 찌르는 손맛.

곧장 모험가가 기울더니 소리도 없이 쓰러졌다.

고블린 놈들은 단순해서 이제 됐다며 성질도 급하게 움직여 다가왔다.

그래서 알아차리는 것이 느렸다.

녹슨 투구가 덜크렁 소리를 내며 굴러서, 흙 자루에 백묵으로 그린 얼굴이 드러난 것을.

—사람이 아니다?

다음 순간, 무게추가 풀린 밧줄이 도르레를 기세 좋게 달리며 고블린 놈들 머리 위에서 죽음이 내렸다.

"——!"

"——?!"

죽음이란 말뚝을 둥글게 뭉쳐서 묶은 가시 공이었다.

밧줄에 매달린 가시 공은 도르레의 기세를 그대로 살리며 떨어져, 무자비하게 고블린들을 휩쓸었다.

모험가가 가시 철구를 「안녕? 이제 죽어!(구텐탁)」라고 부르는 것도 이해할 수 있었다.

무게와 가속도를 실어서 고블린들을 휩쓴 가시 공이 반동으로 진자처럼 한 번 더.

비명을 지르려고 입을 열었지만 소리가 나오지 않는다. 그러긴커녕 주의를 재촉하는 소리도 없었다.

아니, 애당초— 소리가 없었다.

"《자비 깊은 지모신이여, 우리들이 널리 받아들일 수 있는 정적을 내려주소서》……."

그렇다. 그곳에 기적이 있었다.

하얀 옷을 바람에 나부끼며, 찬란하게 플레일을 든 여신의 사도가 낭랑하게 성스러운 구절을 윈다.

《사일런스(침묵)》. 신들이 그녀의 신앙심에 응했다는 증거.

고블린들 앞을 막아선 여신관은 지모신의 축복으로 수호 받고 있었다.

그러나 몇 마리의 동료가 한꺼번에 날아간 고블린들이 보기에는 두려울 것 없었다.

자기만 아니면 누가 희생되든 괜찮다고 생각하면서, 동료가 죽은 것에 분노를 불태운다.

고블린이란 그런 생물이었다.

"——!!!!"

소리 없는 전투의 포효(워 크라이)와 함께 조잡한 무기를 손에 든 고블린들이 여신관에게 쇄도, 무리 지어 덤볐다.

이제 곧 소녀는 고블린 놈들에게 쓰러지고 갈기갈기 찢어져 유린되어 버릴 것이다.

그러나 그들은 알아야 할 것이 있었다.

후위직이 혼자서 고블린을 상대할 리가 없다는 것을.

"——?!"

달리던 가운데 한 마리가 갑작스레 공중제비를 돌더니 쓰러졌다.

무슨 일인가? 발길을 멈추고 살피자 쓰러진 놈의 이마에 화살이 돋아 있지 않은가?

아, 라고 생각한 순간에 벌린 입으로 나무 눈 화살촉이 날아와서 뒤통수로 빠져 나갔다.

고도로 숙달된 스킬(기술)은 스펠(주문)과 구별이 되지 않는다는 것은 누가 했던 말일까?

엘프 궁수는 숲 종족의 궁술을 나타내는데 그 이상의 표현이 없다고 생각했다.

짧은 수명을 가진 시인이 가진 감성은, 때로 신화시대의 엘프를 웃돌 정도로 위대하다.

화살은 바람을 가르는 소리도 없이 고블린들을 수확하듯 쓰러뜨렸다.

문자 그대로 쏜살같이 이어지는 사격은 혼란에 빠진 상태— 하물며 고블린 따위가 피할 수 있는 것이 아니었다.

그래도 마지막 한 마리는 여신관 근처까지 다가왔지만—.

"에, 에잇!!"

맥 빠지는 소리와 함께 휘두른 플레일이 힘차게 놈을 때렸다.

그래서 휘청거린 틈에 2개, 3개의 화살이 꽂히더니…… 그걸로 끝이었다.

"히이…… 하아……."

"수고했어. 일이 잘 풀렸네."

눈앞에서 무너지는 시체를 보고 거칠게 숨을 내쉬는 여신관에게 엘프 궁수가 어깨를 가볍게 툭 두들겼다.

"가, 감사합니다……. 네, 어떻게든."

여신관은 땀에 젖은 얼굴로, 그래도 장하게 웃었다. 주저앉을 것 같은 무릎에 힘을 주었다.

"아아, 정말이지."

엘프 궁수가 웃으면서 그녀의 머리를 마구 쓰다듬었다.

"꺄악?!"

"미끼 역할 하라고 하면, 보통은 좀 더 화내도 되거든?"

"아뇨. 뭐, 그렇기는 한데요……."

여신관은 눈을 크게 깜빡였다. 그리고—.

"그래도 맡겨주신 일이니까요."

망설임 없이 대답했다.

"오르크볼그 녀석도 참, 정말로 신경 안 쓴단 말이야. 따귀를 때려도 괜찮아."

"아, 아하하하……."

덤으로 전과를 제대로 세어 오라고 하잖아? 엘프 궁수가 길길이 불평을 했다.

여신관은 아무 말 없이 난처한 표정으로 발치의 투구를 손으로 집었다.

오래 사용한, 검붉은 녹이 슬어 있는 그것은 고블린 슬레이어의 투구와 같은 것이었다.

아마도 전에 사용했던 것을 무슨 일이 있을 때를 대비하여 소중히 보관하고 있었을 것이다.

그녀는 투구 표면을 손바닥으로 살짝 쓰다듬었다. 정말이지, 정말로. 볼을 풀면서 속삭였다.

"그 사람은, 정말 못 말리는 사람이니까요."

그러면, 그『못 말리는 사람』은 뭘 하고 있을까?

물론, 고블린을 때려잡고 있었다.

§

"흥."

휙. 자갈이 날아와 고블린의 머리를 부쉈다.

비틀거린 고블린의 몸이 뒤로 쓰러지자 깊게 가라앉으며 어둠 속으로 슥 사라졌다.

"GOROOG?!"

아니, 사라진 것처럼 보인 것은 사람의 눈이기 때문이다.

사람이 아닌 고블린의 밤눈에는 동료의 말로가 확실하게 보였음이 틀림없다.

대지에 뚫린 구멍의 바닥. 거꾸로 돋아난 몇 개의 말뚝에 꿰뚫려 숨이 끊어진 고블린의 모습이.

"GRRROROR!"

"GORRRB!"

고작해야 구덩이 함정, 그러나 바로 구덩이 함정이다.

미궁에서 수많은 모험가들의 목숨을 빼앗은 함정이란 것을 고블린 놈들은 모른다.

그러나 고블린들도 그저 무작위로 전진할 만큼 어리석지는 않았다.

이 길에 들어와서 처음 한 마리가 구덩이에 떨어져 죽었을 때 그들은 행군을 멈췄다.

눈앞에는 여기저기 색색깔의 돌멩이가 드문드문 떨어져 있었다.

아하, 이건 표식이군.

그렇게 생각한 고블린 일당의 두목은 돌멩이를 피해서 나아가도록 명령을 내렸다.

첫 걸음은 괜찮았다. 두 걸음도. 세 걸음, 네 걸음. 그리고 다섯 걸음.

입을 쩍 벌린 구덩이에 또 한 마리가 떨어졌다.

"GROOOB?!"

"GROOROB! GOROBOB!!"

고블린들은 공황 상태에 빠졌다. 그곳에 색깔 있는 돌멩이는 없었다.

돌멩이는 표식 따위가 아니고, 그들을 낚기 위한 미끼에 지나지 않았다.

이제 고블린들은 구덩이 함정투성이 한복판에 끌려오고 말았다.

앞으로도, 뒤로도 나아갈 수 없었다.

여기까지 다섯 걸음은 운이 좋았을 뿐이다. 무사히 물러날 수 있다는 보장이 없었다.

"GROB! GOROROB!"

"GOOOROBOG!!"

금세 내분이 시작됐다.

나아가라고 말한 두목에게 책임을 떠넘기는 놈, 부하 탓을 하는 두목, 추악한 말다툼.

의심에 빠져 머뭇거리는 고블린들은 바로 그것이 노림수임을 눈치 못 챘다.

때문에 일부러 구덩이 위에 돌멩이를 두는 짓을 한 것이다.

그리고 고블린 슬레이어가 기습의 이점을 버리는 어리석은 짓을 할 리 없었다.

휙 소리를 내면서 자갈이 차례차례 날아가 고블린 놈들을 때려 부순다.

허둥지둥 당황하는 고블린 놈들도 결사의 각오로 뿔뿔이, 창을 던지거나 돌을 던졌지만…….

그것은 모두, 미리 그가 쌓아둔 흙 자루에 막혀 닿지 않았다.

"이거야 원. 이쪽에 길쭉귀 처녀를 데리고 왔으면 좋지 않았겠느냐?"

굵고 짧은 손가락으로 자갈에 끈을 묶으면서 드워프 도사가 불평했다.

그도 예비 무기로 슬링을 쓰지만 본업은 주문술사였다.

"그럴 수는 없다."

고블린 슬레이어가 담담하게 자갈을 던지고 「열아홉」이라고 중얼거린 뒤 말했다.

"그 녀석은 내구력이 낮다. 방벽에 틀어박혀 싸울 때는 예상치 못한 사태가 있을 때 위험하다."

"예상치 못한 사태라 함은…… 샤먼 같은 것 말인가?"

리자드맨 승려가 두 사람을 위해 부지런히 자갈을 주워 발치에 두면서 코끝을 흙 자루 위로 내밀었다.

오른쪽에 두 마리, 왼쪽에도 몇 마리. 손가락으로 수를 표시하자, 고블린 슬레이어가 확인했다.

"그래."

"어허."

고블린 슬레이어가 수긍하자 드워프 도사가 조용히 중얼거렸다.

"하긴, 그 길쭉귀 처녀의 가슴은 모루에 가까우니. 이리저리 뛰어다니는 것이 어울린다면 그렇긴 하구먼."

"그러나, 아무래도 신경이 쓰인다."

고블린 슬레이어가 말했다.

"흔들리지도 않는 얄팍한 가슴이 말이냐?"

"아니다."

그는 딱 잘라 부정하고 흙 자루 틈으로 허둥대는 고블린 놈들을 노려보았다.

"부대 하나를 각각 열다섯으로 나눠 사방에서, 계산해보면 60마리. ……상위종을 봤나?"

"소승이 보기에는 모두 평범한 고블린이군."

"나도 비늘 친구랑 같구나. 길쭉귀 처녀 쪽이나, 또 한 쪽에 있을지도 모르겠다만."

"술법 없음, 기병 없음, 왕 없음, 고기 방패 없음. 그러면서 공격 시기도 완전히 동시가 아니다……?"

고블린 슬레이어가 중얼거렸다.

"깔보는 거란 생각밖에 안 든다."

드워프 도사도 수긍했다. 명랑함은 사라지지 않았지만, 진지함이 늘어난 표정이었다.

"고블린의 지혜니까, 라고 넘어갈 수도 없겠느니라."

"놈들은 바보지만 멍청하지는 않다."

"그러하면……."

리자드맨 승려가 꼬리를 흔들었다.

"불확정 명칭 지휘관이 승산이 있다고 짚은 것일 터."

"그렇게 봐야겠지."

마지막 한 마리. 「서른」이라고 중얼거리며 고블린 슬레이어가 머리를 맞췄다.

시체가 구덩이 떨어지는 것을 확인하고 그는 흙 자루에서 일어섰다.

"합류해서 남쪽 방비를 굳힌다."

"남쪽이라 하면, 목장 쪽이로구나?"

드워프 도사가 물었다.

"그렇다."

대답한 고블린 슬레이어에게 리자드맨 승려가 물었다.

"목장 쪽에도 함정을 설치했는가?"

"없다."

"그런데 목장 쪽에서 맞서 치는 게냐?"

괜찮겠느냐? 드워프 도사는 의심스럽다기보다 확인하듯 물었다.

고블린 슬레이어가 말했다.

"애당초 놈들은 자신들이 공격하는 쪽이라고 생각한다. 그것이

다르다."

다시 말해서.

"고블린 놈들은 몰살 시킨다."

그때, 하늘에서 내린 처음 한 방울이 고블린 슬레이어의 투구에 떨어져 튕겼다.

결전은 빗속에서.

# 막간 「흑막이 무대(마스터 씬) 뒤에서 우쭐해지는 이야기」

길고 괴로운 싸움이었다.

그러나, 이제 그의 눈앞에는 무참하게 맞아 죽은 시체가 다섯, 아니 여섯.

미약하게 원형을 유지한, 꽤 새로운 무구는 과거 소유자들의 흔적이었다.

지긋지긋할 만큼 용감하게 맞선 소녀들이라지만, 고블린 놈들에게 사방에서 맞아서는…….

—살려두는 편이 좋았을까?

그리 생각하고서 그는 천천히 고개를 옆으로 저었다. 무의미한 가정이다.

처음에 전위 소녀에게 곤봉을 때려 박아 사랑스런 이마를 부수지 않았다면 이쪽이 죽었을 것이다.

숙명인가 우연인가. 신들린 치명타(크리티컬 히트).

그걸로 싸움의 행방이 정해졌다고 해도 과언이 아니었다.

눅눅하기 짝이 없는 습기도, 부패하여 달착지근한 냄새도, 피부를 찌르는 추위도, 지금 그에게는 기분 좋았다.

어둠 따위 그의 눈동자 앞에서는 대낮과 마찬가지. 눈앞에서 꿈틀거리는 고블린 놈들은 어리석으면서도 사랑스럽다.

동굴 안쪽 제사장으로 쳐들어온 모험가들에게 그들은 용감하게 맞서 싸웠다.

충성심이 아닌 욕망이 있었다지만, 그의 목숨을 구한 것은 분명했다.

그에게는 사명(퀘스트)이 있었다.

머나먼 암흑 너머에서 혼돈의 신들이 손수 내려주신 중요한 사명이다.

그 신탁을 떠올릴 때마다 그의 온몸은 환희에 부르르 떨렸다.

신들에게 직접 신탁을 받는 것은 그리 자주 접할 수 있는 명예가 아니었다.

신탁을 받은 자는 모험가라면 영웅이 되고, 혼돈에 속한 자라면 효웅으로 이름을 떨치게 된다.

죽음과 영광, 명예와 전설로 이어지는 길. 그곳에 이르기 위한 열쇠가 그의 손에 있었다.

흉흉하게 허공을 붙잡으려는 손가락을 갈고리처럼 펼친, 기괴한 팔의 조각상이었다.

이제 필요한 것은 산 제물이다.

그러나— 지금 있는 양으로는 결코 충분하다고 할 수 없었다.

고블린 놈들에게 제물을 더욱 모아 오도록 해야 한다. 그래도 아직 부족하다면…….

일단 첫째로, 멍청한 인간 놈들이 축제로 들떠 있는 그곳을 노린다—.

모험가란 것들은 돈과 여자를 밝히며, 손쉽게 질서에서 혼돈으로 타락하는 법.

안쪽에서 이끌어주는 자만 있으면 얼마든지, 잔학하고 비참하고 꼴사납게, 축제에 모여든 자들을 유린할 수 있다.

방벽을 넘어서, 장식을 찢어발기고, 놀라 당황하며 도망치는 자들을 죽이고, 범하고, 빼앗는다.

—그리고, 바치는 것이다.

암흑의 피부를 가진 다크 엘프는 그렇게 생각하며 소름끼치게 웃었다.

# 제6장 『일곱의 위력』

후두둑 비가 내리는 가운데, 카나리아가 짹짹 울었다.

창문을 두드리는 빗방울 소리를 반주 삼아서 작은 새가 새장 안에서 지저귀고 있었다.

창가에 앉은 소치기 소녀는 이슬이 맺힌 창을 손가락으로 가만히 더듬으며 숨을 내쉬었다.

축제의 여운이 아쉬워서 드레스를 입은 채 팔을 베개 삼아 몸을 기댔다.

서늘한 바깥 공기를 볼로 느끼면서 소치기 소녀는 미약하게 웃음을 지으며 중얼거렸다.

"네 주인은, 지금쯤 어디서 뭘 하고 있을까아?"

대답은 없었다. 작은 새는 짹짹 지저귈 뿐이다.

여름에 그가 데리고 돌아온 카나리아는 지금 이렇게 목장에서 기르고 있었다.

"선물?"

이라고 물었더니.

"아니다."

라고 했다. 그는 가끔 별난 짓을 한다.

별난 짓— 축제에 가는 것, 누군가랑 노는 것도 분명 그럴 것이다.

"……."

—돌아오지 않는 거 아냐?

그런 생각이 문득 스치자 그녀는 팔에 얼굴을 묻었다.

유리창에 비친 자기 얼굴 따위 보기도 싫었다. 도저히 봐줄 수 없었다.

오른손을 꼬옥 움켜쥐었다. 거기엔 그가 준 장난감 반지가 있었다.

함께 있을 때는 그걸로 만족하지만, 떨어져 버리면 너무나도 부족하다.

좀 더, 좀 더, 좀 더.

—무엇을 좀 더, 인지.

"……내가, 이렇게 제멋대로였나?"

멀리서, 우르릉. 목을 울리는 번개의 울음소리가 들렸다.

저게 용의 울음소리란 옛날이야기도 있었지만, 그녀는 그 진위를 몰랐다.

운이 좋게도 지금까지 용을 상대한 적이 없기 때문이다. 앞으로도 그렇겠지.

쿠르릉. 쿠르릉. 벼락이 가까워진다. 벼락—?

그것이 우뚝. 자기 근처에 멈춘 것을 소치기 소녀는 깨달았다.

벼락, 이 아냐. 그럼……?

멍하니 고개를 든 그녀. 유리창에 비친 못 봐줄 얼굴. 그 너머.

흠뻑 젖은, 지저분한 철 투구.

"어, 아, 어……?!"

벌떡 몸을 일으킨 그녀는 입을 뻐끔뻐끔거렸다.

뭐라고 해야 할까? 뭘 말할까? 마음과 몸이 빙글빙글, 머리와 가슴 속에서 소용돌이쳤다.

결국 「어서 와」나 「괜찮아?」 같은 말은 목에서 나오지 못했다.

"뭐, 뭐하고 있어? 이런 빗속에서……! 감기 걸리겠네?!"

소치기 소녀가 말하며 기세 좋게 창문을 확 열었다.

"미안. 불이 켜져 있기에 깨어있는 줄 알았다."

당황하는 그녀에 비해 그는 좀 분할 정도로 태연했다.

"용건이 조금 생겼다."

"용건……?"

"아침에는 돌아온다."

그는 담담하게 말하더니 조금 더 생각하고서, 이윽고 조용히 덧붙였다.

"아침 식사는, 스튜가 먹고 싶다."

"아."

돌아온다. 돌아온다고 했다. 말해줬다. 그녀가 만든 아침 식사를 먹고 싶다고도 했다.

—정말이지. ……정말이지!

"……아침부터, 스튜?"

가슴 속에 따스한 무언가가 퍼졌다. 소치기 소녀는 얼굴을 찡그리며 웃음 지었다.

—나란 애 참 쉽기도 하지!

"부탁한다."

그가 말하자.

“참, 어쩔 수 없네에.”
조용히 속삭였다.
“감기 걸려서 쓰러지거나 늦잠 자면 화낼 거야. 제 시간에 일어나서 먹으러 와야 돼.”
“알았다.”
“……응.”
소치기 소녀는 고개를 끄덕였다.
그는 거짓말을 안 한다.
그러나 그의 용건은 빤하다.
그래서 그녀는 더 이상 묻지도 듣지도 않았다.
이제 특별한 날은 끝났다. 평범한 날이 돌아왔다. 평소와 같은 나날이.
여러모로 생각하는 바가 있어도 이제 드러낼 수 있는 날이 아니었다.
“그럼, 저기…… 응.”
따라서 할 말은 하나뿐이다.
“힘내!”
“그래.”
그렇게 말하고 그는 한 걸음, 두 걸음 창가에서 떨어졌다. 평소처럼 거침없는 난폭한 걸음.
“너도 얼른 자는 편이 좋다.”
그러나 그는 멈춰 서서 조금 생각하는 태도로 소치기 소녀를 보았다.

"밖에 나오지 마라. 삼촌 곁에 있어라."

그리고 어둠 속으로 사라지는 그의 등을, 소치기 소녀는 가만히 배웅했다.

쿠르릉. 또 울린 소리가 그와 함께 멀어졌다.

그것이 무엇인지 본 소치기 소녀는 키득 웃으며 창을 닫았다.

"정말로. 네 주인님은 가끔 별난 짓을 한다니까."

가볍게 새장을 손가락으로 찔러 흔들자 카나리아가 항의하듯 짹짹 울었다.

하지만 이번에는 안 들어준다.

삐친 마음으로 분풀이 절반, 들떠서 녹아 버린 고양감이 절반.

그럴 때가 아닌 기분이었지만 이 기분을 소중히 품고 오늘 밤은 침대에 누워야지.

이 마음을 이리저리 즐기는 것은 꿈속에서도 충분하다.

"그건 그렇고……."

드레스가 주름지지 않도록 벗어 개어 놓고 풍만한 몸을 침대에 눕혔다.

아마 그는 십중팔구 뭔가 하려는 거겠지만.

"……어째서, 나무통을 굴리고 있었을까?"

§

비는 점점 기세가 늘어나고, 바람이 베일 것처럼 휘몰아쳤다.

밤도 깊어지고, 시야는 먹칠을 한 것처럼 어둡고, 검고, 앞도 제대로 보이지 않았다.

이건 이미 폭풍이었다.

“어~이, 카미키리마루!”

그 속에 윤곽이 떠오른 건물 곁에서 드워프 도사가 소리를 질렀다.

“가마에 불을 지폈느니라!”

“그런가.”

고블린 슬레이어는 여태 굴려온 나무통을 세우고 고개를 끄덕였다.

건물— 목장 가장자리에 있는 작은 벽돌 오두막 굴뚝에서 아직 연기는 오르지 않았다.

“상황은 어떻지?”

“습기가 많지 않느냐? 그래도 술법을 쓴다면 금방이니라.”

드워프 도사가 수염을 매만지며 벙긋 웃었다.

그는 흙 같은 것에 연관된 술법을 많이 터득했지만, 애당초 드워프는 불과 궁합이 좋다.

샐러맨더(불 도마뱀)에게 말을 걸어 습기가 찬 장작에 불을 붙이는 것쯤은 간단한 일이다.

“바람은, 지금은 괜찮을 것 같아.”

엘프 궁수가 발치를 기어가던 거미를 슥 집어서 실을 뽑아, 주목나무 활의 현을 다시 얹고 있었다.

엘프의 무구는 모두 자연이 형태를 바꾼 것으로 만든다.

설령 정령을 사역하는 술법을 몰라도 엘프는 날 때부터 삼라만상과 함께였다.

그들 그녀들 입장에서는 「다른 종족이 둔감한 것뿐」이라고 하지만…….

탐색자로 한정한다면 엘프들 이상으로 적합한 종족이 없는 것도 사실이다.

그녀는 그 특징인 길다란 귀를 가볍게 쫑긋 흔들며 말했다.

"폭풍이 바로 위까지 와 있어……. 지금이라면 어느 쪽이든 이쪽이 바람 가는 방향. 순풍이네."

"좋아. 고블린 놈들은 어떻지?"

"다가오고 있어. 시간이 별로 없어."

"알았다. 서두르지."

고블린 슬레이어가 수긍하고 드워프 도사를 돌아보았다.

"만약을 위해서다. 술법에 여유가 있다면 바람의 기세를 늘려라."

"바람은 엘프의 영역이니라. ……그래도, 할 만큼은 해보마."

"부탁한다."

고블린 슬레이어의 요청에 응한 드워프 도사가 가방에서 부채 하나를 꺼냈다.

그것을 촥 펼치며 허공을 부치더니, 기묘하고 새된 노래를 읊조렸다.

"《바람의(실프) 처녀야, 처녀야. 입맞춤을 해다오. 우리들의 배에 행운을 위하여》."

이명처럼 휘이이이 불어 닥치는 폭풍 속에서, 그 바람은 볼을 쓰다듬는 것처럼 부드러웠다.

마술사가 용돈 벌이로 뱃머리를 맡을 때 쓰는 간소한 바람 부르기의 주문이었다.

"까놓고 그렇게까지 강력한 것이 아니니, 얼마나 될지는 모르겠느니라."

"드워프는 이렇다니까."

엘프 궁수가 키득키득 웃자 드워프 도사가 노려보았다.

"상관없다. 충분하다."

산들거리는 미풍을 등으로 받으며, 고블린 슬레이어는 하나씩 확인했다.

"《용아병(드래곤 투스 워리어)》은 어떻지?"

"벌써 준비는 됐다네."

리자드맨 승려는 작은 송곳니를 뿌린 대지를 가리키며 기묘한 손놀림으로 합장했다.

"《금룡(禽龍)의 선조인 뿔이며 발톱이여, 네 다리, 두 다리, 땅에 서서 달리라》."

낭랑하게 윈 기도를 받고서, 송곳니가 부글부글 거품을 내며 끓어오르더니 일어섰다.

직립하는 도마뱀의 뼈—《용아병》이 둘.

"흐흠."

리자드맨 승려는 《용아도(샤프 클로)》를 어깨에 지고서 말했다.

"아쉽지만 소승의 술법은 이것으로 끝이라네. 무구를 좀 빌릴 수 있겠는가?"

"상관없다."

고블린 슬레이어가 대답하면서 옆으로 쓰러뜨렸던 나무통을 일으켜 세웠다.

"저 헛간은 내가 빌렸다. 안에 있는 무기를 좋을 대로 써라."

"그렇다면 잠시 실례. 한둘쯤 마련해 오리다."

꼬리를 술술 흔들면서, 용아병과 리자드맨 승려가 헛간으로 향했다.

고블린 슬레이어는 그 동안에도 또 하나의 나무통을 세로로 돌려놨다.

알맹이가 꽉 들어차 있는지 무게도 상당했다.

힘을 주어 세로로 세우자, 그 충격으로 발치의 진흙이 철퍽 튀었다.

곁에 서 있는 여신관의 옷에 검은 얼룩이 점점이 흩어졌지만, 그녀는 신경 쓰는 기색이 없었다.

"고블린 슬레이어 씨, 춥지 않으세요?"

"너야말로 신경 써야겠다."

얇은 옷이 비에 젖어서 그녀의 가녀린 몸에 딱 달라붙어 버렸다.

미약하게 비치는 피부 때문에 수치를 느끼지 않는 건 아니지만, 여신관은 고개를 붕붕 옆으로 저었다.

"아뇨, 괜찮아요. 이 정도는 아무렇지도 않아요. 냉수 수행도 하니까요."

"……기적은 남아 있겠지?"

"네, 괜찮아요."

여신관이 기특하게 웃으며 대답했다.

본래 이 의상은 전투를 위한 것이고, 지모신에게 대지의 흙탕물은 꺼릴 것이 아니었다.

누군가를 위해서 하얗고 청결한 옷을 진흙으로 더럽히며 일하는 것이 그녀의 미덕이었다.

여신관은 플레일을 끌어안듯 쥐고 고개를 끄덕였다.

"아까 《사일런스》를 기도한 뒤, 조금 쉬었으니까 앞으로 두 번이라면 가능해요."

"알았다."

고블린 슬레이어는 검의 손잡이 끝으로 나무통의 뚜껑을 깨부수었다.

빠직 소리가 나면서, 빗속에 비릿한 냄새가 섞였다.

"우엑."

엘프 궁수가 얼굴을 찌푸렸지만 여신관은 주저 없이 통 속으로 손을 넣었다.

"시간도 없으니까 도울게요!"

"미안하다. 부탁하지."

"네."

"안에 넣어서 매달아라. 골고루다."

"알겠습니다!"

그녀가 쑥 꺼낸 것은 햇볕에 말린 생선 다발이었다.

그것을 두 손에 가득 끌어안더니 여신관이 가마로 달려가 안에 매달았다.

불을 떼고 있는 그곳은 따뜻하여 비를 맞는 것과 비교가 안 되었다.

그 모습을 지켜보는 고블린 슬레이어의 옆구리를 드워프 도사가 팔꿈치로 찔렀다.

"처녀는 몸이 따뜻해야 하는 법이니라."

드워프 도사가 다 안다는 태도로 말하자 엘프 궁수가 반론했다.

"잠깐, 그럼 나는 어떤데? 계속 비 맞고 있잖아."

“자칭 2천살은 입 다물거라. 그리고 엘프에게 비는 하늘의 은혜가 아니더냐?”

“엘프도 추운 건 싫어!”

시끌벅적. 평소와 같은, 두 사람의 투닥거리는 말다툼.

리자드맨 승려가 용아병에게 자루가 긴 곡괭이와 낫을 주고 돌아와 유쾌하게 눈을 돌렸다.

“허면…… 소귀 살해자 선생은 어떤 계획을 세우고 있는가?”

무엇보다 그것에 흥미가 있다. 그가 그렇게 말하듯 물었다.

고블린 슬레이어는 자신의 무구를 점검하고, 방패의 고정을 확인하며 고개를 끄덕였다.

“빤하다. 고블린 퇴치의 상투 수단이다.”

투구 상태를 고치고, 허리의 칼집에서 고블린에게 빼앗은 칼을 뽑았다.

가방에서 지저분한 천을 꺼내 칼날에 꼼꼼하게 비볐다.

그리고 그것을 칼집에 넣고는, 준비해둔 또 한 자루의 검을 오른손에 쥐었다.

지저분한 가죽 갑옷, 싸구려 철 투구, 어중간한 길이의 장검, 팔에는 원형 방패.

평소와 다름없는 모습으로 고블린 슬레이어가 당연하단 듯 말했다.

“놈들을, 연기로 꾀어낸다.”

저 너머, 다가오는 고블린— 그 수는 20인가, 30인가?

폭풍 속에서, 훈제 가마가 뭉게뭉게 검은 연기를 토해내기 시작했다.

§

고블린들에게 이 밤의 폭풍은 하늘의 은혜였을 것이다.

밤은 그들의 벗이며, 어둠은 그들의 아군이며, 우릉거리는 뇌명은 전쟁의 북소리.

대장이 되어 후방에 앉은 다크 엘프에게도 그것은 마찬가지다.

지저분한 가죽 옷, 비를 머금어 무거워진 외투. 허리엔 세검(細劍).

설령 피부가 어둠색이고, 귀가 뾰족하고, 머리가 은색이라도.

그 또한 일개 모험가라고 생각했을 것이다. 선량한 어둠 종족 또한 드물게 있는 법이다.

그 손에「하나의 팔」이 쥐어져 있지만 않았다면.

그것은 흉흉하면서도 정밀하고 치밀한 무늬가 새겨진, 촛대와 비슷한 조각상이었다.

어떤 장인이 만들었는지 당장이라도 무언가를 움켜쥐려는 듯 손가락을 벌리고 있었다.

게다가 그 팔은 번갯불을 받자, 생명을 가진 것처럼 번들거리는 빛을 내며 맥동하고 있었다.

질서에 속한 자의 손에 있어서 좋을 것이 없는 물건이었다.

"GOBOR!"

"GROBR!!"

"흠. 상관없다. 이대로 전진하여 유린하고 짓밟아라."

사랑스러울 정도로 어리석은 고블린 놈들이 외쳐대며 보고하자,

다크 엘프는 너그럽게 고개를 끄덕였다.

정말이지, 이놈들은 졸병으로서는 괜찮지만 그 이상은 도움이 안 된다.

물론 조잡한 무기와 방어구를 들려주고 앞으로 내세워, 질서에 속한 자들을 유린하는 데는 충분하다.

"전방에 모험가로 보이는 놈들이 있다고? 바보 놈. 그 정도로 겁을 먹다니."

여기는 모험가가 모이는 도시 중 하나다. 모험가가 없을 리 없었다.

그 때문에 축제의 밤을 노려서 일부러 습격을 하는 것이건만.

"……그러나, 일이 잘 풀릴, 것인지?"

혼돈의 신들이 내린 신탁을 의심하는 것은 아니었다.

헤카톤케일
—이 손에 있는 주물로, 고대의 백수거인(百手巨人)을 불러일으키라.

그것은 혼돈의 신들이 가졌다는 괴물의 책에 기재된, 무시무시한 거인 중 하나다.

과거에 신들이 처음에 전쟁 유희의 놀이말로 만들어낸, 싸우기 위한 존재.

수많은 팔에 깃든 권능을 종횡무진으로 휘둘러, 질서의 신들을 크게 타도했다고 들었다.

오오, 헤카톤케일! 헤카톤케일이여! 다크 엘프의 가슴이 벅차올랐다.

그의 행동은 언젠가 찾아올 혼돈의 승리를, 보다 확고하게 만들 것이다.

그 또한 신탁을 받은 뒤부터 계속 노력해왔다.

그러나, 어디선가, 무언가……. 책략에 틈이 있었다는 느낌이 들었다.

과연, 그것은 어째서일까? 원인이 뭘까?

동서북에 보낸 부대와 어째선지 연락을 할 수 없는 것?

도시 전체에서 혼란을 일으키려고 고용했던 부정한 모험가가 도무지 행동하지 않는 것?

혹은 산 제물로 쓰려고 고블린들이 잡아온 여자들을 차례차례 빼앗긴 것?

애당초, 이 주물을 손에 넣은 것 자체가 잘못된 것이—.

"……아니다!"

그런 자신의 불안을 날려버리듯 다크 엘프가 거칠게 외쳤다.

"주사위는 이미 던져졌다. 이제 일이 여기까지 이르렀으면 앞으로 나아가는 것 말고는 있을 수 없다!"

직접 거느리고 있는 고블린은 불과 30마리. 그러나 이것은 어디까지나 미끼에 지나지 않는다.

도시의 사방을 둘러싼 고블린 또한 미끼. 모두 모험가 놈들의 눈길을 끌기 위한 것이다.

진짜배기는 문자 그대로 그의 손안에 있었다.

헤카톤케일의 힘이 깃든 주물만 있으면 두려울 것이 없었다.

시간을 번다. 한 시, 한 초라도 낭비하지 않는다.

제물을 바친다. 한 사람이라도, 피 한 방울이라도 더.

헤카톤케일이 눈을 뜰 때까지.

"음……!"

엘프와 마찬가지로 날카로운 오감이 기이한 것을 느꼈다.

냄새였다.

코와 눈을 찌르는 것처럼, 비릿하고…… 부패한…… 아니, 이것은 바다의…… 소금의 냄새인가?

잡음을 지워버리는 비바람 속에서 미약한 빛조차 차단하는 검은 안개.

그것이 바람을 타고서 평야를, 전장을 뒤덮으며 떠돌고 있었다.

"연막…… 아니, 독 연기로군?!"

다크 엘프는 반사적으로 입가를 가리고 신음했지만, 유감스럽게도 고블린들은 그렇게 영리하지 못했다.

연기에 휩싸인 고블린들이 입을 모아 비명을 지르고, 눈물을 뚝뚝 흘리며 발광을 했다.

"치, 이잇! 이놈들, 모험가 주제에 이런 짓을……!"

다크 엘프가 무심코 흥분하여 입에서 분노를 뱉어낸 것도 무리는 아니다.

이것은…… 이것은 법과 질서에 속한 놈들이 취하는 전술 같지 않았다.

그러나 그것으로 끝나지 않았다.

암운 속에서 하얀 해골 병사가 뛰쳐나와, 고블린 놈들을 휩쓸었다.

§

"함정은 없다고 하지 않았더냐? 응? 카미키리마루."

"함정은 없고말고."

고블린 놈들이 문자 그대로 볏단처럼 수확되는 것을 내려다보며, 고블린 슬레이어가 말했다.

"그러나 수가 없다고 하진 않았다."

"어이."

"방법은 있다. 언제든지. 얼마든지."

"어이."

전장에서는 용아병이 맹위를 떨치고 있었다.

애당초 뼈다귀였다. 눈도 없고, 코도 없다. 호흡도 하지 않는다.

말린 생선을 이용한 연막 따위 용아병에게는 아무런 장애도 되지 않았다.

고블린이 연기 속에서 기침을 하며 영문도 모른 채 무기를 휘둘러 댔다.

그에 비하면 말 없는 화석 전사들은 압도적이지 않은가!

낫을 한 번 휘두르면 목이 날아가고, 곡괭이로 한 번 치면 팔이 날아간다.

연기의 악취에 더해서 고블린 놈들의 체취. 피비린내까지 한데 섞인 전장의 공기.

그것은 이미 지옥의 냄새라고 해도 될 만큼 쉿내로 가득해졌다.

"……그러게."

엘프 궁수가 얼굴을 찌푸리고, 얇은 천을 입가에 둘러서 가리며 불평했다.

"이럴 때는 반드시 무슨 짓을 저지르는 게 오르크볼그잖아."

그렇기 때문에 이 파티의 리더는 그였다.

경험이라면 그녀(라고 엘프 궁수는 주장한다), 냉정침착함이라면 리자드맨 승려일 것이다.

그러나, 전투에 한정해서 예측 불가능한 수많은 전술을 가진 것은—.

"하지만 이거, 모험에서는 사용 금지야. 쓰면 화낼 거야."

"안 되나?"

"당연히 안 되지."

"……그런가."

어쩐지 풀이 죽은 대답에 여신관이 키득 웃었다.

"그렇게 유감인가요?"

"다수를 상대할 때 진군 속도를 늦추는 책략은 유효하다."

고블린 슬레이어는 담담하게 설명하고서 고개를 끄덕였다.

"탐구한다, 조사한다, 불안해진다, 다음을 의심한다. 손속임과 마찬가지다."

"그건 좀, 다른 것 같기도 한데요……?"

여신관이 대답하고서, 문득 무언가를 느끼고 시선을 전장에 돌렸다. 눈을 크게 떴다.

"아……!"

그녀가 몸을 부르르 떨며 외치고는 파티 앞으로 삭, 뛰쳐나왔다.

다른 누군가가 말릴 틈도 없이 그녀는 플레일을 들고 소리를 높였다.

"《자비 깊은 지모신이여, 부디 나약한 우리들을 대지의 힘으로 지켜주소서》!"

신들에게 기적을 탄원한다. 자비 깊은 여신은 그녀가 들어 올린 플레일을 중심으로 보이지 않는 결계를 내렸다.

그 찰나, 호응하듯 전장에 울리는 낭랑한 고대의 언어.

"《오무니스(만물)…… 노두스(결속)…… 리베로(해방)……》!!"

뿜어져 나오는 백색의 빛. 백 줄기의 빛. 검은 빗속, 모든 것을 뒤덮어 덧칠하는 백색.

그것이 전장을 꿰뚫어, 안개를 떨치며 용아병을 쳐부쉈다.

하얀 뼈를 흩뿌리며 무너지는 두 병사.

빛은 더욱이 전장을 지나 고블린 놈들까지 한꺼번에 먼지로 바꾸면서 나아가—.

"크, 으으……윽!"

—파앙. 터지는 소리를 내며 보이지 않는 방벽을 부수고는 소멸했다.

끓어오르는 대기가 비에 더욱 기이한 냄새를 쏟아 부으며 휘몰아쳤다.

여신관은 그 정신적 충격의 여파를 흘려내지 못하고 비틀거리며 무릎을 짚었다.

고블린 슬레이어는 방패를 고정한 왼손으로 여신관을 휙 끌어당겼다.

"죄, 죄송합니다……."

"부상을 입었나?"

"아, 아뇨, 몸은, 괜찮아요……."

여신관은 핏기가 가신 얼굴로 입술을 깨물었다. 분한 기색이었다.

“저기…… 기적은, 앞으로 한 번밖에…….”

“아니.”

고블린 슬레이어가 고개를 옆으로 저었다.

“충분하다.”

이미 전장을 뒤덮었던 암운이 걷히고, 타올라서 소멸했다.

고블린 놈들이 혼란상태에서 회복할 때까지 틈도 거의 없었다.

—용아병이 예상보다 빨리 당했군.

고블린 슬레이어는 머릿속에서 재빨리 계획을 수정했다.

애당초 고블린 놈들이 더욱 소모되어 수가 줄어들면 돌격할 심산이었다.

비장의 수라고 할 정도는 아니었지만, 고블린이 아닌 상대에게 쓰려고 준비한 것도 있었다.

그러나 뒤에는 목장이 있다. 여기서 몰살시켜야 한다. 한 마리도 뒤로 보낼 수 없다.

—늘 있는 일이다.

“어찌 보나?”

“저건 《디스인티그레이트(분해)》 술법이로구나.”

하얀 수염을 매만지고 촉매가 든 가방을 뒤지던 드워프 도사가 대답했다.

“위험한 주문이다만…… 연발은 못할 게다.”

“그러나 묘한 일이로군.”

리자드맨 승려는 방심하지 않고 몸을 숙여 수풀을 엄폐물 삼으면서 사려 깊게 말했다.

"상대 술자가 대포 역할을 한다 쳐도, 고블린을 이렇게 분산시킬 필요가 있겠나?"

"달리 노림수가 있군."

고블린 슬레이어가 낮게 말했다.

머리 위에서 암운이 회오리치며, 비바람이 가차 없이 불어 닥쳤다.

불길한 예감이 들었다. 고블린 놈들이 등 뒤에 숨어 다가올 때와 같은 감각이었다.

"시간을 줄 필요는 없겠지."

"과거의 격언처럼, 함정은 빠져도 짓밟아 부수면 되는 법이라."

리자드맨 승려가 말을 이으며 꼬리를 휘둘렀다.

"정면으로 돌진하여 단숨에 책략을 짓밟는 것이 좋은 수라 생각하네만, 어떤가?"

"찬성이다."

고블린 슬레이어가 짧게 대답하더니 여신관에게 투구를 빙글 돌렸다.

여신관은 땀과 진흙과 비로 지저분한 얼굴을 쓱 닦고서 그를 올려다보았다.

그의 투구도 비에 젖고 피와 진흙으로 더러웠으며, 그 안에 있는 표정은 알 수 없었다.

"네가 핵심이다. 부탁한다."

그러나 그가 똑바로 바라본 것 같아서 여신관은 눈을 깜빡였다.

그저 그것만으로, 신앙심이 샘솟기에는 충분하고도 남았다.

그가. 고블린 슬레이어가. 이, 못 말리는 괴팍한 사람이.

—부탁한다. 라고, 말했으니까.

"……네!"

"좋아. 모두 작전은 파악했겠지. 아까 말했던 그대로다."

고블린 슬레이어가 검을 들고 방패를 내밀며 한 걸음 앞으로 나섰다.

리자드맨 승려가 그 옆에 서서 송곳니 소도를 들고 꼬리를 치켜세웠다.

엘프 궁수가 후방에서 조준을 맞춰 화살을 메기고 활을 당겼다.

드워프 도사가 두 손에 촉매를 움켜쥐고 주문을 외기 시작했다.

여신관은 성스러운 플레일에 매달리듯 천상의 신들에게 기도를 바쳤다.

"간다."

그리고, 싸움이 시작되었다.

§

먼저 희생된 것은 연막에서 기다시피 도망쳐 나온 한 마리였다.

덤벼드는 자의 기척에 고개를 갸웃거린 고블린은 칼날에 목을 베이고 땅에 쓰러졌다.

"GROORB?!"

고블린 슬레이어는 간신히 이어져 있는 그 머리를 짓밟아 부수고, 앞으로.

근처에 있는 한 마리를 왼쪽 원형 방패로 밀쳐 후방으로 흘리고, 덤벼드는 한 마리의 목을 찔렀다.

“둘.”

검을 놓고 쓰러지는 시체를 걷어차면서, 허리띠에 있는 손도끼를 빼앗아 돌아보자마자 일섬.

방패에 맞아 비틀거리던 한 마리의 등을 때려 연수와 숨통을 함께 끊었다.

“셋.”

도끼를 고블린 무리에게 아무렇게나 던지고, 시체에서 단창을 줍더니 등 뒤를 돌아보지 않고 앞으로 나섰다.

“이대로 나아간다. 가지.”

“알겠네!”

리자드맨 승려가 대답과 동시에 꼬리를 흔들며 뛰어 올랐다.

그는 손에 든 하얀 송곳니 칼을 크게 휘둘러 넓은 범위를 한꺼번에 베었다.

“보소서! 무시무시한 용이여, 나의 선조여, 보소서! 오늘 밤은 연회로소이다!”

“GOROR?!”

빗방울이 튀기고, 피가 솟고, 살이 흩어졌다. 포효가 울리고 절규가 울렸다.

고블린 놈들은 본래 겁이 많은 존재다. 그 때문에 교활한 것이다.

자신이 죽는 것이 싫으니까 동료를 방패로 삼는다.

동료가 죽는 것을 용서할 수 없으니 무리를 짜서 유린한다.

그리고 상대가 나쁜 거니까 얼마든지 괴롭혀도 상관없는 것이다.

보아라. 적은 불과 두 사람이다. 이쪽이 다소 죽어도 수는 아직 이쪽이 많다.

그리고 비와, 방금 전까지 풍기던 고약한 냄새에 섞여서 풍기는 향은, 봐라.

젊은 아가씨다. 엘프다. 여자의 향기다.

상관할 것 없다. 해치워라.

"GOBBRO!!"

"GROBB!!"

고블린들의 혼란이 분노로, 그리고 욕망으로 바뀌는 것은 찰나였다.

그들은 각자의 손에 잡다한 무기를 잡고, 달려오는 고블린 슬레이어를 막으려 했다.

혹은 창 숲을 만들어, 날뛰는 리자드맨 승려를 둘러싸 찔러 죽이려고 했다.

눈썰미가 좋은 놈은 흉악한 그 놈들의 상대를 동료에게 맡기고 후방에 달려가려고 했다.

그러나 고블린 슬레이어가 고블린의 행동을 읽지 못할 리 없었다.

"《검은 파리(파주주)의 왕이여, 태양의 자식이여. 두려움을 거느리고 바람을 타고 오소서》!"

드높은 소리로 울린 뿔피리 소리에 고블린 놈들이 모두 몸을 떨었다.

우와아앙. 낮게 으르렁대는 기이한 선율과 함께, 고블린 놈들은 보았다.

지평선 너머에서 자신들을 향해 날아오는 칠흑의 파도. 검은 폭풍. 송곳니를 드러낸, 역겹고 압도적인 벌레 무리를.

"GORRBGGOOG?!?!"

"GORGO?!"

그것이 **환각**인 것도 모른 채, 고블린 놈들은 얼굴에 피부에 들러붙어 깨무는 벌레를 떨쳐냈다.

공포란 이 세상에서 가장 원시적인 감정이었다.

때문에 고블린들은 가차 없이 그것에 지배되어 비명을 지르며 도망치려고 했다.

무기를 내던지고, 뿔뿔이, 흐트러져서, 사방으로.

그러나 그것을 용납할 리 없었다.

"《흙(노움)의 정령, 물(운디네)의 정령, 근사한 잠자리를 마련해 주거라》!"

그들은 함정(스네어(Snare))에 빠졌다.

달려가려던 고블린이 차례차례 발이 빠져 꼴사납게 넘어졌다. 끈적하게 들러붙는 진흙이 높게 튀었다.

"GORBO?!"

"GBORBB?!"

발버둥쳐봤자 그리 쉽사리 일어설 수는 없었다.

그렇게 생겨난 늪 속에서 리자드맨 승려는 개의치 않고 날뛰었다.

손톱, 손톱, 송곳니, 꼬리. 리자드맨 승려가 4연속 공격으로 고블린 무리를 휩쓸면서 날뛰었다.

"오오! 내 몸에 이어진 나선의 선조들이여. 이 용맹을 받아 주소서!"

애당초 리자드맨은 밀림 습지에서 나타난 자들이다. 이 정도의 늪은 별 것도 아니다.

고블린을 쓱쓱 베어낸 리자드맨 승려가 긴 목을 치켜들고 부르짖었다.

"가시게, 소귀 살해자 선생!"

"그래."

그 옆을 **잘 정비된 신발**을 신은 고블린 슬레이어가 돌파했다.

쓰러진 고블린의 등을 창으로 찔러서 한 마리. 그 고블린의 검을 주워 투척으로 두 마리.

방패를 내밀어 돌진하여 시체와 함께 몇 마리를 쓰러뜨렸다. 시체를 짓밟아 찔렀던 검을 뽑아 세 마리.

가는 길을 가로막은 고블린의 머리에 검을 때려 박아 네 마리. 꽂힌 검을 놓고서 시체를 걷어차 곤봉을 빼앗았다.

담담하고 정확하게, 필요최소한의 움직임으로 최대한의 효과를 노린다. 그는 착실하게 적진을 무너뜨리고 있었다.

"거참, 카미키리마루 녀석. 잘도 날뛰는구먼."

후방— 뿔 피리와 점토를 손에 든 드워프 도사가 말하며 웃었다. 저 남자는 정말이지.

"하긴, 내가 없었다면 이렇게 잘 풀리지는 않았을 게다만—."

『늪을 만들어라.』

고블린 슬레이어는 그렇게 말했다.

『놈들을 놓치지 마라.』

라고도 했다.

과연 분명히 상황은 딱 좋았다. 비가 내리고 땅은 미끄러웠다. 그래서―.

『그렇다면.』

드워프 도사가 말해주었다.

『좋은 술법이 있느니라.』

《피어(공포)》에서 이어지는 《스네어》. 야외이기 때문에 고블린은 도망칠 수 없었다.

아낌없는 주문 2영창. 촉매도 기운도 쭈욱 써버리기는 했다만…….

"봐라. 이제는 네가 일을 할 차례구나, 길쭉귀 처녀."

드워프 도사가 마음 편한 태도로 어깨를 툭 두드리자, 엘프 궁수가 불쾌한 듯 귀를 흔들었다.

"잠깐, 건드리지 마. 조준이 어긋나잖아."

"바보로구나. 이렇게 우글거리면 노리지 않아도 맞지 않느냐?"

"정말이지, 드워프는 이렇게 대충이라니까……. 조준하니까 맞는 거야."

스읍. 숨을 들이쉬고, 하아. 짧게 내뱉었다. 엘프에게 사격이란 호흡하는 것과 마찬가지.

그녀가 무박자로 손가락을 놓는 것과 동시에 당연한 결과로 화살이 빗줄기 사이로 날아갔다.

세상에서 엘프의 사격 기량을 웃도는 자는 신들밖에 없으리라.

엘프 궁수는 그야말로 신화시대부터 혈맥이 이어지는 하이 엘프였다.

하물며, 상대는 진흙에 붙들려 꼼짝도 못하는 고블린들이다.

조준 안 해도 맞는다. 맞는 말이다. 그러나 엘프 궁수는 봐주지 않았다.

왜냐하면— 저 오르크볼그가 「모험에 간다」는 것에 동의했다!

이것을 놓칠 수는 없다. 놓칠 리 없다.

"의뢰는 확실하게 수행하는 게, 모험가잖아!"

그녀는 빗속에서 나무 눈 화살의 비를 뿌렸다.

화살처럼 달리는 고블린 슬레이어에게 스치지도 않는 것은 우연이 아니라 필연이었다.

그가 노리는 것은 단 한 점, 후방에 진을 치고 있는 적의 우두머리.

그렇기에—.

"으, 크윽!"

다크 엘프가 이를 갈았다.

30의 고블린 방패가 돌파 당하고 벌써 지근거리. 주문 영창도 집중도 늦는다.

한 순간 부를까 생각했지만 고블린 놈들은 믿음직스럽지 않다.

믿을 것은 이것뿐. 다크 엘프는 허리의 세검을 집고 칼집은 떨쳐냈다.

"이놈, 흡!"

은광이 아닌가 착각할 정도로 눈으로 쫓기도 힘든 찌르기였다.

고블린 슬레이어는 들어 올린 원형 방패로 그것을 막았다. 방패는 이 때문에 있다. 때리는 건 부가적인 용도다.

그는 왼손에 쥔 곤봉을 주저 없이 옆으로 휘둘렀다. 목을 노려서 경추나 두개골을 부수기 위해서.

그러나 다크 엘프의 동체시력은 엘프와 동등, 다시 말해서 인간의 수준을 벗어났다.

진흙에도 끄떡없고, 공포의 환영도 두려울 것 없다. 다크 엘프는 물보라를 촤악 일으키며 뒤로 뛰었다.

고블린 슬레이어의 곤봉은 닿지 않았다.

"치잇. 설마 내 계획을 꿰뚫어보는 자가 이 도시에 있을 줄이야……."

"……고블린은 아닌 모양이군."

거리를 벌린 고블린 슬레이어와 다크 엘프. 두 사람은 조금씩 움직이며 간격을 파악했다.

무기의 차이를 따지면 다크 엘프의 검이 곤봉보다 뛰어난 것은 명백했다.

다크 엘프는 여유를 드러내며 상대에게 물었다.

"네놈, 정체가 뭐냐?"

"……."

"이 도시에 있는 것은 모두 은 등급까지라고 들었다만……. 제3위가 고블린의 곤봉을 쓸 것 같지는 않군."

"네가 두목인가."

고블린 슬레이어는 대답 않고 물었다. 담담하게. 평소처럼.

"그렇고말고."

다크 엘프가 살짝 짜증을 드러내면서 대답했다. 가슴을 펴고 입꼬리를 씨익 끌어 올렸다.

"내가 바로 혼돈의 신들에게 신탁을 받은, 무질서의 사도다!"

오른손에는 세검. 왼손에는 주구. 몸을 낮춘 자세를 유지하며 다크 엘프가 소리 높여 외쳤다.

"더욱이 사방의 고블린군을 이끌고 있다. 네놈들, 편히 열반에 들 수 있으리라고……."

"네가 뭔지는 모른다. 흥미도 없다."

고블린 슬레이어는 그 말을 한 조각의 자비도 없이 끊어 버리고 짓밟았다.

"네 말을 들어보니 달리 고블린을 복병으로 삼은 건 아닌가 보군."

고블린 슬레이어는 깊고 깊은 한숨을 내쉬었다.

"……고블린 로드가 훨씬 더 까다로웠다."

"——."

다크 엘프가, 그 의미를 이해할 때까지는 한 박자가 걸렸다.

"이, 이노오오옴!!"

그 민첩한 발끝이 흙탕물에 기하학적이며 단련된 걸음을 좌라락 새겼다.

불가사의한 발놀림으로 펼치는 섬광 같은 찌르기.

미약하게 반짝이는 인광(燐光)은 마력의 증거. 마법의 무기— 마검. 딱히 드물지도 않다.

고블린 슬레이어는 방패로 때려서 칼끝을 비껴내고자 했다.

세검이 아무런 특색 없는 방패 표면을 긁으며 바깥으로 빠진다.

—아니.

"음……!"

고블린 슬레이어가 신음했다.

세검의 가는 칼끝이 휘어지며, 우회하듯 어깨 보호대의 연결부분을 파고들어 사슬 갑옷의 눈을 꿰뚫었다.

고블린 슬레이어의 왼쪽 어깨에서 피가 떨어졌다. 무기가 뛰어날 뿐 아니라, 사용자의 격도 높았다.

"하하앗! 둔하구나, 흄!"

그러나 놀랄 일은 아니었다. 적은 《디스인티그레이트》 술법마저 사용하는 고위의 실력자였다.

하물며 엘프, 다크 엘프와 흄은 바탕이 되는 신체능력도 다르다.

흄이 온갖 방면에서 특별히 내새울 부분이 없는 이상, 민첩성에서 다크 엘프를 이기기는 어렵다.

하물며 십, 백, 천. 그 세월 동안 경험을 쌓은 자라면…….

다크 엘프의 눈, 손, 기술 앞에서 어중간한 방어구는 큰 의미가 없었다.

"과연. 우두머리라면 수를 아낄 것 없겠군."

물론 고블린 슬레이어에겐 아무래도 좋은 일이었다.

치명상은 아니다. 어깨의 움직임이 저해될 정도로 큰 상처도 아니다. 독도 아니다.

따라서 그는 평소와 마찬가지로 냉정하게 자신의 부상을 판단하고 전투 속행을 결단했다.

"과연…… 계속할 셈인가? 지저분한 흄 놈."

"……."

"좋다. 그러면 **우리들**이 고블린만 못한지 아닌지 똑똑히 보도록 해라!!"

무언가 혼잣말을 한 다크 엘프는 왼손에 쥔 주구를 높이 들어올렸다.

"《오오, 커다란 팔의 군왕, 폭풍의 태자! 불어라 바람! 부르라 폭풍! 내게 힘을 내리소서!!》"

그러자마자 이변이 일어났다.

다크 엘프의 온몸에서 우득우득 기이한 소리가 울려 퍼지나 싶더니, 그 몸이 꼬이고 부풀어 올랐다.

이윽고 안쪽에서부터 터지듯 다크 엘프의 등에서 **그것**이 나타났다.

팔이었다.

흉흉하고 기이하게 이어진 골격에 핏줄이 드러난 근육이 얽힌 팔.

그것이 모두 합쳐 다섯— 본래 가진 팔과 합쳐서 일곱.

"……음."

"흐, 흐흐, 흐. 할 말을 잊은 모양이군, 모험자 놈들!"

마치 거미나 게처럼 팔이 꿈틀거리는 기이한 모습은 저 너머에서도 확실하게 보였다.

이제 저것을 다크 엘프라고 부를 수는 없었다.

신들림에 눈이 충혈 되고, 전능의 말단에 닿은 흥분으로 소리를 지르며 목청을 긁어댔다.

쿵. 거체를 움직이듯 몸을 내민 다크 엘프가 고블린 슬레이어를 공격했다.

다음 순간, 묵직한 소리가 나며 대지에서 진흙이 분수처럼 튀었다.

"저게 뭐야!"

엘프 궁수가 소리 지르며 화살을 메기고, 덤벼드는 고블린 한 마리의 눈구멍을 쏘아 뇌까지 꿰뚫었다.

"어, 다크 엘프는 등에서 팔이 돋는 거야?!"

"그럴 리가 있느냐!"

대답한 드워프 도사도 이미 손도끼를 뽑아 단단히 대비하며 고블린에 맞서고 있었다.

용아병과 전위들이 활약한 덕분에 녀석들은 상당히 줄었다. 전선이 붕괴하지 않는다면 지지는 않으리라.

"저것은, 뭔지는 모르겠다만 마술이나 요술 같은 것이구나. 아무리 봐도 제대로 된 술법은 아니니라!"

"그러나 두려워할 필요는 없을 걸세."

나머지 한 명. 꼬리를 흔들거리는 리자드맨 승려가 어쩐지 승리를 뽐내며 말했다.

"고작해야 돌연변이. 소귀 살해자 선생에겐 여태 쌓아온 것들이 있지 않은가."

때문에 리자드맨 승려는 자신의 역할을 다하기 위해 포효를 지르고 고블린들에게 덤벼들었다.

§

7개의 팔이 펼치는 맹공을 상대로, 고블린 슬레이어는 용케 버티고 있다고 할 수 있었다.

왼쪽 공격을 방패로 버티고, 곤봉으로 두드린다. 상하좌우에서 팔이 쏟아지는 것을 피하고 무릎을 짚었다.

머리 위에서 쏟아지는 망치 같은 주먹.

일어서면서 이번에는 앞으로 뛰어 구르며 다크 엘프의 품으로 과감히 뛰어들었다.

"……윽!"

그러나 아래쪽에서 파고들며 찌르는 검 끝을 다크 엘프가 도약하여 피했다.

흙바닥을 팔로 두들겨 도약하자 그 움직임이 날아다니는 것과 다름없었다.

"뭘 하느냐, 흄! 그 검으로는 거리를 좁히지 않으면 닿지 않는다!"

단숨에 간격을 벌렸으니 고블린 슬레이어도 앞으로 나서는 수밖에 없다.

다섯이나 되는 거대한 팔을 등지고 있음에도 다크 엘프는 끄떡도 않고 적을 기다렸다.

밸런스를 잃지 않고 태연하게 서 있는 모습이 오히려 기이할 정도로 밸런스가 안 맞아 보였다.

"하지만, 커다래서 노릴 곳도 많아……!"

1대 1은 불리하다. 그렇다면 동료가 가세하면 어떨까?

근처의 고블린을 대강 처치한 엘프 궁수가 무릎을 세우고 앉아 대궁을 당겼다.

흐르는 듯한 동작으로 화살통에서 뽑아낸 화살을 활에 메기고, 당기고, 쏘았다.

필중, 필살. 빗방울조차 건드리지 않고 공중을 날아간 나무 눈 촉이, 다크 엘프의 이마를—.

"……윽!"

—꿰뚫기 직전. 느닷없이 흐릿하게 나타난 거대한 하얀 손이 움켜쥐었다.

휘몰아치는 구름 같은. 거대한 돌기둥 같은. 핏줄이 섰고 융기된, 흉흉한 손.

살짝 희미하게 보이는 그것은 문자 그대로 나뭇가지를 꺾는 것처럼 화살을 쥐어 부수고 사라졌다.

씨익 웃음 짓는 다크 엘프가 자신의 왼손에 들고 있던 주물을 높이 들어올렸다.

총대장이 아무런 방비도 없이 최전선에 나올 리 없었다.

"화살 막이의 가호……?!"

엘프 궁수가 비명처럼, 전율에 떨리는 목소리를 냈다.

머나먼 고대, 질서와 법의 신들이 다툴 때 전장에 보냈다는 거인.

그 팔 — 그 소환의 촉매가 될 수 있는 — 주물. 다크 엘프가 왼손에 쥔 저 조각상.

"이럴 수가."

드워프 도사가 얼굴을 찌푸리며 이마를 딱 쳤다.

"저건 소환사(서머너)로구나!"

신화시대의 괴물, 그 권능의 말단이라도 끌어낼 수 있다면 역량은 동이나 은, 혹여나 그 이상이다.

제대로 된 소환술하고는 거리가 먼 사악한 기술이라지만, 묘하게 자신이 넘치는 태도도 납득이 갔다.

저 다크 엘프에게 고블린은커녕 아마도 자신조차 진짜 목적이 아니었다.

머리 위에서 꿈틀대는 암운을 보라. 도시를 덮치려는 폭풍을 보라. 뇌명. 바람. 빗방울.

그것들 모두가 헤카톤케일이 또 다시 땅에 내려오려는 조짐이라면……!

마지막 고블린의 목을 떨어뜨리고 진흙투성이로 달려오는 리자드맨 승려.

"화살 막이란 것은, 투사(投射) 도구 같은 것은 통하지 않는다는 것인가?"

"나도 자세하게는 모르지만……."

엘프 궁수는 그를 보며 불안스레 긴 귀를 떨고서, 믿기 어렵다는 손놀림으로 다음 화살을 집었다.

"……어렸을 때 할아버지한테 들었는데, 화살을 아무리 쏴도 막아냈었대……."

그것이 흄의 노옹이 하는 말이었다면 어지간히 거창하게 부풀린 이야기라고 정리할 수도 있을 것이다.

그러나 신화시대의 싸움에서 살아남은 엘프 노병이 한 말이었다.

**화살이 안 맞는다.**

"거 참. 엘프 녀석들은 까딱하면 실제로 체험을 했으니 말이다……."

낙관적으로 해석하는 것조차 용납되지 않자 드워프 도사가 혀를 찼다.

그리고는 엄지손가락을 세워 기이한 다크 엘프까지의 거리가 어느 정도나 되는지 가늠해본다. ―지금은 아직 아슬아슬하게 사정거리 안쪽이다.

그러나 《스톤 블래스트(돌 탄환)》로는 까딱하면 고블린 슬레이어도 맞을 수 있었다.

그리고 설령 맞췄다고 해도, 저 거인의 팔에 얼마나 타격을 줄 수 있을까……?

“호오?”

한편 다크 엘프는 눈을 홉떴다.

고블린 슬레이어가 손에 쥐고 있던 곤봉을 버리고 허리에 차고있던 검을 뽑은 것이다.

진흙 속을 달려 다닌 탓인지, 어중간한 장검이 지독하게 지저분해 보였다.

그러나 고블린 슬레이어는 허리를 깊게 낮추고 손목을 한 번 빙글 돌렸다.

“무기를 바꿨다고 해서 나를 당해낼 수 있다고 생각하나?”

“아니다.”

고블린 슬레이어는 호흡을 정돈하고, 칼끝을 다크 엘프에게 향하며 낮은 목소리로 말했다.

“너를 죽일 생각이다.”

“지껄여라!”

포효한 다크 엘프의 팔이 기이할 정도로 쭉 뻗어서 고블린 슬레이어를 공격했다.

그 미약한 틈을 찔러 고블린 슬레이어가 앞으로 뛰쳐나갔다.

맞서는 다크 엘프의 오른손에는 날카로운 세검이 쥐어져있다. 어느 정도 형식은 있지만, 제대로 다루기 위해서는 무엇보다 반사신경이 중요한 무기.

“몸을 던져 돌진이냐? 안 당는다!”

휭. 번뜩이며 짓쳐드는 은광을 고블린 슬레이어가 간신히 방패로 막았다.

가죽 원형 방패는 몇 번이나 파헤치고 뚫려서 별로 도움이 안 되어가고 있었다.

그래도 고블린 슬레이어는 상관 않고 더더욱 간격을 좁혀 검을 휘둘렀다.

세검을 당기는 동작에 맞춰 뛰어오른 다크 엘프를 쫓아 칼끝을 뻗는다.

찌익. 소리를 내면서 다크 엘프의 옷이 약간 찢어졌다. 그러나— 그뿐이었다.

"하하하하하핫!! 나를 상대하기에는 **팔**이 부족하군!"

그의 기량으로는 다크 엘프에게 닿지 않는다.

첨벙. 성대하게 진흙탕 물을 튀기며 착지한 다크 엘프는 승리를 뽐내며 소리를 높였다.

"얼추, 제5위의 홍옥— 아니, 제6위의 취옥 정도로 보인다!"

"아니."

고블린 슬레이어는 고개를 옆으로 저었다.

"그 녀석은 **흑요 등급**이다.

그렇다. 그의 기량으로는, 안 닿는다.

"《자비 깊은 지모신이여, 어둠 속 길 잃은 우리들에게 성스러운 빛을 베푸소서》!"

청량한 기도의 목소리는 그야말로 천상의 신들에게까지 닿는 것이었다.

오늘 밤 이때, 지모신의 총애를 한 몸에 받는 사랑스런 소녀의 기도가 기적을 일으키지 않을 리 없었다.

들어올린 플레일에서 뿜어져 나온 것은, 틀림없는《홀리 라이트(성스러운 빛)》다.

폭풍 속에서 빛나는 태양 같은 빛에 노출되자, 다크 엘프는 소리 없는 비명을 지르며 몸을 젖혔다.

암흑의 비에 휩싸인 밤에 익숙해진 눈은 태양에 노출된 것처럼 격통을 느낄 것이다.

여신관은 이미 말없이도 고블린 슬레이어와 연계를 할 수 있었다.

파티에게 고블린 상대를 맡기고, 고블린 슬레이어가 우두머리를 끌어들인다. 그리고—.

—요체는 너다. 부탁한다.

그 사람이 그렇게 말하고, 나를 의지해준다면.

그녀가 고블린의 군세 속에서, 고블린 슬레이어가 뚫어놓은 길을 필사적으로 달려오는 것도 당연한 일이다.

그리고 지금, 고블린 슬레이어는 빛을 등진 채 어둠 속을 돌진했다.

그의 등 뒤에서 비와 진흙과 땀투성이가 된, 그러나 결의와 함께 빛을 들어올린 여신관은 참으로 아름다웠다.

그것은 신의 빛을 받았기 때문이 아니다. 성스러운 옷을 입었기 때문도 아니다.

그저 오롯이, 누군가를 위해서 천상의 신들 곁에까지 기도를 바칠 수 있기 때문이었다.

의심하지 않는다. 흔들리지 않는다. 겁먹으면서도, 두려움에 떨면서도, 그래도 플레일을 들고서.

"고블린 슬레이어 씨이!!"

날카로운 기합도 없이, 거친 외침도 없이, 고블린 슬레이어의 검이 달렸다.

들어올리고, 발을 디디고, 노려서, 휘둘러, 벤다.

단순하고 우직하며, 내세울 만한 부분은 무엇 하나 없는, 그저—그저 공격.

"아, 큭?!"

그러나, 닿았다.

다크 엘프의 옷이 찢어지고 피가 튀었다. 얕다. 그러나 닿았다. 그걸로 충분하다.

"크, 이, 이노오옴!!"

세검을 떨어뜨린 손으로 가슴을 누르며 외치고 또 다시 후방으로 뛰어 피하는 다크 엘프.

활은 애당초 두려울 것 없었고, 검과 마법도 닿지 않는 곳.

가슴을 파헤친 일격으로 다크 엘프의 긍지는 더욱 깊게 상해버렸다.

—이러한 꼴사나운 놈이 이끄는 파티에, 어째서 이렇게 고전을 해야 하는가?!

"이렇게 되면, 거인의 위엄으로 도시를 멸망시키는 것으로만 끝내지 않으리라……!"

그의 눈에 살의가 번득였다. 엘프가 고고하며 조화를 바라는 것에 비해, 다크 엘프는 오만하며 잔혹함을 벗으로 삼는다.

"네놈들 모두, 고블린의 먹이다. 엘프와 그 계집은 팔다리를 잘라내고, 죽을 때까지, 소굴 속에……!"

혀가 돌아가지 않는 것은 분노가 과해서라고, 다크 엘프는 생각했다.

진흙 속에 풀썩 한쪽 무릎이 잠겼다. 철퍽 진흙이 튀었다.

"아, 가…………악. 크…………음……?"

그 어두운 얼굴이 고통에 일그러졌다. 등에 돋아난 다섯 팔이 진흙을 긁어대며 일어서려고 열심히 발버둥쳤다.

갑자기 힘이 빠진 것은 소환 탓일까? 설마 그럴 리가. 힘이 솟아오르지 않았는가?

그렇다면 상처 탓이란 건가— 상처 탓?

—아니다.

"독이다."

고블린 슬레이어가 허리의 가방에서 꺼낸 누더기 천을 던졌다.

그것은 길드에서 그와 접수원을 공격한 자객의 다트를 감쌌던 것이었다.

고블린 슬레이어는 칼날에 바른 독이 어떤 독인지 몰랐지만…….

"이, 노옴…… 이놈, 이놈, 이노오오옴!!"

적에게 시험해 볼 거라면 독이라는 걸 알기만 해도 충분하다.

다크 엘프의 손가락 사이로 토해낸 피가 스며 나오고 점점 흘러넘쳤다.

타오르는 눈동자에 더욱 분노가 스며들고, 비에 젖은 입술이 괴이하게 일그러졌다.

힘이 빠진 양팔 대신 등의 팔로 진흙을 튀기며 억지로 몸을 들어올렸다.

뇌우를 등지고 일어선 다크 엘프의 모습은 마치 말라 죽은 나무 같았다.

허억허억. 독기에 저항하는 모습이 마지막 모습과 비슷하여 귀기가 서려 있었다.

"《오무니스(만물)……》!"

소리 높여 울려 퍼지는 진정으로 힘 있는 말은 틀림없는 죽음(데스)의 주문(스펠)이다.

"그럴 수가……!"

핏기가 가셔 얼굴이 창백한 여신관이 손을 떨며 플레일을 들어 올리려고 시도했다.

그러나 천상의 신들과 몇 번이고 혼을 이은 소모는 그녀의 손가락에서 자루를 떨어뜨렸다.

"맞으면 위험, 하지만— 빈틈투성이!"

그 대신 엘프 궁수가 화살통에서 꺼낸 화살을 3발, 그것을 마법 같은 솜씨로 동시에 쏘았다.

그러나 비바람을 가르며 휭 날아간 화살은 모두 구름 같은 팔에 막혀 버리고 말았다.

"헤카톤케일, 제1의 권능……!"

으득. 엘프 궁수가 이를 갈며 짜증이 난 듯 다음 화살을 손에 집었다. 소용없다고 생각하기 싫었다.

"《스톤 블래스트》는 사정거리가 부족하구나……! 어떻게든 해 보거라, 길쭉귀 처녀!"

"알고 있고, 하고 있어……!"

엘프 궁수가 차례차례 화살을 쏘았지만 모두 허공에서 떠오른 거대한 팔에 맞아 떨어져 버렸다.

“소승의 술법도, 신관 선생의 술법도 다 떨어졌네, 그렇다면……!”

“《노두스(결속)……》!”

달려가서 베어야 할까? 아니, 저 거리라면 그도 고블린 슬레이어도 늦는다. 리자드맨 승려가 이를 악물었다.

다크 엘프의 영창은 낭랑하게 이어져 이제 한 치의 여유도 없었다.

그렇다면— 동료의 눈이 향한 곳은, 단 한 남자였다.

“고블린, 슬레이어 씨……!”

“화살 막이?”

진흙과 독과 피에 젖은 그 남자는 철 투구를 미약하게 기울였다.

“화살을 막는 가호……라고 인식하면 되는 거겠지?”

설령 그 사이를 폭풍이 가로막아도, 그 희미한 소리를 엘프의 길다란 귀가 놓칠 리 없었다.

“화살을 피하거나, 막는 거야!”

엘프 궁수는 바람에 지지 않도록 소리 높여 외쳤다.

“그러니까, 할아버지가 뭐라고 했더라…….”

엘프 궁수는 예쁜 엄지손가락의 손톱을 깨물며 짜증스레 긴 귀를 흔들었다.

“분명히『모든 촉은 내 피부를 뚫지 못하고, 모든 살대는 내 손에 잡히리라』라고……!”

“그렇군.”

촉은 뚫지 못하고, 살대는 손에 잡힌다. 그가 중얼중얼 그 말을 반복했다.

“화살 막이라.”

담담하게 중얼거린 그 남자는 엘프 궁수의 외침에 고개를 끄덕이고, 한 걸음 앞으로 나섰다.

눈앞. 이미 백광이 생기기 시작했다. 대기가 명동하고 마력이 휘몰아쳤다.

그는 손에 든 장검을 칼집에 넣으면서 두 걸음 앞으로, 오른쪽 어깨를 가볍게 빙글 돌렸다.

“리베(해)…….”

“그렇군.”

그리고 세 걸음. 그 순간 다크 엘프의 왼손이 날아갔다.

다들 그 사실을 — 다크 엘프조차 — 깨달은 것은 절단된 면에서 피가 솟은 다음이었다.

뿜어 나온 피가 폭풍에 섞여 비처럼 쏟아지는 가운데 수풀에 팔이 떨어지는 소리가 들렸다.

허공을 가르며 던진 흉흉한 투척 나이프가 다크 엘프의 뼈와 살을 자른 것이다.

만(卍)자 형태의 칼날. 그것이 남양식 투척 나이프임을 다크 엘프가 알 리 없었다.

“윽……아, 아아아아악?!”

저 너머로 날아가 사라진 칼날을 따르듯, 듣고 있기 힘든 탁한 비명이 주문을 덧칠하며 울렸다.

팔을 누르며 웅크린 다크 엘프의 등에서 초목처럼 팔이 시들며 폭풍에 찢어져 날아갔다.
“이건 단검 취급이었으니까.”
고블린 슬레이어의 투척에 특별할 것은 아무것도 없었다.
그저 하염없이 정확하며, 재빠르다. 그뿐이었다.
밤에 춤추는 2개의 팔― 다크 엘프의 팔과 그것이 쥐고 있는 주물.
진흙탕에 떨어져 볼품없는 꼴이 된 조각상을 고블린 슬레이어가 짓밟았다.
신발 바닥에서 콰직, 돌이 부서지는 소리가 들렸다.
뭔지는 모르겠지만, 화살 막이의 가호 따위가 고블린 손에 넘어가면 큰일이었다.
“오, 아윽, 내, 내 팔, 팔, 이, 백수, 거인, 의…… 악?!”
그 직후, 땅에 웅크린 채 몸부림치는 다크 엘프의 목에 빗나갈 리 없는 화살이 꽂혔다.
저 멀리서, 현을 튕긴 엘프 궁수가 후우, 숨을 내쉬었다. 반칙(치트)이 없으면 이 정도쯤이야.
“산, 제, 물도, 부족, 고블린, 놈들, 도, 안, 되는가……!”
쿨럭쿨럭 피 거품을 뿜으며 한숨과 함께, 다크 엘프의 타오르는 눈동자가 다가오는 적을 보았다.
이제 그 눈에서 불꽃은 꺼져가고 있었다. 어둡고 흐릿한 시야. 눈을 몇 번이고 반복해 깜빡였다.
기이한 풍채의 모험가가 보였다.
지저분한 가죽 갑옷, 싸구려 철 투구, 어중간한 길이의 검. 팔에 고정한 작은 원형 방패.

비와 진흙, 피와 흙으로 점점이 물든 그 모습은 신입 모험가 이상으로 꼴사나웠다.

그러나—.

"네, 놈이, 그렇군."

다크 엘프는 증오와 함께 피를 토하며 외쳤다.

"물의 도시에서, 우리들의 야망…… 쳐부순………… 용사의……!"

더 빨리 깨달았어야 했다.

그 역겨운 검의 처녀에 대한 복수와 마신왕의 소생, 혼돈의 폭풍을 부르는 의식.

그것을 쳐부순 것은 몇 명의 모험가들이었다.

이 녀석이다. 틀림없이 이 녀석이다. 다크 엘프는 피를 토하는 심정으로 철 투구를 노려보았다.

"……아니."

그는 뭐라고든 대답할 수 있었다.

이 정도로 많은 사람에게 지탱을 받으며.

수많은 사람들의 도움을 받으며.

수많은 사람에게 이끌려서, 그는 이곳에 있었다.

도시에 돌아가면 상대가 어찌 생각하든 벗이라 부를 수 있는 사람들이 있었다.

뒤를 돌아보면 함께 싸워준 동료가 있었다.

집으로 돌아가면 기다려주는 사람이 있었다.

부하가 아니다. 추종자도 아니다.

이것은 신이 내려준 것이 아니다. 우연도 숙명도 아니다.

그가 그 자신의 의지로 골라온 선택지(패러그래프)였다.

그렇기 때문에, 그는 뭐라고든 대답할 수 있었다.

아아, 그러나.

그렇기 때문에.

“나는.”

그는 말했다. 한치의 망설임도 없이.

“고블린 슬레이어(소귀를 죽이는 자)다.”

# 막간 「용사님이 초장부터 크게 날려버리는 이야기」

Goblin Slayer
He does not let anyone roll the dice.

꽤나 이래저래 파란만장하고 재미있는 모험이었다.

사교 같은 녀석들의 음모를 막아냈더니 아직도 잔당이 있다는 게 유감이지만.

게다가 뭔지는 몰라도, 무슨 거인을 불러내려고 하니까 참 거창하단 말이지.

대주교님 소개로 수확제 의식을 이용해서, 혼만 보내서 드디어 대면했다.

그 여자애의 기도는 신들한테까지 닿았다. 굉장하네. 나 같은 건 상대도 안 되겠어.

우리들 눈앞에, 그 녀석이 빙글빙글 몸을 말고서 산보다도 커다랗게 버티고 서 있었다.

온몸에 휘몰아치는 폭풍이 구름처럼 뻗어서 차례차례 흉흉한 형태의 팔로 변했다.

사람의 형태를 한 지네 같아— 그렇게 생각하고서 몸을 부르르 떨었다.

지금 나는 몸이 아니라 혼뿐이지만. 평소의 장비랑 손에 든 검뿐이지만.

"영체만으로 적이랑 대치하는 것은, 어쩐지 붕 떠서 침착하기가 어렵군요…….”

……쳇. 검호라고 칭송 받을 정도로 단련했는데 그녀는 가슴이 엄청 크다.

그거 뭐야 무슨 고기고기고기야. 나도 혼뿐이니까 좀 커져도 되지 않냐구!

“……어째선지 시선이 쿡쿡 찌르는 느낌이 듭니다만.”

“질투. 나도 기분은 이해해.”

아차, 안 되지, 안 돼. 여기서는 감정이 그대로 나타나 버린댔지.

흥. 괜찮아. 나랑 같은 나이의, 그 신관도 이 정도 크기였으니까.

그리고 현자라고 불리면서 가슴 크게 하는 방법 하나도 모르다니, 웃겨.

“괜한 분풀이.”

“시끄러워?!”

희미하고 예쁘고 따스한 빛으로 가득한 이곳은 영계(아스트랄)라고 했다.

빛은 사람들의 마음. 감정. 이 작은 도시 사람들은 분명 모두 이렇게 따뜻한 사람들이겠지.

도시에서 먹은 얼음과자는 달콤했다. 아무리 구슬을 던져도 레모네이드는 못 마셨지만.

베이컨은 짭짤하고 맛있었고, 재주꾼들의 연기도 정말 재미있었다.

그리고 마지막에 천등! 축사는 마지막까지 못 봤지만, 내년에 꼭 다시 오고 싶어.

그러니까 이 덩치가 바깥으로 나가는 것만은 막아야 한단 말이지.

이유는 그걸로 충분…… 하지만―.

"근데 저거, 저거 백수거인(헤카톤케일)(百手巨人)이라고 안 했어? 아무리 봐도 천 개는 있는데?!"

"비유 표현."

"사기잖아!"

불평을 해도 어쩔 수 없지만, 이거, 반칙 아냐?

그리고 나한테 신탁을 내린 신, 날 죽일 셈 아냐?

어쩐지 저것도 굉장한 기세로 여러 가지 마술을 짜 올리고 있는 것 같은데.

"나도 언제나 절대성공(크리티컬)하는 거 아닌데 말이지……."

"어허, 들으셨나요? 언제나 한계돌파(브레이크스루)하는 사람이 뭐라고 하는데요."

"겸손도 도가 지나치면 너무하다는 실례."

"좀 입 다물어봐. 나 지금 폼 잡으려고 하고 있잖아!"

나는 영혼으로 이어진, 이 세계에서 오로지 하나. 절대적인 무기인 성검을 치켜들었다.

어떤 이유인지는 모르지만 저 녀석은 실체화에 시간이 걸리고 있는 것 같으니까.

동료와 함께 세계를 지킨다. 사람을 지킨다. 나쁜 녀석은 해치운다. 세상은 아무 일 없이 평화롭다.

자, 매번 익숙한 최종 결전(클라이맥스 페이즈)이다.

"간다아아아아앗! 용사, 등자앙!!"

―태양의, 폭바알!!

# 제7장 『아무것도 아닌 날을 축하하자』

Goblin Slayer
He does not let anyone roll the dice.

가을의 태양은 여름에 비해 약하지만, 봄과 비교하면 따뜻하기도 했다.

파란 물감으로 칠한 것 같은 하늘 아래 풀밭에 앉아 있으면 그대로 자고 싶어진다.

"흐아."

소치기 소녀는 맥 빠지는 하품을 한 번 하더니 바로 옆에 있는 그에게 웃었다.

"이야아, 정말 기분 좋다."

"……음."

"아, 아팠어?"

"그건 아니다만……."

그가 말했다.

"어째서 이런 일을 하고 있는지, 모르겠다."

"하고 싶었으니까인데?"

그녀는 그의 검은 머리칼을 손으로 살살 빗어주면서, 오른손의 귀후비개를 천천히 움직였다.

"흐흥, 귀 청소는 말이야. 꽤 즐겁다니까."

"그런가."

그 이후로, 그는 입을 다물어 버렸다.

소치기 소녀는 기회를 놓치지 않고 무릎 위에 올린 묵직한 감촉을 마음껏 즐기기로 했다.

과거에는 데이지가 피어 있던 언덕을 넘어 도시에서 시원한 바람이 불어왔다.

햇살은 따스하지만 바람은 쌀쌀했다.

그 바람을 타고 달콤한 향기가 풍겼다. —금목서다.

여기까지 향기가 오는구나. 소치기 소녀는 생각했다.

세상은 아무 일 없이 평화롭다.

그는 그다지 자세하게는 말해주지 않았지만…….

비가 그치고 폭풍이 지나자, 모든 것이 끝났다.

축제에서 돌아가는 여행객은 길가에 굴러다니는 고블린의 시체에 눈살을 찌푸렸다고 들었다.

해가 뜨자마자 사후처리에 동원된 하위 모험가들도 싫증이 났을 것이다.

그러나 묵묵히 구멍을 메우고 함정을 해체하러 다닌 그는 별로 신경 쓰지 않은 것 같다.

축제는 끝나고, 그는 자신이 할 일을 했을 뿐이다. 다시 말해서.

"나도, 본래대로 돌아가야 하는데…… 말이지."

"……뭐지?"

"응, 아무것도 아냐!"

소치기 소녀는 그의 귓가에 입술을 가져가 후우 숨을 불었다.

그의 몸이 움찔 움직였다.

016 Noboru Kannatuki

—응, 역시, 재밌어.

"다됐다. 자, 그럼 휙 돌아봐. 반대쪽 할 거니까."

"……그래."

그렇게 순순히 돌아누운 그는 커다란 개 같았다.

애완용치고는 좀 사납다. 수렵용으로는 좀 볼품없다.

—들개?

그렇게 생각하며, 소치기 소녀는 그의 머리칼을 쓱쓱 쓰다듬었다.

"집이 있는걸. 조금 다르네."

"무슨 소리지?"

"무슨 소릴까요?"

후후후. 의미도 없이 웃으면서 그의 귀를 잡아당겼다.

"자, 움직이지 마. 안쪽까지 찔러버린다?"

"그건, 곤란하다."

"진담으로 받아들이지 마아."

키득키득. 가까이서 들리는 자신의 웃음소리는 그에게 어떤 식으로 닿고 있을까?

그의 목소리는 언제나 투구 때문에 울리니까 그녀의 목소리도 그렇게 들렸을 것이다.

"음."

그런 생각을 하는데 그가 조용히 신음했다.

"미안. 멈춰다오."

"어?"

갸우뚱. 소치기 소녀가 눈을 깜빡이면서 순순히 귀후비개를 뽑았다.

"그건 괜찮은데. 왜?"

"손님이 왔다."

벌떡 몸을 일으킨 그를 따라서 멀리를 보니 과연 사람이 몇 명 보인다.

자그마한 사람, 늘씬한 사람, 키가 작은 사람, 특히 커다란 사람.

"……아아."

이해한 소치기 소녀가 웃는 것과 동시에 그는 투구를 장착했다.

면갑을 내리고 단단히 고정한다. 가볍게 움직여서 상태를 점검하고 고개를 끄덕였다. 장비 문제없음.

"딱히 그렇게 쑥스러워 할 것 없는데."

"쑥스러운 게 아니다."

말하고 일어선 그는 4명의 동료들의 얼굴을 빙 둘러보고 물었다.

"고블린인가?"

"그래! 어어어어어어어어어어엄청! 원하던 바는 아니지만!"

엘프 궁수가 콧김을 거칠게 내쉬면서 쌓이고 쌓인 것을 내뱉으며 말했다.

"접수처 애가 다른 사람이 아무도 받아주질 않는다고 고개를 숙이니까 어쩔 수 없잖아."

"간다. 어딘가? 규모는?"

즉단즉결이었다.

여전한 대답. 엘프 궁수는 하늘을 우러러 봤지만 리자드맨 승려는 이미 익숙했다.

"산 쪽일세. 듣자니 상당히 커다란 무리가 있다더군."

“알았다. 장비는…….”

“아, 벌써 샀어요!”

에헤헤. 자랑스럽게, 그러나 부끄러워하면서 여신관이 웃으며 말했다.

과연. 그녀는 꽤 커다란 짐을 안고 있었다.

산길을 마차가 아니라 걸어서 가려면 필연적으로 여러 가지 장비가 필요해진다.

그것을 미리 준비해두는 걸 보니 그녀도 이제 어엿한 모험가라고 할 수 있었다.

“식량에 술, 그밖에 이것저것. 필요해 보이는 건 다 준비했느니라.”

드워프 도사.

“좋다.”

그― 고블린 슬레이어가 고개를 끄덕였다.

“그밖에 필요한 물자는 현지에서 조달한다. 의뢰인은 마을 사람인가?”

“그렇구나.”

“그러면 지리에 익숙할 거다. 도착하자마자 일단 지형부터 확인한다.”

척척 능숙하게 준비를 확인하는 그의 뒷모습.

그것을 보고 있자니 흐뭇하고 듬직해서, 소치기 소녀는 볼이 풀어졌다.

그녀가 풀밭에서 조용히 일어나는 것과 동시에 그의 철 투구가 빙글 돌아 이쪽을 보았다.

“미안하지만, 다녀오지.”

“응. 신경 쓰지 마. 너밖에 못하는 일이잖아?”

“……그래.”

그는 조용히 방금 떠올린 것처럼 말했다.

“금목서의 꽃말 말인데.”

“응.”

“조사해봤지만, 나한테는 어울리지 않는 것 같다.”

“그럴까?”

소치기 소녀는 쏴아 지나가는 바람에 머리칼을 누르며 고개를 갸웃거렸다.

“그렇지는…… 않다고, 생각하는데?”

“그런가?”

“그래.”

“그런가.”

입을 다문 그는, 모험— 아니, 고블린 퇴치를 떠났다.

분명 그는 이길 것이다. 이기고, 돌아올 것이다.

이것이 그의 일상이라는 것 정도는 소치기 소녀도 잘 알고 있었다.

그렇다면 그것을 기다리는 것이 그녀의 일상이다. 축제가 끝나면 평소대로 돌아온다.

소치기 소녀는 생글생글 웃으며 그를 배웅하고, 「어디 보자」라고 중얼거리며 목장을 돌아보았다.

멀리서 바람이 불어 다시 금목서의 향기를 실어왔다.

그 꽃이 가진 4개의 꽃말.

“고결, 겸허, 진실한 사랑. —첫사랑.”

—딱 맞는다고 생각하는데.

그녀의 속삭임도, 바람에 실려 사라졌다.

가을이 깊어지고 겨울의 발소리가 다가온다.

## ■작가 후기

안녕하세요, 카규 쿠모입니다. 3권 재미있게 보셨나요?

후기란 걸 쓰는 것도 이걸로 세 번째입니다만 아직도 익숙하지 못합니다.

그래서 이번에는 일단 사례부터.

1권, 2권에 이어 3권까지 낼 수 있었던 것은 정말로 고마운 일입니다.

독자 여러분, 편집부 여러분, 서점 여러분, 수많은 사람들 덕분입니다. 정말 감사합니다.

인터넷에서부터 계속 응원해주시는 분들, 사이트 관리인님, 언제나 감사합니다.

게임 동료 여러분, 언제나 고마워요. 좀비랑 헷갈려서 샷건으로 날려버려서 미안해요!

창작 관련 친구들, 매번 해주는 조언이 큰 도움이 됩니다. 고마워요.

그리고 이번에도 근사한 일러스트를 그려주신 칸나츠키 선생님, 정말 고맙습니다.

매번 일러스트를 받을 때마다 "굉장해! 굉장해!" 라는 말밖에 못해서 죄송합니다.

언제나 여러분께, 정말로 감사합니다.

더욱이 이번 3권과 거의 동시에 쿠로세 선생님의 코미컬라이즈 단행본 1권도 발매됩니다.

고블린이 나와서 고블린 슬레이어가 퇴치하는 만화입니다. 굉장합니다. 굉장하다구!

매번 근사한 퀄리티의 작품 정말 감사합니다.

"가라! 거기다! 해치워! 거기서 결정타다!"라는 감상밖에 못해서 죄송합니다.

쿠로세 선생님, 이런 원작자지만 앞으로도 부디 잘 부탁드립니다.

그러면, 이번에는 고블린 슬레이어가 고블린을 퇴치하는 이야기였습니다.

다음에는 아마 뭔가 이상한 녀석이 고블린 퇴치하는 동안 다른 사람들이 어떻게 지내나 하는 단편집이 될 것 같습니다.

그리고 창잡이랑 중장 전사가 척후 대신 뭔가 이상한 녀석을 끌어들여 탑을 올라가기도 합니다.

이 세 사람, 사이가 좋은 건지 나쁜 건지? 하긴 인간관계는 다 그런 법입니다. 아마도.

그리고 드라마 CD…… 드라마 CD? 드라마 CD! 믿을 수가 없어요.

여신관과 엘프 궁수의 모험이 될 거라고 생각합니다. 재미있게 들어주시면 좋겠습니다.

성우 분들이나 스태프 여러분, 부디 잘 부탁드립니다.

이야 정말로, 정말로, 일이 굉장히 커졌다고 생각합니다. 1년 전에는 생각도 못했어요.

인생이 뭐가 어떻게 될지는 정말, 알 수가 없는 법입니다.

"해보자.", "한다."라는 것이 중요하다는 걸 통감한 기분입니다.

앞으로도 되도록 계속해나가고 싶습니다. 부디 잘 부탁드립니다.

## ■역자 후기

쿡쿡.

반응이 없다. 그냥 더위 먹은 역자의 시체……가 아니야! 살아 있다구! 아임 얼라이브!

안녕하십니까! 불초 역자입니다.

날이 부쩍 더워졌습니다. 역자는 더위 자체에는 강한 편이지만 땀이 많은데다가 뭔가 이렇게 끈적~한 걸 못 견디는 타입이라 괴롭습니다. 아예 땀을 주륵주륵 흘려서 흠뻑 젖는 건 괜찮은데 땀이 방울질 정도가 되지 못하고 미세한 수분으로 발산되면서 피부에 들러붙었을 때의 그 느낌에 약하죠! 더위 내성 굴림에 연속으로 실패하는 느낌입니다. 크헉!

그런 의미에서 비키니 아머, 참 좋을 것 같지 않습니까? 보기만 해도 시원하잖아요? 음하하하!

사실 비키니 아머란 것은 말이죠. 모두 마법이 걸려 있는 겁니다. 몸 전체의 방어력을 올려주는 주문 술식을 새기기 위한 특수한 금속이 워낙 희귀하기 때문에 장갑이 그렇게 적은 거죠! 이 술식은 참 특이한 면이 있어서, 주문을 새기는 면이 적으면 적을수록 방어력이 높아집니다. 마치 CPU 같은 거죠! 10nm 공정으로 주문을 새긴다면 아마 드래곤 브레스에도 정면으로 버틸 수 있는 마이크로 비키니 아머 같은 걸 만들 수 있을 지도 몰(퍽!) 크악……!

흠흠. 죄송합니다. 잠시 흥분을 했습니다. 농담은 여기까지 하고, 갑옷 얘기가 나온 김에 고블린 슬레이어가 입고 다니는 가죽 갑옷이란 것에 대해 가볍게 썰을 풀어보죠.

기본적으로 가죽 갑옷이라 하면, 대부분 레더 아머라는 걸 떠올리실 텐데요. 사실 이 레더 아머라는 것도 제법 종류가 다양합니다.

일단 기본은 가죽을 무두질한 다음에 기름칠을 하고 그늘에서 말려 경화시키기를 반복하고 마지막에 왁스칠을 해서 마무리를 합니다. 보통 레더 아머라고 하면 이걸 가리키죠. 기본이라니까요.

그리고 이렇게 경화시킨 가죽 갑옷의 경도도 성에 안 찬다 싶으면 보일드 레더 아머란 물건이 나옵니다. 이건 기름칠을 하는 정도가 아니라 파라핀 섞은 기름을 끓여서 거기다가 가죽을 푹 담그는 거죠. 삼겹살을 기이하게 좋아하는 한국인이라면 다 아는 사실이지만, 기름을 끓이면 다소 걸쭉하던 것이 물과 다름없는 점도가 됩니다. 간단히 말해서 겉에 칠하는 것과 달리 기름과 파라핀이 가죽 속까지 깊숙하게 침투하기 때문에 식은 다음의 경도가 마치 플라스틱 같다고 해요. 듣기로는 도끼 같은 걸로 제대로 찍으면 찢어지는 게 아니라 쪼개질 정도라는군요.

그리고 동양으로 넘어오면 옻칠이 있습니다. 종이마저 갑옷으로 만들어주는 옻칠을 가죽에 하면 강도와 경도가 올라가는 건 물론이고, 습기에도 강하고 썩지 않고 오래 간다고 하죠. 서양쪽 가죽 갑옷 장인들이 옻칠에 대해 몰랐던 걸 통탄했을 겁니다. 하하하.

그리고 가죽 갑옷이란 것도 꾸준하게 관리를 해줄 필요가 있었습니다. 금속 갑옷의 경우에는 관리를 잘 안 하면 녹이 슬지만 가죽 갑옷은 아무리 기름을 먹였어도 가죽이라서 내버려두면 썩기 시작하죠. 어이쿠야. 중세 이후로 가죽 갑옷보다 금속 갑옷이 주류가 된 이유는 방어력 자체도 그렇지만 관리가 어렵기 때문이기도 하죠. 그래서 고대 가죽 갑옷은 다 썩어서 현물조차 남아있지 않다고 합니다. 그래서 연구자들이 좀 고생하고 있다고 하네요.

뜬금없는 가죽 갑옷 썰로 후기를 채웠습니다. 아 과연 재미가 없기로 소문난 역자 후기답습니다. 후후후후.

재미없는 후기를 읽어주신 독자 여러분께 감사드리며, 다음에 또 봬요!

고블린 슬레이어 3

1판 1쇄 발행 2017년 8월 20일
1판 4쇄 발행 2018년 10월 26일

**지은이_** Kumo Kagyu
**일러스트_** Noboru Kannatuki
**옮긴이_** 박경용

**발행인_** 신현호
**편집국장_** 김은주
**편집진행_** 최은진 · 김기준 · 김승신 · 원현선 · 권세라
**편집디자인_** 양우연
**국제업무_** 정아라 · 김태환
**관리 · 영업_** 김민원 · 조인희

**펴낸곳_** (주)디앤씨미디어
**등록_** 2002년 4월 25일 제20-260호
**주소_** 서울시 구로구 디지털로 26길 111 JnK디지털타워 503호
**전화_** 02-333-2513(대표)
**팩시밀리_** 02-333-2514
**이메일_** lnovelpiya@naver.com
**L노벨 공식 카페_** http://cafe.naver.com/lnovel11



ISBN 979-11-278-4222-2 04830
ISBN 979-11-278-4050-1 (세트)

**값 9,800원**